歯車の中の人々

～教育と社会にもう一度夜明けを～

栗田哲也著

明窓出版

まえがき

この本にも登場する私の祖父は、評論家という人種が嫌いだった。「責任もとらんで、べらべらと好きなことばかり言いおる仕様も無い連中だ」というのが祖父の評論家に対する感想であった。「好きな事実を引っ張ってくれば、いくらでもあとから理屈などつくわい」という意見がその背後にあった。

もう少し年をとって、言い方がやや緩やかになった頃は、テレビや新聞などで評論家が好き勝手なことを言っていると、「おやおや、また群盲が象をなでておるわい」と言った。

この表現はある意味では、言いえて妙であった。なぜなら、巨大化した現代社会の中で、われわれは大きな現実の断片しか見ることができず、まさに自分がわずかに知っている一部分をなでているに過ぎないからである。

私は現在一歳の息子と、時としてスーパーに買い物に行く。子供連れの人間というのは、おばあさんたちにとって、話し掛けやすい対象らしく、この間私は、あるおばあさんの昔話しに巻き込まれた。

詳しい話しは忘れてしまったが、そのおばあさんは、戦争の頃、岡谷の方で工場に勤めていたそうだ。そのときの苦労話がしたくてたまらないらしい。「それではお忙しいでしょうからこのぐらいにしておきましょうね、」と彼女は時々言うのだが、それでも話しは一向に終わらず、気づいた時には三十分以上も付き合わされてしまっていた。

語りたいことを持っている人は多い。特に、戦争時代から高度成長時代を生き抜いてきた人たちは、みな何かしら語りたいことを持っている。そして、多くの場合その話しは人生を感じさせて面白い。

しかし、と私は思う。彼等が話していることは、まだ意味というものを与えられていない生の現実である。彼らの体験そのものである。彼らは彼らなりに時代を生き抜いてきたから、体験自体は面白いのだが、ある意味では、これもまた群盲に過ぎない。

そうした彼らの話しを聞きながら、彼らの時代がどんな時代であったのか、そしてどのようにして今の社会が形作られてきたかを知るには、体験を聞くだけでは十分でない。群盲の地位から脱して、象全体を視野におさめたい人がいるとすれば、そこには別の手法が要る。

断片に意味を与えて、全体を再構成するには、ちょっとした工夫が必要だ。その代表的なものの一つは人間の想像力である。想像力を使って、大きな現実の底流を流れるトーンに絶えず耳を澄ます必要がある。

ある仮説を立てて、それを検証するという作業が不可欠だし、仮説を立てるに当たっては、一見目に見えない抽象的な現実というものを、具体の中から抽出してこなければならない。

しかし、この本の中で述べたように、現在の日本人が失ってしまった一番特徴的な能力は、現実の背後に、一見目に見えない抽象的な法則があると信じることである。

そのために、多くの人にとって、現実はあくまで目に見える現実であり、自分がした体験であり、もっと大きな世界の全体像を見たいという欲求すら多くの人々から失われてしまった。

私は今日も朝日新聞で、ある大学講師が、小泉内閣のやり方は、没落する中産層の不満を背景にして強権政治を行ったヒットラーと手法的にはそっくりだと言っているのを読んだ。そして、資本主義の名のもとに構造改革を実行すると、結局は階層の二極分化が進み、弱者切捨てが行われる。それが、一九九五年からようやくアメリカやイギリスなどの改革先進国で分かってきたのだという趣旨を背景にしたその論文を読み、最後に彼が弱者切捨ての政策を非難し、対案を示さないのを見て、失礼ながら、やはりこいつも群盲に過ぎないと思ってしまった。

このような基本的なことは、社会に生き社会を見て、まともに考える力のある人なら、一九九五年はおろか、もっとずっと前に分かっていたはずだ。何をいまさら、と私は思ったのだが、よくよく考えてみると、たいていの人には、自分が資本主義社会の中で必死に生きているという現実が見えていただけで、それを大きな文脈の中で解析する力がなかった。

なぜなら、考えるという行為自体が、豊かな社会の中で育っていかなかったからである。その結果われわれがわれわれの社会について知っていることは、実はきわめて少ない。

この本の中で私は、自分の見てきた世界を素材として、断片から世界を再構成しようと試みた。

それがうまくいったかどうかは読んでのお楽しみである。

階層の二極分化という言葉なら、ちょっと気の利いた人間になら誰にだって言える。しかし、二極分化された階層のうち上位層にはどんな人たちがいて、下位層にはどんな人たちがいて、その人たちがどういうことを考えて、どのような生活形態をとっているのかとか、そこから脱出したい人はどうすべきなのかとか、あるいは日本の社会を変えていくときに、この階層社会がどのような形で改革派の前に立ちはだかるか、そのときにどうしたらいいのか、というような素朴な疑問には、大学の先生や評論家連中は何も答えてくれない。

私が本書で提唱したいことは、かつての中産階級の教育に範を置いて、もう一度、抽象的なものに対する尊敬を、教育を通じて復権させようということだ。

だが、そうした、それこそ抽象的な主張をするために、私は、自分の経験や自分が見てきた世間という具体的なものから出発する必要を感じた。

この本は、抽象的に過ぎ、理論をもてあそんでいるような学問の世界と、圧倒的に巨大な現実世界と、そのどちらにも組みせず、抽象と具体の間を私の経験を通じて往復しながら、一つの時代をスケッチしようと試みたものである。この本を通じて皆さんもまた、自分の経験から大きな世界へといたる通路である、思考という人間の武器に目覚めていただければ、それは作者にとって一番の喜びである。

目次

歯車の中の人々 7

第一章　お隣は別世界の人？
プロローグ　13
公立高校で　17

第二章　平和な時代の背後には
厳かということ　23
ルーツ　28
祖父の見た時代　33
青春の憂鬱　38
駒場文学　43

第三章　自己啓発セミナー
自己啓発セミナー（一）　47
自己啓発セミナー（二）　50
自己啓発セミナー（三）　57

自己啓発セミナー（四）60
自己啓発セミナー（五）66
目に見えないもの 70
アドニス 76
アサゼミナール（仮名）81
ネクラな青春 89
父　親 96
自己啓発セミナーの末路 104

第四章　教育とその背景の社会

中産層の世界 109
鬼無里 116
母　親 121
民主主義ごっこ 127
様々な教育 130

失敗した家庭 135
失敗例(二) 140

第五章　現代の結婚
結婚ということ 145
結婚相談所 149
結婚相談所(二) 157
予備校から出版社へ 163
事　件 168
結　婚 175

第六章　階層社会と家庭教育
スタンスの取り方 181
スタンスの取り方(二) 186
再び個人史について 193
親たちの感性 198

理想と現実 202
素養の崩壊 208
抽象の崩壊 217
伝統の崩壊 226
都市部の熱狂 231
要約すると 236

第七章　豊かさをさすらう人々

群　像 242
友人たち 246
世界に飛び出した人たち 250
教育の現場 257
結　語 266
提　言 272

あとがき 279

第一章　お隣は別世界の人？

プロローグ

最初から私事で恐縮であるが、十年程前、湾岸戦争が起こった翌日、私は、東京都にある、ある塾で仲間の教師たちと雑談をしていた。

「ところで先生、今先生が個人で教えているあの生徒、いったい塾にいくら払っているかご存知ですか」

いきなり聞かれてとまどった私は、「さあ」と言ってから計算を始めた。今までそんなことを考えてみたこともなかったのだ。一回当たりの個人授業料が二時間で三万円（この塾はハイステータスを売りにする月謝の高い塾である）、彼は週に三回私に習っているから、一週間で九万円、ひと月は約四週間だから、それだけで三十六万円……

私は少しぞっとしてきた。

「そして、彼は他にも国語と英語と理科と社会を個人教授についてますよね、その他にも別に、本科の授業を取って、今月はそれでもさらに足りないと言ってて先生のほかにも個人で数学を習っていて……」

今度はめまいに襲われた。

私は数学の教師だから36万×5ぐらいは、暗算ですぐに出てくる。ひと月に何百万円もをこの塾につぎ込んでいる人っていったいどんな人なんだろう。

私は教室に向かった。

生徒の名前は、仮にA君としておこう。正直なところ、私はこの生徒を教えることが少し苦痛だった。何しろ、彼が試みることは、いかにして私を数学の授業から引き離し、彼の好きな雑談に引きずり込むかというただ一点だったからである。

案の定、教室のドアをあけると、彼は私に背を向けるようにして、二本の鉛筆をいじくっていたが、私に気づくと太い声で、「先生、これなんだか知ってますか?」と来た。

「これはね、スカッドミサイルなんです、戦争してますよね、ぶーんぶーん」

ここらで少し客観的な事実も述べておこう。彼は、首都圏では大変有名な私立大学の付属中学校に通う、当時中学三年生の生徒である。いわゆるお受験を果たして、小学校から付属に通い、中学生まで来たのはよいが、そこで全く勉強をしなくなった。

学校側は、彼の素行や成績があまりに悪いので、二学期と、三学期、一定の点数を取らなければ、別の学校にいってくれと彼の両親に告げた。慌てた両親は、その学校につながりもあり、実績も上げている塾に駆け込んだというわけである。

私はその日、いつものように彼を教えることはしなかった。彼の背後にいったいどんな家庭環境があり、どんな教育をされてきたのかは私の常識では計り知れないと思ったので、彼を管理し教育する立場を捨てて、逆に彼を雑談に引きずり込み、彼についてもっと情報を得ようと思ったからである。

そのときの雑談の細部までは、今覚えていない。だが、一つ強烈な印象を残したのは、彼が自慢話として言った次の言葉である。

「Tさんって知ってますよね」と彼は言った。ちなみにTというのは、当時日本で最も富裕だと言われた、有名な会社グループの御大将である。

「クラスメートに関係の人がいて、遊びにいったんですよ、そしたら、すげえですよ、商品券とかたくさんくれましたよ」。

後で分かったことだが、彼の両親は中小企業のオーナーで、商売上の関係も多少はあったらしい。ともかく私がその時感じたことは、こういう成金の世界が日本にあったんだ、という感慨である。同時に、いつのまにか私の知らないうちに時代がこっそりと変わっていて、私はその変化についていけないような気がしたのも事実である。

私はそれからもその塾に一年間勤めたが、その間に、埼玉県から運転手つきのベンツで塾に個人教授に通い、さすがに他の生徒の手前それはやめてくださいと塾側に言われたので、二ケ月後に田園調布に家を買ってしまった（つまり塾に通うために）という医者の息子を教えた。また、仙台からやってきて、何回か個人教授をしたら、その子のおばあさんがやってきて、「ジュース代」とかかれた封筒を私に渡すので、開けてみたら三万円入っていた、等という経験をした。

さらに、生徒を教えるために早朝その塾に行ってみたら、

自民党の先生方へ

（時候の挨拶は省略）**私どもは、英語教育において、大変な実績をあげているグループです。ぜひとも、先生方のご子弟を私どもの塾に引き受けさせてください。国際舞台で立派に通用する英語力を身につけさせてお返しいたします。**等というチラシが、コピー機の周りに落ちていたこともあった。

こうした世界は、特殊なことだと読者は思われるだろうか。まあ、一部の富裕な階級は、いつの時代にもいるからね、と思われるだろうか。

もしもそうした感想を抱く人がいるとしたら、それは、半分は正しいが、半分は間違っている。この本では、そうしたことをおいおいとお話ししていくつもりである。

私は、教育の世界や、文学の世界に生きさらに、いろいろと風変わりな体験もしてきた。そうした体験を通じ、私は、この三十年間が日本の社会を本質的に変えてしまい、今ではもう引き返すのが手遅れになってしまっているのかもしれないと思うようになった。

だが、手遅れになってしまったというのは認識であって、これから何かを作っていこうという人間のとるべき立場ではない。

私は本書で私の見てきた三十年の歴史を語り、そして教育という狭い場においてではあるが、ある提案をしようと思っている。

おっと少し先走りすぎたようだ。では、順を追って、私の見てきた三十年の歴史を語っていくことにしよう。

公立高校で

最初に語った湾岸戦争の時代（当時日本はバブルの絶頂期にあり、「日本はアメリカを超えた」等と浮かれている人たちもいた）から五年経った一九九五年に私は結婚をした。

当時私は塾産業からは身を引いて、受験数学の雑誌を出す出版社で編集業務に携わっていた。私が手がけていたのは、中学受験の算数である。この世界もまた、特殊な世界と言えば特殊な世界であって、私は、中学受験の上位層にどうやってうまく問題を教えるかという課題に、四苦八苦していた（この世界についても後で語るつもりである）。

偶然ではあるが、私が結婚した相手は、公立高校の英語の教員だった。だから、私は妻と教育問題についても時々語り合えるものと期待していたのである。

妻は話し好きだったから、教育の話しとなると結構のってきた。

しかし、しばらくしてお互いに気がついたことなのだが、どうも話しがかみ合わなかった。どうやら、同じ教育といっても、妻の見てきた世界と私の見てきた世界は、全く別の世界であるらしいと気がついた私は、始めはもっぱら聞き役に回ることにした。

妻の勤めている学校は、東京近郊のある県である。その地域はいわば東京のベッドタウンで、一つの市に約十ぐらいの県立高校がある。その中で偏差値に換算すれば四十台前半の県立高校で、妻は英語を教えていた。

そのうちに私に分かってきたのは、次のようなことである。公立高校の先生は、どのように生徒に自分の専門の教科を教えようかということには、関心が薄かった。それよりも、日々の教育の中で起こる、自転車泥棒や、バイクの事故や、やくざがらみのパー券（資金集めのパーティー券のこと）や、その他もろもろの生活指導、停学処分に伴う会議、そうした生活指導面を主にした雑務で疲れきっていて、自分の専門の教科をどう教えるか等ということには手が回っていなかった。

生徒の学力も、まずは、bとdの字は、○がどっちが左でどっちが右か分からない、というレベルの生徒がいるので、何か専門的な知識を教えるというよりも、生徒をかまってあげているという意識でいるようだった。

ちなみにこの学校では、高校二年生になると、文系、理系、総合系という風にクラス分けをするのだが、私の妻が高校三年生の授業で行っていたことは、四段階のアリちゃんスタンプを作って、大変よくできました。よくできました。ちょっとがんばりましょう。……などと生徒にメッセージを伝えることであった。

「おいおい、俺たちを馬鹿にするな、なんて生徒はいないのかい？」と妻に聞くと、「いや、これが評判がよくて、大好評なのよ」。という答えが返ってくる始末である。

しかしここまでは、落ちこぼれの世界ってのはこんな感じなのかな、という風に考えれば（まあ、落ちこぼれという言葉は嫌な言葉ではあるが）、何とか私にも理解できる世界であった。

しばらくしてから私はふと、「教員ってお気楽な商売みたいだな、おれも、教職資格さえとれば教員になれるかなあ」と半ば冗談で言ってみたのである。

「ほんとねえ」と考えていた妻は、しばらくして、「今うちの学校の英語課で一番若い教員は誰だか知ってる」と聞いてきた。私はそれまで、あまりそんなことは気にしたことがなかった。

「誰だろう、七、八人いるんだよね、君が真ん中辺で……」因みに妻は四十である。

彼女はクックッと笑いだした。「実はねえ、私が一番若いのよ」。

「嘘だろう」と私も笑いだした。それは、君が、なかなか成長できていないってことだな、それで若く見えるって言いたいんだろう」。

調べてみて、私は少しヒヤリとしたものを感じた。確かに妻は最年少だったのである。さらに調べると、この県ではここ何年間も、新卒の採用が、ほとんどなかった。県全体で、英語、数学、国語、理科、社会、合わせて一年間十人ぐらいというレベルなのである。

県全体では高校数が百数十もあるわけだから、このままで行くと、二十代や三十代前半の教員は、何年もしないうちに消滅する。

そのために、教育にはひずみが生じてきていた。若くて教育のための情熱を持ち、クラブ活動もやれば担任もやりたがり、自分の理想を追おうとする若い年代がほとんどいないので、中年になって少し病気がちな男の先生や、子育てで忙しくなる女の先生が、軍隊にたとえれば、いまだに新兵となり実弾として働いていた。

そのためにみんな疲れきっている。そして、余計な仕事をあまりしたがらなくなっている。

ところが、教頭や校長になって、つまり管理職になって出世したいという人はどこの世界にもいるもので、そういう人たちは上の顔色を見ながら、わけの分からない企画をでっちあげて、それに関する、すばらしい感動的な資料を作っているのである。

私も、教育についてその高校が実験的に試みたとされる企画を読んでみたが、本音と建前のあまりの落差に背筋が寒くなった。

もし、書かれている通りなら、日本の教育は何の問題もないどころか世界に誇れるもので、その高校は、すばらしい人材を社会に送り出していることだろう。

実際には、その高校が送り出している人材は、相当数のフリーターである。学内で起こっていることは、すばらしい教育的実験ではなくて、バイク事故と、頭髪検査と、パー券の監視である。

さて、プロローグで私がお話ししたことは、私の実体験に基づくことであるから、エピソードも含めて具体的なことである。

この章で書いたことは、大部分が伝聞を基にしているので、具体性には乏しい。

だが、問題は、こうした二つの世界、どころかいくつもの世界が今教育の世界には存在して、同じ空間で生きていると思っているお隣の人が、実は、全く異次元の認識を持っているということがごく当たり前におきる時代になってしまったということなのだ。

私が小さいころきかされていた、一億総中流だの、平等教育などという言葉はもはや死語になりつつある。

同様に、教育に限らずいろいろな世界で、人々は今、同じ世界に住んでいると思いながら、実は同じ世界を共有していない。

私は、昔大学時代に半分笑いながら読んだ、アルビン・トフラーの「未来からの衝撃」の世界が、トフラーとはまたちょっと違った意味ですでに実現されてしまったのを感じている。

世界が巨大化していく中で、人々は巨大な情報量をすでに整理できなくなってしまっている。今、人々が見ているものは、世界の断片に過ぎない。

仕方がないから、新聞やテレビといった巨大なメディアが、彼らが唯一頼れるまとまった世界である。

それでも、知りたいという人々は、「経済が一週間で分かる本」といったたぐいの本で何とか自分の居場所を確認しようとしている。

本屋に行く人は、何かを簡単に知りたい人か、感動や勇気を与えてくれる本を求めるさびしい人、または、趣味の世界に閉じこもりたい人である。

みな、大きな世界からは切り離されて、断片しか見えずにもがいている。うっかりすると宗教に走る人もいる。それなのに、インターネットとやらで、情報はますます巨大化していき、良質な情報がどこにあるかさえ分からなくなりつつある。


以下に語るのは、そうした奇妙な社会がどのようにして出来上がってきたかという歴史である。もとより私も断片しか見てはいない。しかし、私も元文学青年の端くれとして、時代を観察してきた。文学というのは、小を持って大を象徴するという世界である。政治を語らず、経済を語らず、そこに生きる人間と社会を語って、時代を象徴しようとする。

私がこれから語る歴史は、教育の歴史と文学の歴史、そして社会の底辺で私が見つめてきた、私の個人の歴史である。子供の教育には、結構本音を出す親が多い。文学には何かを語りたい人が多い。本音で生きなければ何も見えはしない。経済を見るより政治を学ぶことより、教育や文学の世界を眺めていた方が、時代の底流が見えるということもあるのではないかと私は本気で思っているのだ。

第二章　平和な時代の背後には

厳《おごそ》かということ

私には今一歳半になる息子がいる。彼は現在いろいろな感情を覚え始めている。嬉しいとかさびしいとか、怖いとか、そんな感情の萌芽が彼の表情から見て取れる。もちろんそれは親としては嬉しいことなのだが、そのうちにふと私は思うようになった。

厳かという感情を彼はいったいどのようにして学んでいくのだろう。現在日常生活から、厳かという感情を起こさせる事件が消えて久しい。

そういえば、政治家たちは厳粛という言葉をたびたび使うけれども、それは大概は、間違いをしでかしたときに、この事実を厳粛に受け止めますという、決まり文句のようなものであって、厳かとか、荘厳とかそうした感情を伝達するような要素をこの決まり文句は含んでいない。

そういえば自分はどうだったのかと考えているうちに、私は、幼いころに見聞きしたいくつかの事件に思い当たった。

私が生まれたのは、一九六一年、昭和にすれば、三十六年のことである。東京オリンピックが三歳のとき、日本万国博覧会が小学校三年生のとき、三島由紀夫の割腹自殺もそのころで、それからしばらくすると、テレビで生中継された浅間山荘事件や、「これは小さな一歩だが人類にとっては大きな一歩である」というアームストロング船長の月面着陸のニュースにかじりついていた。

しかし、それらは、日常とは異質な、いわば外部の出来事である。むしろ私にとって大きかったのは、戦後の痕跡が、まだ日常のあちこちに見え隠れしていたことであった。

四歳か五歳のころ、私は上野動物園に連れて行ってもらったのだが、そこで出会ったのは、手足を戦争で失って、口で楽器を演奏し物乞いしている傷痍軍人だった。幼い私がショックを受けて、母にあれはどういう人なのかと聞くと、お前が生まれるずっと前に戦争があって、あの人たちはそこで手と足を失ったのだという。

あるいは、私が幼稚園のころに、近所に江口榛《しん》一という老人がいて、毎日同じ時間に駅へ行っては、木の箱に百円ずつを入れるという慈善事業をしていた。なぜそんなことをするのかずいぶん不思議に思った記憶がある。これは、戦後みなが困った時期に助け合いの運動としてその老人が提唱したものだとは後で聞いた。

さらに、これは少し特殊な体験かもしれないが、小学生のころ、私は、死刑囚と手紙のやり取りをしていた。私の祖父は当時弁護士だったが、その死刑囚の国選弁護人をしていた。そして、私の祖母はと言えば熱心なクリスチャンだった。その死刑囚は、小さいころに母親が変死して以来ぐれたのだそうだが、戦争直後の混乱期に、都内で一旗挙げようとして上野に出てきた。そこで、女を買おうとしたのだが、抱いてみたところ実は相手はおかまだった。それでかっとなってそのおかまを殺してしまったのが、第一の事件である。

そんなわけで、その男は始めは懲役刑となり、しばらくして恩赦で出所したそうなのであるが、親戚からはすでに見放されているし、まともな行き先があるはずもない。当座の宿にも困っていたその男がふと立ち小便をしたときに、運悪くそこに地位のある人物が通りかかって立小便をとがめた。もともとかっとなると自制心のなくなる男である。とがめた相手を刃物で刺して殺してしまった。

こうなるともう救いようはない。再び刑務所に戻ってきたその男は、祖父を弁護人とし、死刑の判決を受けた後祖母から説教を受ける身となった。祖母はこの神からはなれた魂を何とか救おうとして、熱心にその死刑囚の下に通い、聖書を読み聞かせたのだそうである。

ところが、刑務所に戻ってくると、その男は借りてきた猫のようにおとなしくなってしまうのである。さらに言えば、進んで聖書を読み、改心し、神につかえたいと願うようになった。言うなれば模範囚である。

その彼が、誰かと文通したいと言い始めた。そこで選ばれたのがこの私である。私は当時小学校二年生だったが、ある日母親から、「実はね、ちょっとかわいそうなおじさんがいるの、お手紙のやり取りをしてくれないかしら」と言われて否も応もなく、文通を始めたのである。

私は、彼が死刑囚だとは知る由もなく、ただおじさんと呼んでその死刑囚を慕っていた。なぜなら後で分かったことであるが、彼は、刑務所の日々の労働でためたお金を大事に蓄えていて、一定の金額がたまると私に図鑑を買って送ってくれたからである。

　そんなある冬の日のこと、私が小学校の授業を受けていると、突然母親がやってきて教室から呼び出され、おじさんからその日届いた手紙の返事を書くようにと言われた。見るとこんなことが書いてある。

「おじさんはこれから遠い遠いところへ行きます。もう、あなたにも図鑑は送ってあげられないと思いますがどうか許してください。あなたがいつまでも幸福でありますようにおじさんはお祈りいたします」。

　これは小学校三年生にはいささかのショックだったから、私は半分涙をためながら、返事を書いた。遠いところへ行くというのが死ぬという意味だぐらいは子供でも分かったから、「おじさん、死なないでください」と書いた。後は何を書いたのかは覚えていない。

　私は中学生になって初めて、あのおじさんが実は死刑囚で、それも死刑囚には珍しく、自ら死刑になることを希望していたこと、なかなか死刑の執行書にサインをしない法務大臣に当てて、何度も死刑の執行書に判を押してくれという嘆願書を書いていたこと、あの冬の日、ついにおじさんは死刑を執行されたことなどを知った。

　この話しは思い入れが強すぎてちょっとばかり長く書きすぎたようだ。

　しかし、お分かりいただけたかと思うが、私が生活をしていた日常には、戦後の名残が、そして厳しい時代を生きてきた人々の人生を垣間見せるような、そんな雰囲気がいたるところに漂っていたのである。

私は、当時を思い出すたびに少し厳かな気持ちになる。そして、クリスマスの祝い事の前に、というより、クリスマスの豪華な食事の前に、今は亡き祖母が、必ず長い時間をかけて、「神様、今年も一年間われわれ家族をお守りくださって有難うございます……」と祈りをささげた日々に、食いしん坊の私も、さすがにちょっぴり厳かな気持ちになって、豆電球が暗がりの中で明滅する中、自分も何か祈らなければと思ったことを思い出すのである。

今、私の生活からは宗教の匂いは消えている。忙しさにかまけてクリスマスのような年中行事もあまりやらないし、やったとしても、神に食前の祈りをどうささげたらよいのかすらよく分からないありさまだ。

戦後の名残も、幼い私が垣間見た人生も、今の子供たちはめったに体験することはあるまい。では、うちの一人息子に、私が大切だと思っている厳かという感情をどう教えたらよいのだろうか。

妻に相談してみたところ、笑いながら、日の出日の入りを見せてやったらよいのではないかということ。もちろんそれに異存はない。

しかし、私はこっそりと思うのだ。この飽食の時代に、厳かという感情を教えようとしても無駄だろう、それは教えようとして教えられるものではなさそうだ。そして、おそらく、私の世代からわずか数年後の世代は、この厳かという感情を、あまりよくは知らないだろう。

私自身は、昭和五十年代以降の文学作品の中で、読んでいて、厳かという感情を触発されたことがあまりない。唯一の例外は、村上春樹の「世界の終わりとハードボイルドワンダーランド」という作品で、このときばかりは、私は作品の設定にちょっぴり厳粛な気持ちになった。そしてこの作者は、厳かという言葉が廃墟にあるところを眺めているのではないかと思った。

皆さんもご存知かもしれないが、一角獣の角の中に、かつての一角獣の夢を読み取ろうとしている主人公の仕事は、なぜか私を粛然とさせるものがあるのである。そして、その厳粛さがパロディー化されているところに、私は何かしら苦い感慨を持たざるを得ないのである。

ルーツ

私が学生時代に、ルーツという本がはやったことがある。これは、言ってみれば、自分が何者なのかを探す作業である。自分の祖先が誰であるかを探すという行為には、自分はいったいどこから来てどこに消えていくのかという永遠の問いかけが含まれている。

青春時代に、若者は時として自分探しの旅に出る。私もまたご多分に漏れず、自分というものにこだわってしまった一人である。

ところが困ったことに、当時の価値観では、自分とは何者であるかということを真剣に考えているような人間は、ネクラとして敬遠された。

自分が何者かなどという命題を考えて、いったい何の得になるというのか。そんなことを考えている暇があったら行動しなさい。

書を捨てて町に出よう。つまらないことにくよくよするのはやめよう。自分にこだわって他人が見えなくなるといった醜いことはやめよう。そんな風に狭い世界に閉じこもっていないで、もっと広い世界に出て行こう。われわれは海外に行くことだってできるじゃないか。

友人たちのうち何人かは、私をそんな眼で眺めていた。

もっと過激に言えば、何だ、自分などというものにぐじゃぐじゃ悩みやがって、そんなやつは嫌いだ。過去になどこだわっていないで、生産的なことを考えるべきだ。人間とは何かなんてことを考えるやつにはむかついてしまう、俺はもっとドライに生きたいんだ。

そんなことをさりげなくほのめかす友達もいた。

ところで、よくよく考えてみると分かることだが、一般に思考というものが始まるのは、その人が何らかの壁にぶち当たったときである。成功しているとき、幸福でいるとき、あまり人は考えない。不幸であるとき、そして失敗したとき、敗者になったときに初めて人は、考えるということを始める。

大学生当時の私を客観的に見たとき、私が敗者だと見る人は、ほとんどいなかっただろう。私は、受験勉強では勝ち組の方であった。当時は両親も健在で、家庭的にも恵まれていた。

では、私がつまずいた壁とは何だろうか。なぜ私は、己にこだわり、考えるということをしたがる人間になったのだろうか。そこにこそ、実は私のルーツがあったのである。

私の父は、こと息子の教育に関しては、なかなかの曲者であった。私がよく覚えているのは、次のようなことである。例えば、家族でポーカーをやるとしよう。するとこの父親は、容赦なく自分の持てる力を振り絞って息子を徹底的に叩きのめすのだ。「もう一回、もう一回」と私がせがむと、しばらく付き合って、また徹底的に叩きのめす。それから冷たい口調で、「もうポーカーは終わりだ、何度やってもお前が俺に勝てるわけがない。なぜなら、ポーカーは人生のようなものだからだ。お前は人生の賭けのやり方を知らない」とこうくるのだ。

また、私はアンチ巨人だった。負けろ負けろ巨人……と熱くなってテレビを見ていると、「お前は三原監督の有名な言葉を知っているか？」と言う。首をひねっていると、「三原は、アンチ巨人ファンは巨人ファンのことである、という名言を残した。どちらも、巨人にこだわりがあるという点では大差ないのだ。あえていえば、アンチ巨人など、巨人という金魚にくっついた糞みたいなものだ」と言い放つ。

その中に含まれているメッセージは意外に恐ろしいものである。つまり、熱くなるな、常に覚《さ》めておれ、感情移入するやつは人生の敗者だ、そんな隠れたメッセージをこの父親は私の意識の深層に、絶えず送り込んでいたわけである。

私はある年代から、父親に接するたびに、反発を感じるようになった。父親が好きでなく、何とかして乗り越えたい、見返してやりたいと思うようになった。ところが、あるとき、けんかになって思わず手を上げた私を見て父親は冷然と言ったのである。「お前はもう、俺よりも腕力では強いかもしれない。お前には才能もある。明日から家を出て行け、自分で暮らせ、できるはずなんだから」。

母が泣いてとりなしたおかげで、この言葉は実行にはいたらなかった。だが、私はその時、自分が一人ではまだ生きていけないお坊ちゃんに過ぎないこと、一人前ではないことを痛切に感じた。私はますます父が嫌いになっていった。

少しだけ、私の父を紹介しておこう。

父は、愛知県の旧家の出である。何とか言う地方の国学者の五代目で、その父親は神主兼地主として、そこいらの農村社会の長《おさ》であった。

父は、その旧家の五人兄弟のうち下から二番目として生まれた。兄一人姉二人、そして弟一人、その、地方では富裕な一家は、敗戦後の農地改革で持てるものを失い、さらに、一家の大黒柱である人、つまり私の父の父がなくなったことで、わずかな遺産をめぐって兄弟同士鋭く対立したらしい。

結局、一族の遺産は長兄一人が継ぎ、弟たちは惨めな気持ちを背負って、めいめいの路に進んだ。私の父は、学問への志が捨てがたく、都内の薬屋に丁稚奉公し、ついでに宿痾《しゅくあ》である結核と戦いながら、何年もかけて東京大学に進学した。卒業後、めでたく有名な建設会社に就職した。

そうして苦労しながら人生を切り開いていく過程で、父は他人から見ると幾分偏屈な人間になっていた。例えば、父は家族を大切にするあまり、決して家には客を呼ばず、一度など、はるばる遠くから訪ねてきた親戚をわずか一時間足らずで追い返してしまい、決して私に会わせようとはしなかった。

さし当たって私にとっての大問題は、この父親をどうやって乗り越えるかということだったが、当時の私はこう思ったのだ。

それは無理だろう。この平和な時代にあって、私は父のような経験をしていない。父や、祖父（彼については後で話そう）のように、戦争の時代、貧しいところから這い上がってきたような決定的な体験を自分は持っていない。また持てる当てもない。

私は自分が敗者だと感じた。私には、父親のような強力な根っこがなかった。唯一つ私が持っていた根っこ（と言えるかどうか）は、強力な根っこに対する憧れとコンプレックスであった。

さて、幸か不幸か、時代は私のような己にこだわる暗い文学青年を相手にはしなかった。私が、月十万円足らずの金をバイトでやっとためて、結婚なんて一生できないかもしれないなあ、等と思いつつ、一日二食の生活（それも一回は必ず、立ち食い蕎麦屋の狸そばだった）を送っているころ、日本はバブルの時期に入りかけ、人々は金儲けに狂奔していた。その時期になって、やっと私はいろいろな人にめぐり合い始めた。

祖父の見た時代

一九八〇年代の後半になってから私がみた人間模様を書く前に、もう少し私の人生の背景を説明しておく。

私の祖父は、私から見てとんでもない経歴を持っていた。後年、彼が好々爺になってから自慢した話しというのは、どこまでが本当でどこまでがフィクションなのか私自身にもよく分からない。

祖父が生まれたのは、明治四十四年、新潟県の村上というところである。幕末、村上藩は江戸幕府の側についたので、会津の白虎隊と同様に、若き決死隊が組織された。祖父の祖父は、その一人となって、華々しく官軍と斬り死にするつもりで戦いに出た。

ところが、味方が総崩れとなると、私の祖父の祖父は、真っ先に逃げ、氷室《ひむろ》に隠れて一命を取り止めたらしい。雪深い地方では、山に積もった雪が押しつぶされたような形で氷になると、それを氷室に貯蔵しておくという古来の生活の知恵があり、私の祖父の祖父もそれに救われたわけである。

さて、そこで祖父の祖父は一生を氷屋として過ごしたのだが、その息子は少し才覚のある男で、その地方の政治家となった。そして生まれたのが祖父である。

ところが、祖父が生まれてわずか数時間後に、祖父の母親は産後の病で死んでしまった。男手一つで子供を育てるというのは、当時は大変なことである。祖父の父は、新しい妻を娶り、祖父は幼くして東京の親戚に預けられた。

それから祖父は頭角を表した。尋常小学校は一年飛び級、当時出来たばかりの府立八中に入学し、そこで橋本龍吾、虎六の兄弟と会って親交を結んだ。当時恵比寿ビールの創業にかかわりのあった橋本家に招かれて、生まれて初めてフランス料理をご馳走になったとき、フォークの使い方がよく分からなくて困った、等というのが祖父の自慢話である。

一高、東大と進んだ祖父は司法試験に合格し、判事となった。その後の経歴を調べてみると、浦和、松江、岡山、甲府、東京などの地を歴任している。折から時勢は戦局あわただしく、太平洋戦争に突入しようかという頃であった。祖父はある日、上役から急に呼ばれ、インドネシアに行ってくれないかと言われ、文官としてインドネシアに赴任した。

そこで彼がやったことは、占領統治下のインドネシアでの独立準備である。彼は文官としての任務をこなす一方で、ジャカルタ大学で法律の講義をし、独立に向けたインドネシア憲法の草案を練った。「まあ、苦労したことと言えばだな」と祖父は私に語ったものである。「まず、インドネシアはオランダの植民地下にあったときには、自分の国の言葉での法律用語などまるで持っていなかった、だから、教えている学生たちに、自分たちの国の言葉で法律用語を作らせるという作業からやらねばならなかった」。

法律用語を作った後は、宗教問題があった。ご存知の通り、インドネシアはイスラム国家である。だが、ごく少数ながら、イスラム以外の人たちも抱えている。

「そこでだ、大統領はイスラム教徒でなければいかんというようにした。だが、副大統領にはその規定を設けなかった。ところがだ、」祖父の自慢話はそこで急に熱を帯びるのである。「大統領が死んだときには副大統領が昇格するという規定もある。本当はこれは矛盾している。しかし、」と祖父は続けるのだ。「実際には、国民の九割以上がイスラム教徒である国でそのようなことは起こらない。起こったとしてもそれは何百年も先の話しだ。だから、わしはそのように作ったのだ」。

祖父がインドネシア憲法を作ったわけがないのでは、と訝《いぶか》る私に、「今発表してはならないことだ」と祖父は言った。「アジアの人々の独立は、すべて自分たちの手によって勝ち取ったと思ってもらわねばならないのだ。これは政治的な問題だ、しかし……」と祖父は続けた。「歴史を考えるならば、そこに実は何人かの日本人がいたという事実を書き残しておくことは重要なことだ」。

祖父の目によれば、現在巷《ちまた》に流れているインドネシア史には、いくつかの誤りがあるそうだが、私たち家族はそれを冗談半分に聞いていた。

そして日本は終戦を迎える。

終戦のとき、祖父は司政官の中で、かなり責任の重い立場にあった。「そこで、三十代でありながら、わしは、イギリス軍と交渉しなければならなかった。すぐに占領統治下の一切の記録を提出せよと迫る将校相手に、もう一週間待ってくれとわしは頼んだのだ。そうしたら、頭にピストルを突きつけおった。そこでわしは言ってやったのだ。私を殺すのもたやすいことだ。勝手にしなさい。しかし、占領下の資料をそろえるのには、どんなに急いでも一週間はかかる。それは物理的に不可能だからだ」。

そう祖父が言うと将校は、それなら一週間でやれと言って去っていったそうだ。祖父は大急ぎで戻ると、一週間の間に都合の悪い資料はほとんど廃棄したそうである。

「それで罪のない何人かの命が救えたわけだよ」と、祖父はそんな風に言っていた。

さらにそれから、日本人は全員ジャワ島西部の地に集結を命じられる。責任者だった祖父が集結地に向かった順番は一番最後であった。「運がよかったのだ」と祖父は言っていた。少し前に先発した祖父の友人の一行は、それきり消息を絶った。

祖父の一行も途中でジープが故障して、現地人に囲まれた。「その時、猛烈なスコールに見舞われたのだ」と祖父は言った。「天の恵みだった。それ、直せというわけで、急いでジープを修理し、命からがら逃げた」。

インドネシアは全島蜂起の様相を呈していた。イギリス軍やオランダ軍は〝解放軍〟ではなかった。彼らは新しい植民地支配をもくろんでいたからである。再び新しい独立戦争がはじまった。

そうした中、文字通り命からがら逃げ延びた祖父は、今度は、責任者の一人として、シンガポールの法廷で、日本人戦犯の弁護を引き受けることになった。

「嫌な仕事だった」と祖父は述懐している。「罪のあるものもないものも、強引に、ほとんど理由もなく裁かれていった。イギリスの貴族の息子がラジオを持っていたという理由で営倉《えいそう》（軍用刑務所）に入れた刑務所長は、それだけで死刑になった。さすがにイギリス人の中にも心ある人がいて、ツーハース（あまりにも過酷）と言っていたが、死刑は執行された。わしは、死刑になったものたちから、最後の手紙を託されたこともたくさんある」。それらはどう処理したのかと聞く私たちに祖父は答えるのだ。

「日本に帰ってきてから、分かるものだけは渡した。しかし大概は誰がどこにいるのかも分からなかった。何年か経ってからすべて燃してしまった」。


これで祖父の壮絶な一生は終わりではない。だがひとまずこのぐらい語っておけば、彼の一生が、私のように何もない一生に比べて、命をかけた経験に満ちていることはお分かりだろう。

私は、祖父たちの世代にはどんなことがあってもかなわないだろうと感じていた。この感覚は、そこに祖父がいて、目の前でそういう話しを何度も聞かされたものにしか分からないであろう。

その祖父は、私が大学に受かったとき、孫を書斎に呼んで申し渡した。

「お前は今後何をやっても自由である。だが、もしも共産主義の学生運動をしたら、そのときには、残念ながら、祖父と孫の縁を切る。その時は、二度とこの家に足を踏み入れることはならん」と。

祖父は昔祖母と、キリスト教の教会で知り合った。祖父はその頃熱心なクリスチャンだったそうである。だが、戦後公職追放の嵐が吹き荒れる中、弁護士として再出発することを決意し、造船疑獄や、花岡事件などにも手をつける中で、彼は宗教から離れ、保守化し、歴史書を読んでは自分の世界に閉じこもる老人になっていった。

その彼から、私は、こんな感想を聞いたことがある。それは私が中学生ぐらいの頃だったろうか。

「民主主義というものは、五十パーセントの制度だ、本当は、賢人の支配する独裁体制が一番よい。

これが百パーセントだ。しかし、時として独裁制はヒトラーを生む。このときはゼロパーセントになる。だからわれわれは民主主義を選んだのだ。もうそこからは引き返しようはないのだ。しかし」と彼は続けた。

「民主主義が、効率が悪い制度だということを忘れてはならない。今お前たちは、まだ大丈夫だ。しかし今の世の中を見ていると、おそらくは、二千十年ごろにこの国は危なくなる。まあ、そのときにはわしは生きてはおるまいがな」。こう言って彼は哄笑したのである。

青春の憂鬱

現在私は、雑誌に寄稿しながら、比較的のんびりした暮らしを送っている。同い年の妻と、一歳半になる息子が私の家族だ。

私の妻は、遊ぶことが好きだ。息子を妻の実家に預けては、私と展覧会や観劇に行って、その帰りにおいしいご飯を食べる機会を始終うかがっている。

この間私は妻の楽しみに付き合って、加藤健一事務所というところの、「すべて世はこともなし」という芝居を見に行った。この事務所は、アメリカやイギリスの脚本を翻訳して、正統派のコメディーを見せることを、主に行っている。

さて、芝居の中に一人のじいさんが出てくる。このじいさんは六十歳過ぎなのだが、時々奇妙な発作を起こす。

まず、自分に自信の持てない状況になると、木の幹に頭をつけてジーッとしてしまう。発作が進むと、いきなり、「おれは今どこにいる?」と口走る。さらに症状が進んでくると、「分かれ道に戻ろう、分かれ道に戻らなければ……」と口走りだす。

分かれ道、とはもちろん、人生の分かれ道のことである。彼は若い頃は歯医者になりたかったのだが、現在の本業は大工であるという設定だ。

この彼に共感を抱いているのが、七十歳を越えた大変に偏屈な元大学教授で、「そうだ、君みたいな人は、自分がどこにいるか知らなければならない、例えば君が森にいたとする、君は自分がどこにいるのか知らない、その時君はどうやって自分の位置を知ろうとするのかね? なあ、考えて見ようじゃないか」等と言って、大工のじいさんの自己探求を助けようとする。

これを冷ややかに見ているのがばあさん連中である。この二人組が現れると、「ねえ、いまだに自分探しなんてやってる人はほうっといて、私たちの人生を楽しくしましょうよ」などと言う。

私は思わず吹き出してしまった。どう考えてみても、私がこの劇の登場人物の誰かに共感を覚えるとしたら、偏屈な大学教授以外にはいないのだ。なぜならそれは、二十代の私の姿にダブルからである。そして、それを取り囲む人間が、あんな連中はほうっておきましょうよ、という構図も、まるで一九八〇年代の日本そのものである。

この劇は、一九三〇年代のアメリカで書かれたものらしいから、どうやらかなり普遍的なテーマなのかも知れないと、私はひそかに苦笑いしたわけだ。

ところで私の世代は、しらけ世代と呼ばれている。中学校一年生のときにしらけという言葉が流行ったのだが、その言葉は例えばこんな具合に使われた。

誰かが自分の意見を言う、そのときにちょっと興奮しすぎて、感傷的になったり、自分の意見に感激してしまったりする、また、大真面目で大それた事を口にしたりする。すると、「しらけー」という容赦のない言葉が飛んでくるのだ。

この「しらけ」という言葉には、感動というものの胡散臭さを排除していこうとした時代の精神が透かし彫りのようににじんでいる。

感動は誰だってしたいのだ。しかし、ちょっとした善行や、泣かせる話しには、なんだか嘘っぽさ、胡散臭さが感じられる。そこで、胡散臭い感動の話しには、容赦なく「しらけー」という言葉が飛ぶ。

同時に、幼い頭で考えられたよい子ちゃんぶった発想には、やはり胡散臭さがつき物だ。何かかっこよいことを言ったものにも、「しらけー」という言葉が浴びせられた。

こうして、私たちの世代の何人かは、感動するということに対して妙に臆病になった（もちろんいつの時代にもあることだが、開き直って、偽ものの感動を売りにするような連中もいて、彼らは「しらけー」と言われると人気者になったように妙に嬉しそうな顔をしていた）。

嵐のような時代は過ぎ去っていた。もう、太平洋戦争はなかった。それどころか、三島由紀夫の割腹自殺も、連合赤軍事件も、もう過去のものになりつつあった。安保反対も新宿騒乱もとっくの昔に終わり、学園紛争も下火になっていた。

左翼が殺しあった時代の反省からか、それとも高度成長期に豊かになって、人々が安定を求め始めた結果か、何か政治的な主張を持つということは悪いことだとするような雰囲気があった。なくなったものは、特定の、つまり右の思想や左の思想ではなかった。なくなったのは、思想そのもの、イデオロギーをもつということそのものである。ひいては、国などというどでかいものを真面目くさって考えるという行為自体がなくなったのである。さらに言えば、考えるということそのものが悪いこと、ださいことなのであった。

なぜなら、いくら考えても物事は解決などはされないから、変な思想にはまると危険であり、考えるという行為はそうした危険性をはらんでいるからである。

「止めてくれるなおっかさん、背中の公孫樹《いちょう》が泣いている、男東大どこに行く」等という時代は終わって、そんな幼稚な馬鹿なことなど誰がするかよ、という雰囲気になっていた。

私は今、結構重要なことを語っているのだが、理解していただいているであろうか。

私は幼い日々のことを語ることで、厳かさという言葉によって代表されるような感情が私たちの日常生活から消えていったことを語った。次に私は、多くの人の日常生活から、大きなことを志し、国について考える、といった営みがだんだんとなくなっていく歴史を語っているのである。

大学時代、私の知り合いは大きく分けて三つに分かれていた。一つ目は、社会に順応して小市民的な幸福を目指していた。あるいは、よりよい人生、新天地を求めて海外へ出て行った。

二つ目の人たちは、お金が好きで深く考えることを意識的に嫌っていた。「栗田さん、もっと楽しく生きましょうぜ、考えることより行動しましょうぜ、お金を貯めれば好きなことができまっせ」。とその中の一人に私は言われたことがある。「さあ肩の力を抜いて、一緒に面白いことをしましょうや」。

私はといえば、文学サークルで議論を戦わすのが何より好きという、浮世離れした困った人種だった。これが第三の人たちである。この人たちに私は一番共感を抱いていたのだが、この人たちも(私を含めて)また、困った人間であった。

まず青臭さが抜けず現実を見ようとしない。次に、集団で何かをやるということに対して拒否反応を持っている。

一人一人が自分の世界の中にどっぷりと浸っているのだが、彼らは自分で納得するまでは、決して自分の世界から抜け出そうとはしなかったから、一種の自閉症と見られてもしょうがない側面があっただろう。

そうした三番目の異人種たちを、一番目は素知らぬ振りをして、二番目はしょうがないなという目で見ていたのが、私たちの大学時代である。

「おれはいまどこにいる?」「しらけー」というのが、私たちの時代の少々こっけいな戯画であったのだ。

駒場文学

大学に入ると、私はすぐに、文学研究会というサークルに入った。名前を駒場文学という。最初にサークルに入ったとき、私は少し目が回った。研究会と称して、アラン・ロブ・グリエとか、ビュトール、ロラン・バルトといった、フランスのヌーボーロマンの作家の読書会が行われていたからである。

堀辰雄に谷崎潤一郎に三島由紀夫を愛読し、小林秀雄は、等と談義する世界とは異質の世界であった。

だが直ぐに、知り合った連中のほとんどは、日本の文学に関心があるということが分かって少しほっとした。そして私はかねてからの念願どおり、劇や小説を書き始めた。

ところが困ったことに、いつまで経っても、私には自己満足すらこなかった。もちろんそれは私の技量不足ということもあったろう。だが、もっと他にも原因があるように思われた。その原因が何なのかを知るのに十年の歳月を要したから、要するに頭も悪かったのかもしれない。

では、何が原因だったのだろうか。

それは単純なことである。

小説というジャンルは、身近な小世界を描きながら、もっと大きい世界を象徴する。遠藤周作氏が、小説は、なぜ小説といって大説といわないのかということについて説明している文章をどこかで読んだ記憶があるが、大説を扱うのは政治や経済の世界である。

それに対して小説は、ちょっとした恋愛やら、告白やら、そうした個人的な小さな世界を扱いながら、象徴的にもっと大きな世界を見せようとする。

堀辰雄の作品を読むとき私が感じるのは、単に感傷的な恋愛物語ではない。私は、大正から昭和初期にかけて生きた人の息遣いをそこに感じることができる。そうした、より大きな世界へといたる通路に小説があるのでなければ、小説なんていったい何の価値があるというのだろうか。

ところが、私の作品は、いつまで経っても、身近な小さなことを書いてばかりで、大きなものを象徴しなかった。いつまで経っても、私には、狭い世界しか描けなかった。その頃の文芸批評は、そうした狭い世界にとどまっている作家は要するに力量がないのだという書き方をしていた。それで私もすっかり精神的に参ってしまった。


純文学という概念は崩れ始めていた。あるいは童話に、あるいはファンタジーに、あるいはミステリーに……人々は、特定のジャンルの本を読むようになっていた。純文学の世界は内向してしまい、芥川賞の新人の作品をいくら読んでみても、自分の世界だけを描いていて、大きなものを象徴しないからちっとも面白くなかった。

それに比べて、ファンタジーには一つの美的なまとまりがあったし、ミステリーには多かれ少なかれ社会とのつながりがあったから、純文学のように自己の世界だけで完結して、大きなものを見せてくれないものよりはまだましだった。

たまに私は、現役の作家や編集者に会ったが、私の会った人たちは多くの場合、あいつがあいつとネタから芥川賞をとったんだというようなゴシップを好む、しょうがない連中だった。

当時有名だった文芸誌は、今でも続いている群像と文学界だったが、売れないで困っているという話がよく聞こえてきた。出版社は、一応出版人としての良心から、こうした雑誌を存続させ、他部門からの利益でこれを補っているという話しだったが、そうした話しもあまり愉快には聞けなかった。

一度つてを頼って、遠藤周作氏が会長をしていた、作家のパーティーにもぐりこんだところ、紹介者は私にある雑誌の編集長を紹介してくれた。その編集長に、どんな作品を書きたいのかと聞かれた私が説明に困って、まあ純文学の作品なんですが……ともごもご言っていると編集長は「いやあ君、これからは赤川次郎の時代ですよ、赤川次郎の作品は人々を勇気付けてくれます、君もそんなものを書くんですなあ、そうしたら見てあげますよ」などと言っていた。

純文学を書きたいなどという人間は、これを職業とはできないのだな、とはそのときも直感的に感じたが、それでも少し未練は残ったので、それから私は自分の作品がなぜ自分にとって面白くないのかという、それこそ面白くない命題と散々格闘する羽目になった。そうして、不毛な青春をすり減らしてしまった。

当時の友達に私は言った。「何で俺たちは、いくら身近な面白い話しを書いても、面白くない話しになっちゃうんだろうね」

するとその友達は即座に答えたのだ。「それはだね、つまりその、身近なことをそのまま書くとこっけい小説になるためだね」

「それでは、君を題材にして『胃が痛くなる話』というこっけい小説でも書こうかな」

「やめてくれ、本当に胃が痛くなってきた」

とその友達は言った。それが私の不毛な青春時代であった。

第三章　自己啓発セミナー

自己啓発セミナー（一）

さて、そうした不毛な時代をすごしているうちに、私は、大学をやめて、自らを追い込んでしまう以外に方法はないと思うようになっていった。私は二年の間、ほとんど大学の授業に出席したことがなかった。

しかし、いざ止めようとするとしがらみがいっぱいある。私がやめようとしたとき、ある二人の女の子が私の親友に、友達だったらあの人に大学を辞めることを思いとどまるように勧めてあげるのが義務だと思う、と言ったそうだ。因みにその女の子たちと、私は直接には知り合いではなかった。

親戚はもちろん反対した。中でも困ったのは、私の母親が当時末期がんであり、私が大学をやめたら、表面上は賛成しても、心の中では嘆くだろうということであった。あれやこれやの意見を言う人がいて私も大分疲れてきた。そんな時、ある友達から、一年間だけ俺にだまされたと思って大学の寮生活というものを経験してみないかという誘いがあった。

やけっぱち気味になっていた私は、ふとその話しに乗ってみる気を起こしたのである。

この寮のことはいつか機会があったら書いてみたい。地方出身の三、四年生と大学院生を受け入れるその自治寮は、何しろエネルギーの有り余っている元気なやつらが大勢いて、呆れるばかりだった。

その上、その寮の古さはお話しにならなかった。卒業して読売新聞に勤めた同級生が私の寮に立ち寄ったことがあったが、彼は建物のあまりの異様さに感嘆して、まだこんなところがあったのかとばかりに写真を何枚かとっていった。

寮に入るときの寮生の自治委員による面接で私は、新入りは一階になりますがよろしいですね、と念を押された。何でそんなことを言うのか恐る恐る聞いてみると、「そうですね、仮に地震があったとします。その時は、建物の構造上一階はすべてつぶれます。つまり、古くからいた人には優先権がありますから皆さん生き残っていただき、新入りの人には残念ながら皆さん死んでもらうことになります」という恐るべき答えが、それも、よどみなくすらすらと返ってきた。

寮費はというと、国の補助があるので、なんとひと月百円である。これに電気水道代と、朝夕食の一日五百円がつくのだが、それでも、寮にもぐりこんだだけで学校にもろくに通わない私は、ひと月二万円もあれば悠々生活できることになった。

二階からは時々、雨だと称して小便が降る。昔祖父に聞いた一高の寮雨の伝統が時を超えてまだ生き残っているのだろうか。バンカラというより、もっとわけの分からない何かがそこにあり、異様なエネルギーを発散していた。左翼の連中もいたが、寮でオルグが行われることはあまりなかった。私の経験では、一度だけ革マルの寮生から「一度ゆっくり話そう」と言われた程度である。

当時は、左翼活動も壁に突き当たっていたようであまり元気がなかった。それより飯を食らって、酒を食らっては咆哮する学生たちのエネルギーが私の目にとまっていた。

この寮は極めて面白いところではあったが、本題からは外れるのでひとまずおいておく。

寮生の中に一人、私より大分年配の院生がいたが、彼はすごく面倒見のよい男で、私もずいぶんお世話になった。彼の名前を仮にBとしておく。私は寮には二年間お世話になったのだが、寮を出て一年目に、その先輩からある夜突然に電話がかかってきた。

「やあ、こんな夜分にすまないんだけどね、実は俺はね、驚くなよ、近頃とても面白いことをしている。まあ、言ってみれば心理学のセミナーみたいなものなんだがな、よかったらお前もいってみないか」

私は最初頑固に断り続けていた。そのセミナーの費用は、なんと三日で七万五千円もするというのである。また、その先輩には悪いのだが、なんだかそのセミナーは新興宗教のように胡散臭そうに思えた。

しかし、先輩からは毎日のように夜中の一時や二時に電話がかかってくる。とうとう私は根負けした。「いいですよ、でも、身の危険はないんでしょうね」と私は言った。

「それだけは保証してやる」と電話の向こうで声が言った。

「でも約束だぜ、俺はお前にその七万五千円を無駄に使ってほしくないんだ。身の危険はないし、もしお前が終わったときにそのセミナーは全く無駄だったと感じるなら、それは俺にとっても悲しい。

そのセミナーで得をする唯一のコツは積極的に参加することだ。いいか。それだけは忘れないでくれ」。

自己啓発セミナー（二）

会場は新宿の高層ビル群を少し外れたところにあった。八時に着いてみると、すでに会場には百数十名の人々がきていたが、みななんだか不安そうな面持ちをしていた。何人かに話し掛けてみて、かなり多くの人が、私同様、知り合いに口説き落とされてこの会場に足を運んだのだということが分かった。当時は自己啓発セミナーなどというものはまだあまり知られていなかったから、ほとんどすべての人が、これから何が起こるのかよくは分からなかったのだ。

しばらくしてから司会者らしき人が現れてセミナーは始まった。

そのセミナーのプログラムを外部の人にしゃべることは、当時ご法度になっていた。それは、これからセミナーに参加する人に予断を与えて、彼らが一定の距離をおいて参加することになっては彼らのためにならないという理屈からであった。

私も、そう思う。人間は自分の予想したことに対しては、少し距離をおき批評しながら眺めることができる。そうした距離を取っ払って、生の形で自分の心理を観察させることを目的とするセミナーであれば、プログラムを外部に公開して参加者に心理的な距離をおかせるようなことは慎まねばならない。

だが、今となっては自己啓発のセミナーは下火になり、主催する会社の多くはつぶれてしまった。このセミナーのプログラムは、もともとがアメリカで起こったものである。ベトナム戦争を経験し、心理的に大きくゆれ、ヒッピーと麻薬、そんなものがはやった時代、アメリカには心のよりどころを求める人たちが大勢いた。そんな時代を背景にして、深層心理学の亜流をくむ様々な心理学者がエサレン研究所というところに集まり、この心理探究を主とするプログラムを作り上げた。

それは、集団でゲームをしながら、その中で自分の心理を観察させるというゲームである。まともなゲームもあれば、過激なゲームもある。たぶん皆さんは、自分は常識を持った人間だと思っているであろうが、こうしたゲームは常識と非常識のすれすれのところに位置している。だから、心理学者の間にも、過激が高じて異常になり、本物の異常の世界にいってしまった人たちもいる。

そうしたゲームを集めて、セミナーは開かれるようになり、そして、アメリカで流行した。そのセミナーをアメリカで体験した人たちが、日本でもこのようなセミナーを開きたいと思った。その第一号が、ライフダイナミクスという会社である。

だが、指導者たちの間でも意見の対立は絶えなかったらしい。理想を過激に追い求める人たちは、ある意味では異常な人たちなのである。そうした自己啓発セミナーを主催する会社は、何回も何回も分裂を繰り返した。その初めての分裂でできたセミナーが、私が行くことになったセミナーである。

今となっては歴史の中にうずもれ、参加者たちからも忘れかけられているセミナーであるから、私がそのプログラムの一部を書いたからといって別段罰も当たるまい。これから、そのほんの一部をご紹介することにしよう。

まず、参加者はエンカウンターゲームというものをさせられる。百人ぐらいの人がいる会場で、自由に歩き回りながら、いろいろな人と出会い別れる。ただし一言も口を利いてはならない。そんな中で、自分の心理を観察しなさいという司会者（トレーナーという）の声が響く。私も何人かの人に近寄って目礼した。

これがプログラムの始めのさわりである。たいていの人はそこで首をかしげ、いったいこれは何なんだと変に思うだけである。

その次に二人で組をつくり、相手の批評をするという時間が始まる。それもまず、自分から見て、相手の悪い点だと思えるところを、第一印象だけで徹底的に言わなければならない。これは、言う方にとっても言われる方にとってもかなりの苦痛である。年齢的には上の人も下の人もいるし、代議士秘書から、お医者さんから、俳優から、学生から風俗関係の人から、会社員まで、もちろん男女混合である。好きなタイプもいれば嫌いなタイプの人もいる。そうした中で様々な人とカップルとなって、一分間の間、相手の悪いところを言わされ続けるのである。

何で俺はこんなことをしなければいけないんだ、と思っているところに司会者の指示が飛んでくる。もちろん今やったことはゲームに過ぎません。しかし、あなた方は、今のゲームを通じて、どんな心理が自分の心に芽生えてきたのか観察していらしたでしょうか。このゲームを通じて皆さんに考えていただきたいことは、相手に何を言われたかではなく、言われたときに、自分の内面にどういうことが起こったのか注意深く観察することです。

参加者は少し考え込み始める。これは自分の心理を観察するために考え出されたゲームだ。ならばせっかく七万五千円も払ったのだから、少しは付き合ってみるかと考え始めるわけである。

あとは、いろいろなゲームのオンパレードである。

例えば「こちらから向こうへ行きます」という名前のゲームがある。参加者は、ある場所からある場所に、残りのみなが注目する中を一人ずつ行かねばならないのだが、そこには、自分以前の人と同じ行き方をしてはならないという規則がある。始めの人が歩いて行ったら二番目の人はもう歩いて行ってはならない。そこで二番目の人が走って行ったとする。そうしたら三番目の人は、もう歩くことも走ることもできない。そこで片足けんけんで行ったとする。すると四番目の人は……

百数十人もいるのだから、最後の方の人が、行き方に困るのは目に見えている。では一列に順番を作ってお並びくださいといわれると、先を争って列に並ぼうという人がいる。そうかと思うと、ぐずぐずしていていつのまにか順番が後になる人もいる。そうした雰囲気をシラーッとして眺めている私のような傍観者もいる。

そして実際に後の方に並んだ人は、当然ながら行き方に詰まってしまう。考えた末にとった行き方をしても、以前に同じ方法で行った人があれば容赦なくやり直しをさせられるわけだ。見えを気にする女の子などは、結構なプレッシャーを受けていたようである。

そんなゲームが終わると、またそこで、司会者が考えさせる。あなたは今のゲームに対してどう反応しましたか。積極的な参加でしたか、それとも傍観者でしたか、心理的なプレッシャーを感じましたか、感じたとしたらそれはなぜですか。他人のことは見ていましたか、それとも我がちに順番を取ろうと列に並びましたか、ひょっとしたら、列の順番に早く並びたかったのに、いつのまにか後ろの方になっていた人はいませんか。その人は、なぜそのようになったのでしょう、そしてそのときにあなたはどう感じたのですか。エトセトラエトセトラ。

ほかには赤黒ゲームというのがあった。そのゲームは百人以上の人たちが、二つの集団に分かれて行う。その集団同士で勝ち負けを争うというものである。

よくよく始めの司会者の説明を聞いていれば、そのゲームが実は二派の競争を意図するゲームではなかったことが分かるという設定になっている。

しかし、参加者たちは、自分たちの集団の利益をかけて、そのゲームに勝とうとする。集団の中からリーダーを決めなければという意見が出、リーダーが決まる。その間にも駆け引きがある。これは、人間社会の政治と同じ構図である。論理を使って徹底的に相手に勝とうという意見も出れば、やじっているだけのやつもいる。ふん、たかがゲームじゃないかと言って端っこの方で眺めているやつもいる。そんなことをしながら、だんだんと見えざる敵とのゲームが進行していくのだ。

さらにこんなゲームがある。これは今までのものとは少し趣向が変わっていて、みな前の方を向いて電気が消される。その中で、自分の両親のことを思い出すようにいわれる。ノスタルジックな音楽がしみじみと流れ出す。その中で司会者の声が響く。あなたのご両親のことを思い起こしてください。多分彼らにもまた、あなた方と同じような人生があったのです。彼らのことを感謝の気持ちを持って思い出してください。彼らはどんな人だったのでしょう。あなたに何をしてくれたでしょう。幼い頃に感じたあの生き生きとした感情をもう一回思い出してみてください。そして、今お母さんがあなたのそばにいると感じてみてください。さあ、あなたの前には今お母さんがいます。あなたは何を伝えたいですか。感謝の言葉ですか、それともそれとは全く別の言葉ですか、さあ言ってみてください、恥ずかしがらずに、あなたの今の気持ちを伝えてください……。

ここら辺で泣き出す女の子がいる。何事かをつぶやく人が大勢いる。会場は、だんだんとすすり泣きで満ちてくる。

では、あなたの前にお母さんがいます。頭があります。ゆっくりと心をこめてなでてあげてください……そしてもう一度言葉をかけてあげてください。ではお母さんは消えていきます。こうしたことが母親と父親の二回繰り返されるのだ。

私はちょうどその年に母親をなくしたばかりだったから、このゲームは少しこたえた。

そんな感傷的なゲームに何でこの俺が参加しなければならないの、と私の理性は言っていた。だが一方で、私に、泣いてやれとささやきかけるものもあった。私は、自分にとってこんなに安っぽく思える仕掛けに自分の感情が動くことに驚いていた。

このあたりで、これは大衆煽動だ、と怒って帰ってしまった政治関係の人もいるとはあとで聞いた。

最後に別のゲームも紹介しておこう。このゲームは、百人の人がいるとすれば、五十人が内側に、五十人が外側になって、二重の輪を作って行われる。内側の人は外側の人と一対一で向かい合う。そして、次のような指令が出る。

これは人生の出会いと別れのゲームです。今あなたの前に立っている人にあなたがどんなメッセージを伝えたいかを次の四種類の中から選択してください。ひとつめは、大好きである、というメッセージです、二つ目はまあ好ましいというメッセージです、三つ目は、好きでも嫌いでもないよというメッセージです。四つ目は嫌いというメッセージです。イチニノサンでお互いにメッセージを出し合うのですが、大好きのときは、指を四本出してください。大嫌いなときには指を一本出してください。しかしたいていの場合、組んでいる二人が出す指の数は違うのです。そうしたら、二人で顔を見合ってもう一度指の数を出し合ってください。一致するまでその作業を続けてください。そして……と司会者は言葉を区切った。

一本同士だったら、二人でそっぽを向き合ってください。二本同士だったら、ただ相手を見つめてください。三本同士だったら、握手してください。四本同士だったら（ここでちょっと笑い声が起きた）、抱き合ってください。

このようにしながら、内側の人と外側の人とが順ぐりに出会いと別れを繰り返していくのだ。もちろんその間に、自分の心理がどのようになっていくのかを観察することが目的であることはもう誰もが知っている。

他にもたくさんのゲームがあった。そうしたゲームを通じて私の心理がどのようになっていったか、そしてその集団がどのような反応をしたのかについては章を改めて述べることにする。

自己啓発セミナー（二）

三日の間、私は、自分の心の動きと行動パターンについて、ゲームを通じながら考え続けた。その間に、他の人も私に劣らずハイな気分になっていった。冷静に見えたり憂鬱そうに見えたり、頑固そうに見えたりする人が、泣いたり笑ったり、はしゃいだり怒ったりするのを、私は不思議そうに眺めた。

当時の私の日記を見ると、こんなことが書いてある。

「これは理屈のセミナーでも、心理探究のセミナーでもなく、エネルギーのセミナーのようだ」。しばらくして、少し距離を置いてから、ようやく私には自分がどんな状況にあるのかが飲み込めてきた。つまり私は、自分が生きている、そしてこのようなものだと納得している世界が、感情というものをゆすぶられることによってあっけなく崩壊していく様を眺めたのである。

私は、自分でも理屈っぽいと思うタイプの人間だから、自分が感情の奴隷になるなどということはありえないと心から信じていた。だから、自分が理性で作った世界が、自分の感情によって否定されるのを見るのは驚きであった。

思えば、のっぴきならない体験でもしない限り、人間は自分に嘘をついていられる動物だ。本当に飢えて死にそうになったとき、たった一個のおにぎりを相手と分け合って食べるのか、こっそりとってしまうのか、力ずくで奪い取ろうとするのか、それとも相手に譲って死んでいく道をたどるのか……、それは、その場になって見なければ分かるまい。

そのときになって初めて、人は自分の中にどういう感情が芽生え、自分がどのような人間であるかを知るのであろう。

余裕のあるときには、おにぎりなんぞいくらでも譲って、いい顔をしていられる。本当に人が試されるのは、人がのっぴきならない体験をしたときだけである。

困ったことに、平和な時代に生まれた人間は、のっぴきならない経験をあまりしていない。自分の感情を試されていない。だから、自分の性格に付いては多くの場合何も知らない。

彼らはいつまで経っても子供のままであり、自分の心は自由であると信じている。心が自由だなどとはとんでもない話しである。のっぴきならない経験をすれば、感情が揺さぶられる。感情をコントロールできるかできないかの限界にまで来たとき初めて、人は、自分が実は不自由な心をもった存在であることを知るのである。

現代は貧乏がない。結核もない。戦争の影もなければ、悲惨な社会もない。彼らの前にあるのはただなんとなく豊かな社会である。その社会は、通過儀礼を失ってしまった。若い頃自分を試される機会があるとすれば、それはただ〝恋愛〟というものだけである。それでさえ、さびしい同志がくっついた馴れ合いのような恋愛が多いのだ。

そのように考えてみると、昭和四十年代以降の小説がどうもぱっとしなかったわけがよく分かる。それまで主流になっていた小説の基盤は、よかれ悪しかれリアリズムである。そこで基本となる人物描写は、人をのっぴきならないところに追い込んで真実を見せるという手法である。しかるに、現代人をいくら観察して真実を引き出そうとしても、そこには、嘘に塗り固められた仮面しかない。というより、現代人には、そもそも実体がないのだ。

こうして、旧来の手法で人間を描こうとしてもどうも人間の真実に触れないから、小説は面白くなくなった。真実を書こうとして、いつまで経っても大人になれないお子様族の幼稚な仮面だけを書くことになるからだ。

昔の小説には個性ある人たちがたくさん登場する。例えば、イギリスの小説には、世をすねたような偏屈なじいさんがよく出てくる。これらの人物が言葉を発し、あるいは行動するとき、そこに読者は、そうした性格が形作られていった背景を空想することができる。そうした想像の世界に引きずり込むだけで、小説には厚みが増していく。

困ったことに、現代の日本では、頑固なじいさんは、パロディーのネタでしかない。そうした頑固さは、作品の味付けをするのに使われるだけだ。

私は、たとえ人工的な世界であろうとも、このゲームによって、そうしたのっぴきならない世界が作り出され、自分の中にあらわれた感情が、うねるように自分のこれまでの常識を突き崩していくのを見た。これは不思議な経験であった。

人々はハイな気分になり、その感情を分析できない人は、ほとんどとんでしまっていた。私は続きが見たくなった。

そのセミナーには第二ステージ、第三ステージというものが用意されていたのである。

自己啓発セミナー（四）

古来日本には、自分とは異質な他人を排斥したがる傾向がある。農村社会は、地縁血縁でがんじがらめに縛られているうえに、均質な社会であるから、特によそ者は排斥される。これは、一九六〇年代から七十年代にかけて成立したとされる、都市部のいわゆる一億総中流社会でも同じだった。大学のように開かれた社会であっても、そうした雰囲気はあった。若者たちは、自分と同じような体臭を持つ人を敏感にかぎ分け、その人たち同士でグループを作り、異質な人間は排除しようとした。

彼らが自分の仲間を見分けるときに使った目印というのが、ファッションや、好きな音楽、アウトドア派かそうでないか、読んでいる雑誌は何か、等ということで、若者たちは決して若者という一つの範疇に入ってはいなかった。

例えばパルコが、マーケッティングの戦略を立てるときには、まず若者たちを、サーファー系とか、渋カジ系とか、分類するところから始めたのである。電通とか博報堂などの広告会社が若者たちをターゲットにして、時代を読むとか言っては気勢を挙げていた。

困ったことに、私はそのどこにも所属しなかった。あえて言えば、根暗ダサ系に属していたとでも言おうか。だから人々が自分の根っこを拒否するようにしてバブルの時代に走っていったとき、私はどこにも属さずに、単に取り残されていくような感じがした。ネクラとかオタクとかいう時代の流行語は、自分の世界に閉じこもっている異質な人間たちを、排除するか、とりこむか、ぎりぎりのところで生まれた言葉である。世の中の常識ある人々は、自分の中にも少しばかり痕跡があり、さりとていつまでもそれにしがみついていると足かせのようになって行動ができなくなる暗さを、ネクラという軽い言葉でしゃれのめすことによって、新しい状況に適応しようとしたのである。

そんな時代であったから、たいていの人には自分とは異質なグループの人と話しをする機会は、めったになかった。

さて、なぜこんな話しをするのかというと、自己啓発セミナーの第二段階で、私はいきなり多くの異質なグループが一緒くたになった集団の中に放り込まれたからである。

この段階はアドヴァンスドコースというえらそうな名前がついていた。ある初夏の日、私はなけなしの十五万円を払って、茨城県の方に行くのだという、そのセミナーのバスの中に乗り込んでいた。

始めのコースを経験し、一度は心理的にぶっ飛んでしまった人たちばかりの集団であるというのに、行きのバスの中はひっそりとして、隣同士、これから何が起こるんでしょうねという会話をしているばかりであった。

それは、いろいろな人たちのごたまぜの集団だった。一人で大企業の片隅でこつこつと仕事をしているエンジニアがいるかと思うと、名の知れた成金の情婦となって、いつかはそいつのことを見返してやるんだと心に決めている貧乏な女の子がいた。アパレル関連の中小企業の会社を経営する親を持って、自分はその仕事を継ぎたくはない、自分にはもっと他の人生があるはずだと夢見ている若者がいた。もっと言えば、子供の世話と晩酌を楽しみとする静岡県の魚屋さんがいたし、家族の亀裂に悩んでいる若い女の子がいた。昔付き合った女性との暗い過去を持った電気店の店長さんは、新しい生活、すなわち自分の店を持つことを夢見ていた。すごくきれいなのだが無口なニューハーフがいた。戦争を知っているおばあさんもいれば、やたら自分の経験を話したがっている会社のお偉いさんもいた。もちろん、サラリーマンもたくさんいた。カラオケが好きな人もいれば、ジャズばかり聞いている人もいた。読書好きの女の子がいるかと思えば、俺は面倒くさいことが嫌いなんだと言い張る、気の短そうなアンちゃんもいた。

そんな雑多な集団が、これから何が起こるのだろうと、めいめいの不安を抱えながら、一台のバスに乗り込んでいたのである。

次にプログラムの説明を簡単にしてみる。

それは三日間の合宿形式で行われる。始めの日は、言ってみれば、第一段階のゲームを少し進化発展させたような内容である。だが、二日目に私たちは、大部分が「どうしようか」と悩むことになる。こんな説明があるのだ。

三日目にあなた方にしてもらうことは、言ってみれば全員の前で演芸会をしてもらうようなものです。ただし、やってもらうことは、これまでの人生の中であなたにとっては異常なことです。あなたが一番苦手なこと、人前では絶対にしないぞと心に決めているようなこと、異常だと思っているようなことを、みなの目の前で演じていただきます。

もちろん、これは人を殺したりするような反社会的なことではありません。むしろ、日ごろのあなたは、自分にとっては異常なことを実はやりたかったのではないでしょうか。

ここに振り子があります……。と司会者はここで黒板に右の方に振れている大きな振り子の画を描いた。

この振り子は今、右に大きく振れています。これは今のあなた方の状態を表します。これはあなた方にとっての正常な世界、あなた方にとっての常識を表します。ここにいるときあなた方は居心地がよく、自分が正しいと信じていられます。

ところで、とここで司会者は息を継いだ。あなた方が、自分の世界を離れて、より広い世界に出る、つまりこの振り子が自由に振れるようになるためには、この振り子を真ん中に戻すだけでは十分ではありません。ではどうすればよいのでしょうか。

ここで、笑い声が起きる。

そうです。一度あなた方は、この振り子を左いっぱいに振らなければなりません。左の世界とはあなたにとって異常の世界です。そうすることによって、初めてあなた方の世界はあなた方にとっての常識という狭い世界から解放され、自由になり、振り子は自由に振れるようになるのです。

では、私たちはどのようなことをやらされたのだろうか。

実は今から考えればそれはたいしたことだとは思えない。私は何でもできそうな気がしていた。私に与えられた役割とは、あまり考えずに行動し、センチメンタルでくさいことを堂々と言い、ピエロになって人を勇気付けることができる人、テレビで言えば、「あの夕陽に向かって走ろう」等という恥ずかしいせりふを臆面もなく言うことができる、森田健作の役を演じなさいといわれた。

よくよく考えてみれば、森田健作さえよく知っていれば、これはそれほど難しい注文ではなかった。ところが困ったことに、私は森田健作主演のドラマを見たことがなかった。そこで、知っていそうな人にいろいろ聞こうとしたのだが、みな、自分に与えられた課題にそわそわして、それどころではなかった。

そこで誰かから教えてもらった、「あの夕陽に向かって走ろう」というせりふと「さよならは誰に言う……」とかいうドラマの主題歌だけを頼りに、自分の一番苦手なことを考えてみた。どう考えてみても私の苦手なことといえば、気恥ずかしい、私の心の中で軽蔑すらしているようなことを自分で行うことだった。そこで明日はアドリブでともかく何かやってみようと決めた。

さて、次の日。

特に他人からどう思われるだろうかといつも気にしているような女の子たちは、げっそりした顔をしていた。そんな中、励ましあって、やりましょうね、と誰かが言った。なんだか異様な緊張が場を支配していた。みなそれぞれに不安を抱えていた。

一人ずつのプレゼンテーションが始まった。始めの人は、私に劣らず暗そうな人だったが、演技の途中で飛んでしまって、笑いながら何人かの人にキスしていた。そうなると会場はどっと沸くのだが、私はしばらくして、それが共感の笑いであることに気がついた。

ここまでくると、参加した人たちの間に、同じように苦手なことをやらねばならないことに対する共通の連帯感が生まれていた。

私の番がまわってくる頃には、ほとんどの人が、同じ運命にある人に、だれかれの別なく暖かい気持ちになっていた。私は、夕陽に向かって走ろうというところを、朝日に向かって走ろう、と間違えた。大変な笑い声が起きたが、私にはそれは皮肉な笑いには聞こえず、暖かい共感の笑いに聞こえた。それで私も飛んでしまって、それからは知りもしない健作先生に扮して気恥ずかしいせりふをたくさん言い、腹の底から元気になって、その日一日ハイな気分になった。

おそらく人間は、共通の危機に直面したときに初めて共感が生まれるのだろうと私は思った。自分の苦手なことを人前で演じるというパフォーマンスは、戦争などに比べれば、箱の中の小さな危機に過ぎないかもしれない。だが、そうした小さなきっかけでさえ、人は、共感し連帯しようとする。

全く異なる人生を送ってきて、シラーッとして世の中を眺めているあらゆる種類の人たちの間に共感が芽生えるのを私は世にも不思議なこととして眺めていた。

自己啓発セミナー（五）

おそらくセミナーの意図はこうだったろう。第一段階では、自分の中にあるエネルギーが、制御しきれないような感情として自分を襲ってくる場面を経験させること。そうすることで、自分がどんな人間であるのかを考えさせること。第二段階では、共通の危機の中に雑多な人間を放り込んで、その中から共感や連帯が育まれていく様子を見せること。

私は見事にそのトリックに引っかかったクライアントの一人かもしれない。

私は当時、自分の小説がなぜ人を、いや人はおろか、自分をも魅きつけないのかといつも考えこんでいたから、余計にこのセミナーはヒントになったのだろう。

セミナーで体験した共感は、逆に、なぜわれわれの普通の人生に共感が少ないのかという理由を浮かび上がらせる。つまり、われわれを襲う共通な危機が今の日本からは消えてしまっていて、共通の危機に対してともに勇気を持ち、立ち向かっていくという共通な体験も欠如しているからだ。

貧乏もなければ戦争もない、豊かであるがゆえに感情を揺さぶられたことがない人々が、自分とは異質な人に共感を持てないのはこれはある意味では当たり前のことだ。

だが、たかがそうしたことのために、本来は異質な他人にも共感を伝えることができるはずの文学は、ミステリーだのファンタジーだの童話だのといった様々なジャンルに分かれ、たがいに音信不通になってしまった。

そんな問題意識を抱きながら、私はついに第三段階にまで足を突っ込むことになった。

この第三段階は名前をリアライゼーションという。読んで字のごとく、それは実現である。つまり今までセミナーハウスや、合宿所でやってきたことを基に、今度は実際に自分が今生きている世界で自己実現を図ろうというのがその目的であった。

正直なところ、この段階は私にとっては、第一段階、第二段階のようには面白くなかった。なぜなら、それは今までのセミナーのように、自分が体験したかったのに体験できなかった世界を見させてくれるものではなく、不毛な現実と再び向き合わねばならないことであったからである。

言ってみれば、セミナーの中には感情を突き動かされたもの同志の共感が存在していたのに対して、外の世界には、相も変わらずめいめいの納得と世界の中に閉じこもる人々の無関心な顔があったのだ。

その現実世界と向き合うためにセミナーは、あまり私の、そしてほとんどの人の好きでない手段を用意していた。つまり、リアライゼーションのプログラムは、

人をセミナーに誘うこと
銀座のど真ん中で自分が一番苦手とする行為をすること

の二つから成り立っていたのである。

別に自分がセミナーへ誘った人が実際にセミナーに来たからといってお金になるわけでは無論なかった。しかし、いくら自分がよいものだと思ったものでも、七万五千円も出してセミナーにこいと勧めるのは、少々勇気がいる。悪くすると、あいつ、新興宗教にでも入ったかと、敬遠される危険性がある。さらに、私たちの世代は、集団というものの胡散臭さが嫌いである。なんだか妙な組織の勧誘員になった気分さえする。

おまけにそのプログラムによれば、人にセミナーを勧めるとき、セミナーの内容を決して話してはならないという規定があった。ますますこれは秘密結社か宗教団体の勧誘ではないか。

このとき初めて、私をセミナーに誘った先輩があんなにも夜遅く何度も電話をかけてきた理由が納得できた。私は困惑した。

しかし、乗りかかった舟だと決心した。行くところまでは、行ってみようと思ったのである。

セミナー側からすれば、このプログラムは、ねずみ講的な意味においてセミナーを存続させる資金源になるという利点があった。だが同時に、セミナーの参加者に、現実の社会の中で自分がどのような振る舞いをいつもしているのか自己分析させ、その中で、自分のとりがちな行動パターン、自分をいつも失敗へと導く行動パターンを気づかさせた上、それを廃棄させ、新しい自分を作り上げる手助けをするはずのものだった。

セミナーの基になっている心理学の理論の一つに、交流分析というものがあるが、これは、自分がとらわれている行動パターン、つまり人生の脚本がどのようにして形成されたのかを探り、幼い頃の体験にそうした脚本の基があることに気づかせ、そうした脚本を修正してよりよく生きていこうとする理論である。

しかし、私の知る限り、そうした理論は面白いものではあっても、現実には向いていなかった。仮に自分の脚本に気づいたとしても、打つべき有効な手立てはあまりなかったからである。

むしろ私にとって興味深かったのは、参加者のうち何人かの人が、オカルトに惹かれ始めたことである。こういうと、ああ、やはりこれは新興宗教の洗脳じゃないかと思う人がいるかもしれない。確かに、大きく眺めれば、これは新興宗教のやり口と同じである。しかし、当時の私はちょっと違った風にこのありさまを眺めていた。

何人かの人たちが私に「シャーリー・マックレーンの本を読め」と言った。そして私はそのごく一部を読んだだけで投げ出した。何人かの人たちが精神世界を書いた本に興味を持ち始めた。そしてその人たちは、別のセミナーにも行ってみたいと言い始めた。

彼ら多くの人たちが感じていたことは、現実という雑多な物事の背後に、何か〝法則性〟や決まりがあって、それを知ることが自分にとって有用なのではないかということだったのである。

心理学というものが、一見混沌とした人間の心理というものの背後に潜む法則性を探求する学問であるとしたら、彼らはまさに心理学に興味を持ったのだ。だが、彼らはフロイトやユングを読むのではなしに一目散にシャーリー・マックレーンに走ってしまった。

目に見えないもの

この項は、考察の項である。あまり関心がない人は、ひとまず読み飛ばしてから後で読んでくれてもかまわない。

私は、子供の頃科学者にあこがれた時期がある。湯川秀樹や朝永信一郎といった、日本のノーベル物理学賞受賞者は、私にとっては神様のような存在であった。

さて、では西洋において物理学がどのように発展してきたかを語るときに避けて通れないのは誰かというと、ニュートンの存在である。この人が、りんごが木から落ちるのを見たときに万有引力の法則を思いついたところからすべては始まっている。

こう語ると簡単なようであるが、問題は、りんごが木から落ちるのを見たのはニュートン一人ではないというところにある。つまり、りんごが木から落ちるというありふれた現象と、万有引力の法則という背後の抽象的な法則の間には実はとてつもないギャップがあって、このギャップを克服するのに人類は数千年を費やし、一人の天才を待つしかなかったのである。

普通、われわれはりんごが木から落ちるのを見ても、そこから抽象的な法則を引き出そうとはしない。われわれにとって、それは単なる日常的な光景なのだ。

ところが、ひとたびその現象について考えるということを始めると世界は一変する。理性で考えるという作業によって現象の背後に規則性を見出してきた歴史が、物理学という学問の歴史である。

十九世紀に起こった人文科学や社会科学の大半は、こうした物理学の歴史の延長線上にある。つまり、言語という雑多な現象の背後に規則性を見出そうと考察を加えたのが言語学であるし、社会というこれまた人々の雑然とした集まりに考察を加え、ここから抽象的な法則を引き出そうとしたのが、社会学である。さらに、フロイトという人は、人間の見る夢や無意識の中にもある種の規則性が働いているのではないかと考えて、深層心理学の開祖となった。

そして、そうした抽象的な規則性を認めることによって、文明は飛躍的な進歩を遂げてきたのである。

私は、ニュートンが初めて現象の背後の規則性に気づいたときの興奮を想像すると、わくわくする。同様に、フロイトが精神に不安を訴える患者を診察しながら、こうした現象の裏には何か法則性があるぞと気づいたときの彼の心理状態を思うと、うらやましくさえ思う。

しかし、現象の背後に、ある種の規則性を見る人間の能力は、科学者たちだけの特権ではない。私たちも大なり小なり、自分たちの生きている世界の底流を抽象的に捕らえ、何らかの法則性を見つけることによって、よりよい人生を生きようとしているのだ。

しかしながら、ここには大きな問題点がある。例えば、フロイトが〝深層心理〟というものによって私たちは動かされているのだと高らかに宣言するとき、私たちの頭には懐疑が湧く。それは素朴な疑問である。本当に無意識や深層心理なんてものが存在するのだろうか。それこそ、心理学なんてものは、フロイトが作りだした幻想に過ぎないのではないか。

本当に存在するかどうかを知るために、物理学は実験と検証という方法を用いる。ところが、深層心理学では、それがほとんどない。あるのは傍証ばかりで証拠は出てこないのだ。そうした非科学性に呆れた人たちは、同じ心理学とは言っても、実験ができ、そして計量のできる心理学を作る始末である。

つまり、現象の背後に法則性を見つけたと思った人たちは、雑多な現象の背後にそんな構造が潜んでいるなんて、それは神の啓示に違いないと思うほどの感動を覚えるのだが、そのような法則性を認めない人たちにとっては、それは単なる夢幻の世界であり、お話しとしては面白いかもしれないが、そんな暇なことは俺には関係ないよという世界になってしまうのである。

ところで、現象の背後にある規則性を見抜く人間の能力は、抽象化の能力である。私たちが日ごろ見慣れている世界は具体的な世界なのであるが、そうした世界の背後に規則性を見出すためには、抽象的な概念や、思考力というものが要求される。それを簡単な言葉でいえば哲学と呼ぶ。

私たちの世代に顕著に見られる特徴は、こうした抽象的なものの存在を、胡散臭く感じる人が多いということである。それは、特に政治的なものに対する拒否反応となって現れている。

左翼の抱いている思想（これは抽象的な概念だ）も、右翼の抱いている思想も、ともに豊かな時代の中で非現実的な胡散臭いものと思われていた。そうした抽象的な理念を振りかざすから、戦争が起こり、争い事が起こるのだというわけだった。

さらに言えば、現実的な人間は、自分と異質な世界に住んでいそうな暗そうな哲学青年から、世の中にはこんな抽象的な世界があるのだと言われたときちょっと身を引いて、「そんな世界は俺には関係ない、まるで新興宗教のように胡散臭いじゃないか。俺は、そんな風に理屈っぽいやつが何より苦手なのだ」と考えるのが常だったのだ。

そんなわけで私たちの時代にはやらなくなったもの、それは何よりもまず、考えることであり、現実の背後に規則性を見出そうということであり、逆にいえば、現実的でないことであった。

考えることによって、私たちの生きている今の世界がどんなものだか認識しようという試みは、大学の象牙の塔の中か、あるいは道をうっかり踏み外してしまった落伍者の間でだけ行われた。

思えば、豊かな社会では、人はあまり抽象的なことを考える必要がない。人々の関心は、この世界はどんな世界なのか、我我はどこから来てどこに去っていくのかということより、そんな難しいことはどうせ分かりっこないのだからひとまずおいといて、よりよい人生を楽しもうや、ということに向かう。

何とか今いる状況から抜け出したい人だけが考える。なぜなら、今自分が置かれているうっとうしい状況を変えていくためには、今自分がおかれている状況を抽象的な言葉で整理し、作戦を練らなければならないからである。そのためには抽象的な思考力が不可欠なのだ。

そんなわけで、高度成長期以降の豊かな時代に生きている人々は、考えるということをあまりしなくなった。考えること自体がダサいことであり、ネクラの仕業であった。そして、社会の底の方で鬱屈しながら生きている人々は、何とか抜け出そうと思って考えてみても、考えるという習慣自体がなかった。

だから、彼等が自己実現のセミナーで心理的なショックを受けて、われわれの心理の背後には、実はなんだか知らないが大きな法則性があるのではないかと思い始めたとき、まず真っ先に飛びついたのが（自分で抽象的なことを考えることではなくて）、シャーリー・マックレーンだったのだ。

目に見えない世界を信じようとしない人たちの中にあって、文学もまた廃れた。なぜなら、小説というジャンルの一つの特徴は、さりげない日常世界の背後に、実は大きな世界、人間の真実というものが象徴されている、という理念に基づいているからである。

背後に人間の真実という目に見えない大きな世界を背負っているという意識を共有しない限り、一人の人間の経験はたかが一人の経験に過ぎない。どんな世界を虚構しようと、その世界は、現実の一片にすらかなわない。

昔ながらの手法を持つ小説はこういわれる運命にある。何よ、役に立たないお体裁屋、あなたの言う文学の真実なんてものはどこにもありはしないよ。理屈っぽい人は嫌いなんだ、形式ばかり気にして心に響いてこないからね、それよりも、人を勇気付けるような言葉を書いて見なさいよ、書けるものならね。

こうして小説は、一方では寂しさを癒し人を勇気付けるメル友のようなものになり、もう一方では巨大化した現実を描くルポになり、さらには面白ければよいじゃないかというゲームになってしまった。

もちろん私は、癒しや勇気付けや巨大性やゲーム性を頭から否定するつもりはない。それらは小説の重要な要素なのだ。

だが、そこにたった一つだけ欠けているもの、それは、小説がこれまで求めてきた、現実の背後にあるもっと大きな真実というものなのである。

かくして小説はいろいろなジャンルに分化していった。そういう現実の中であえいでいた文学青年である私にとって、狭い世界とはいえ、セミナー会場で知り合った仲間たちが、自分たちの心理の背後に、何かしら人間の真実に迫るような法則性を予感したことは、大きな喜びであった。ひょっとしたら、この人たちと私は、同じ認識を共有でき、共感できるかもしれないと私は思ったのである。

だが、彼らは小説を飛び越して、一足飛びにシャーリー・マックレーンへと走っていってしまった。

アドニス

どうも気が進まないなあと思いながらやり始めたリアライゼーションコースだったが、結局終わるまでに、私は十人もの人を、そのセミナーに誘いこむ結果となった。

これから私が誘った人を何人か紹介して、彼等がどんな感想をもったのかを、少し語ってみようと思う。

話しはさかのぼるが、一九八〇年代の半ば頃に、新宿の歌舞伎町をちょっと外れたところ、花園神社の近くのビルの地下二階に、アドニスという名の店があった。

店のママさんは、持病を抑えるために副腎皮質ホルモンを使ったため、ちょっと太り気味の、大分年配の人だった。元は銀座ではでにやっていたらしいが、その頃は人生を悟ってしまったような顔をして、新宿の一角に店を構え、昔馴染みの客を相手に商売をやっていた。当然飲み代は高かった。

ところが、そんなことを知らない大学の寮の四人の仲間もろとも、私は酔った勢いで、その店に転がり込んでしまったのである。

ここはあんたらの来るような場所じゃないよ、とママさんは私たちをたしなめたのだが、運がよかったのか悪かったのか、そのとき店には誰もいなかった。そこで、しょうがないねえ、まあいいか、本当はうちはめちゃくちゃ高いんだよ、と言いながら、そのママさんは私たちにスコッチウイスキーの水割りをご馳走してくれたものである。

目の前のイギリス直輸入という樽の中から、そのスコッチウイスキーは汲み出されてきた。これがその店の自慢だった。場末の店に落ちたりとはいえ、そのママさんはささやかなプライドと高級志向を保っていたのである。

ふとした話しのついでに、私が売れない小説を書いている文学青年であることが分かると、そのママさんの調子は急に暖かいものになった。後にも先にも、売れない小説を書いている故の恩恵を受けたことは私にはこの一度きりしかない。「うちには、アメリカ文学の○○先生や、NHKの何とかさんも来るよ、そのうち折を見て紹介してあげるから、よかったら時々おいで。ついでにあんたの書いたものを持っておいで」と言われた私は、すっかりいい気になって、それから時々その店に行くようになったのであった。


その店の常連という人たちは、例えばこんな人たちである。当時の十大商社の一つに勤めている部長のたつさん(以下仮名)。彼は連日のようにやってきて、ママさんと話しをするのが好きだった。ではどんな話しをしていたのかというと、例えば、キヘンがつく漢字をどれだけ言えるかママさんと競争していた。彼には妻も子供もいたらしい。だが、勤め帰りの時間になると毎日のように足を運んで、ママさんとそんなやりとりをしていたのである。彼はいつも私を見ると、困ったような胡散臭そうな顔をした。

アメリカ文学の○○先生には一向にお目にかからなかったが、うまく行き合わないだけで、先生自身は時々現れるらしく、私のことも時々話題にしてくれていたようだ。まあ近頃の文学賞は、誰かが一言言っておいてやらないと難しい世界だからね、作品をみる機会があったら知り合いにちょっと言っておいてやるよ、等と請合いながらその人は適当に逃げていたようである。

ＮＨＫの何とかさんという人は一度だけ見かけたことがあるが、二人連れでやってきて、長い間話しこんでいた。私は彼の頭のあたりをぼんやりとまぶしそうに眺めただけである。この人は後に相当なお偉いさんになった。

こういう人が来るときは、私は隅っこの方で小さくなっていたのであるが、時々客のこない日もあった。そんな時、私はママさんからいろいろな昔話を聞く機会を得た。

「あんた、ないちょうって知ってるかい」と聞かれて私は、首を振った。ないちょうとは内閣調査室といって、もちろんＣＩＡほどは怖くないが、内閣直轄の諜報組織のことである。

「そのないちょうだけどさ、左翼運動が盛んな頃、うちにきている学生さんがいたのさ、今とは別の場所だけどね。あいつを知らないかって言うんだよ、知っていたとしても言いません、あんたら何のつもりなんだってお引取り願ったよ、しかし、ちょっと怖かった」。そんな威勢のよい話しもしていた。

そうかと思うと、「私が時々面倒を見ている男がいるんだけどね、下山事件を知ってるらしいよ、そいつに聞いたところでは、何でも下山総裁をやっちまったのは、どこかの工場の中らしいよ、今度あってみるかい、小説のネタぐらいにはなるかもしれないよ」等と言っていた。下山事件は戦後のミステリーとして諸説紛々としている迷宮入りの事件である。真相を知っているという人がごまんといるが、ぜんぜん解決できない話しだから、私は話半分に聞いていた。実はこのごろ、週刊誌の記事で下山事件が特集されており、その事件を生涯かけて追いかけている人の手記を読んだが、ママさんの話してくれた人物というのは、その中の、怪しいけれど証拠がないといわれている人物に酷似していた。今となってはもう遅いが、私は会っておけばよかったといまさら後悔したりしている。

ある日私は、そのママさんのところに、仕上げた小説の原稿を持っていって読んでもらった。ママさんは私の原稿を一生懸命読んでいたが、やがて顔を上げると、「この原稿は売れないよ」と言った。「文章は下手だけど、面白いところもあるよ、でも、これは今の時代にゃあ売れないよ、もっと別なものを書いた方がいいよ、でも、あんたも私と一緒で貴族趣味だねえ、貴族趣味の人間は、今の世の中じゃ生きにくいんだ」。

私は、彼女の目が少し潤んでいるのを見てびっくりした。その日あまりしゃべったもので、終電車がなくなりかけていた。慌てて帰ろうとすると、「いいよ、明け方ぐらいまで、そこらに腰掛けておしゃべりでもしようじゃないか」とママさんは言った。

午前一時ごろママさんは店を閉めた。私たちは午前四時ごろ、日がようやく昇り、始発電車が動き出す頃まで、西口に向けゆっくりと散歩をした。「貴族趣味の人は、はやらないからねえ」とママさんはしきりに言っていた。

ママさんは次の日にある人物と会わなければならない約束になっていて、それが嫌だと言っていた。その人物の名前を聞いて私はまた驚いたのであるが、それは、戦後東京の闇の世界で、最初は自警団として組織、のちに大変身していったあるやくざの親分の名前で、映画にも出たことのある、有名な人物の名前であった。どこまでが本当でどこまでが誇張なのか私にはよく分からなかったが、すべて本当のことだとすれば、このママさんは、水商売をしながら、様々な戦後を見聞きしてきたことになる。こういう歴史的な存在感を持った人物に会うのは私は祖父に続いて二人目だった。

このママさんには、下積みの苦労をたっぷりとして、いつも人生を嘆いているような同じ年頃（つまり当時五、六十歳ぐらい）の友達（もちろん女性）がいた。仮にこの人の名をKさんとしておこう。豪快で、「私についてきな」と言ったママさんと、いつでもくよくよと人生を嘆いているKさんは、実に仲がよかった。こういう全く性格の対照的な二人のほうが、世の中うまく行くものである。

さて、今から思えば罪なことをしたものだと思うが、私はこの二人にセミナーへいってくれるように頼み込んだのである。

あまり気が進まず、お店の方も忙しいからねえと渋っていた二人だったが、やがてしぶしぶながら、承知してくれた。

さて、結果はどうだったか。

アドニスのママさんは、知り合いに聞いたところでは、一生懸命に参加してくれ、いろいろな人に大変人気があったそうである。だが、私は次に会うなりやられた。

「あんた小説家志望だろ、あんなものに感激してちゃだめだよ、私なんて、あれと同じような経験は人生もう飽きるほどやってるよ、そのときに自分がどう感じるかなんてことは、もう分かりきっているよ」というような調子で私はさんざんにやられてしまった。

一方Kさんの方はどうだったか。彼女はいきなり私に礼を言いに来た。彼女の目は輝いていた。「いいセミナーだった。私を受け入れてくれる人たちを初めて見ました。できることなら上のコースへ行ってみたいけどお金が……」というようなことを伝えたくてやってきたのである。ほとんど彼女は泣きそうであった。

私は今事実をありのままに書いているが、これは私にとって少しばかり苦い記憶である。なぜなら、程なく私は引越しをして、新宿にはほとんど顔を出さなくなったからだ。次に行ってみたのはそれからもう半年以上経っていたが、ビルの入り口まできた私ははっとした。「アドニス」は閉店していた。以来、今にいたるまで、私は彼女らがどこに消えたのか分からないのである。

アサゼミナール（仮名）

三十年ぐらいも前から、中学受験に関わる塾の競争は熾烈だった。私が中学校受験をしていた頃は、日本進学教室、通称日進と、四谷大塚が、東京圏の覇権を争ってしのぎを削っていた。そのうち、日進の優秀な講師が札束で四谷に引き抜かれたという、ちょっと生臭いうわさが聞こえ始め、日進は急速に衰退していった。

しばらくすると、四谷大塚は院政をしくようになった。つまり、四谷のオリジナルテキストを作って、それを支配下の塾に与え、自分は日曜教室という制度を作って、優秀な生徒を各塾から集めた。そうすることで、支配下の塾は四谷準拠という形で自分の塾の宣伝もし、四谷大塚の宣伝もするようになったのである。この、独占形態は結構長く続いた。

このような時期は、東京都区内だけではなく、東京郊外の私鉄沿線に受験熱が高まる時代と重なっていた。そこで、東京を中心として延びる私鉄の各線には、それぞれ沿線塾と呼ばれる、駅前校をたくさん持つ塾が流行りだした。市進学院、山田義塾、栄光ゼミナール、国立学院などがその代表である。これらの塾は大学を出たてぐらいの若い教師を抱えて、相当なスパルタ式の特訓を行った。正月特訓などと称して、生徒たちが頭に鉢巻を巻いてこぶしを振り上げる様子がＴＶなどで見られたのもこの時代である。

だが、その頃でも、教育に一家言もつ人は、そうしたスパルタ方式ではない別の形態の塾を目指していた。

大学に七年間もいた挙句結局中退することになった私は、寮生活をしながら、何か食い扶持を見つけなければ、大学を出たとたんに金が一銭もないという状況にあった。大卒のキャリアがなく、アルバイト経験もほとんどなかった。何かないかと思いながら、寮食堂で新聞の広告欄を見ていた私は、ある日たまたま、教育ベンチャービジネスの広告を見つけた。年齢も学歴も不問という、妙な広告だった。

結局私は、形ばかりの試験を受けて、そのベンチャーに飛び込むことになった。その名前をアサゼミという。多摩センターという京王線沿線の駅の近くのビルに本拠を持ち、一階で塾を、二階では、アサゼミナール生活分析研究所という不思議な名前を持つ会社を併設していた。私はそこで、とりあえず、小中学生を教える講師になったわけである。

しばらくして分かったことだが、その会社の代表は、東北出身の、人当たりもよければ理論家でもある、教育事業に熱心な人であった。この代表が若い頃結婚した相手が、その地方では結構有名な資産家の娘だったらしい。二人はしばらくの間、東京都郊外の自宅で塾を開いていたのだが、この塾は受験指導というよりもその先生の理想のもとに行われたため、また人当たりがよく、おしゃべりが無類にうまかったために、信者がたくさんついた。自宅の小さな塾は大成功だったわけである。

そこでその人は（これからはYさんと呼ぶ）、その教育理念を基に、事業を拡大しようと思いついた。奥さんの家に頼めば、開業資金は十分にあったのだろう。

彼の時代の読み方はこうだった。

現在の塾はスパルタ教育ばかりで、理解させることはするが、生徒は自分でできるようにはならない。つまり、

「分かる」から、「できる」へ

とキャッチフレーズを転換していく必要がある。さらに、現在の塾の形態は、消費者の生活形態とマッチしていない。教育を本当に行おうと思うなら、消費者の生活形態までちゃんと分析した上で、その人たちのニーズにあった新しい形の塾を作らなければならない。そのためには、他の生活から切り離された勉強の場としての塾オンリーではなく、消費者の生活を研究してよりよいものを提供する研究機関も作らなければならない。

それが、生活分析研究所を作った意図である。

こうして気宇壮大な教育ベンチャーの広告を打った結果、彼のもとには、たくさんの妙な連中が集まってきた。たとえば、英語教育に一生をかけた兄を持ち、自分はある技術についての特許で一儲けしたいとたくらんでいる五十歳台の人や、教育理論にかけては俺に任せろという一癖も二癖もありそうな左翼運動家崩れの人、それに、何も分からずに小さくなっているような私のような学生も加わって、よく言えば水滸伝、悪く言えば、山師の集まりのような集団が出来上がった。

場所は、多摩ニュータウンのど真ん中、付近の中学校は、東京でも一番偏差値の高い中学校だった。なぜか。ニュータウンというところは、都心に出かけるサラリーマンの家族が多く、均質化されていて、学力の低い層があまりいなかったからである。

だが、私が見るところ、三つの要因で、この面白い塾は成功しなかった。

一つは、当時の東京の教育事情である。当時の東京都の中学校教育は行き着くところまで行ってしまっていた。内申書という制度があったため、生徒は好きな科目を自由にやることができなかった。高校受験のためには、中一の一学期から、国語、算数、理科、社会、英語、体育、音楽、技術・家庭、美術の九教科すべてによい点数を取る必要があった。そして、少しでも反抗的な生徒は、教師ににらまれて、内申点を下げられていた。

私が初めて出会った生徒は、その後東大に合格するほどの実力の持ち主だったが、国語と数学だけが五段階評価の五で、後はほとんどオール一に近かった。なぜこんなことになったかというと、管理される教育に対して反抗的であったからである。

本当にオール一の、クマさんと呼ばれている生徒がいたが、彼は教師に反抗して（あだ名どおり体も大きかったので）、かさを投げつけ、教師に軽い怪我をさせるという事件を引き起こしていた。彼は、確かに勉強はあまりできなかったが、私に対してはなぜか猫のようにおとなしかった。そして、その塾の中では結構よく勉強して、それなりにできるようになっていった。これならオール一ではなく、オール三ぐらいにはなるのではないかと私たちは期待したのだが、彼に対する教師の評価は変わらなかったらしい。彼は結局最後までオール一であった。

もちろん、塾に来たのがきっかけで、学問のすばらしさに目覚め、猛烈な勉強をやり始めて、それまで全くできなかった生徒が、わずか半年で、偏差値にして二十ぐらいアップしたというような例もある。やる気になりさえすれば、学力をつけることなどたやすいことだ。

しかし、あまりに徹底した管理教育のために、そこいらの生徒のおおかたは疲れていた。今から思うと、本当に才能がある生徒が多かったと思うのだが、その塾は管理教育の壁を崩せなかった。

第二の要因は、教師の力不足である。昔その代表が教えていた、教え子たちが多いその塾の講師たちは、人柄は誠実でまじめな人が多かったが、いかんせん数学の実力も英語の実力もなかった。問題の一題一題は教えられるが、それ以上の事を教えることはできなかった。おそらく、あるレベル以上の生徒を教える実力はほとんどの講師になかったであろうと思う。今も昔もそうであるが、日本の教育産業は、他の分野に比べてきわめて給料が安いために、優秀な人材はほとんどやってこないのである。

しかし、以上二つの要因は、それでも第三の要因に比べたらたいしたことはない。

一般にいえることだが、事業というものは、始め一個人が自分で理想を持ってささやかな規模でやっているときには、たいていは成功する。問題は、そのささやかな成功を拡大していこうというときに起こる。そこでよほど手綱を引き締めないと、組織としての問題が起こる。大きな規模になると、一人の人間の理念は、いろいろな人によって、あるいは拡張解釈され、ゆがめられて、だんだんと変質していく。気がついたときには、組織としての統一性もなくなっていて、計画性もなにもないままに、毎日が火の車、結果、ぎすぎすした人間関係が生まれていく、お金は儲からず、どうして足を洗おうかとみんなして考え始める。

しばらくして、その塾もそんな感じになってきた。出勤してみると、毎日のように、ぎすぎすした人間たちが議論している。派閥のようなものも出来上がって、人間関係は冷たい。そのうちに首を切られる先生が出てくる。

そんな中で、私は四、五十代のある事務の女の人と親しくなった。その人は、塾の中で落ちこぼれている生徒たち、授業中も、死んだような目をしている生徒たちの教育に大変な関心があった。ある日私はその事務の人から、彼らの仲間とパーティーをやるからこないかと誘われた。

行ってみると、彼らは酒を飲んでいた。私は少し驚いたが、その事務の人によるとこれは彼らにとっては当たり前のことで、単に注意するのではだめだから、まず彼らの中に入っていかないと、なぜ酒がだめかを説明することすらできないという話しだった。

私がびっくりしたのは、いつも授業中は死んだような目をしている彼らが、酒が入ると急に能弁になって、私にべらべらとしゃべりかけ、ほとんど絡んできたことである。そして、日ごろ何を考えているか分からない彼らは、実はよく塾の様子を観察して、幼いなりに自分のおかれた立場がよく分かっていた。そんな彼らが分かっていなかったのは、唯一つ、自分にとって芳しくない状況をどう変えたらよいのか……ということだけだった。私は深く考えさせられながらパーティーから帰ってきた。

私が辞める頃、その塾は末期的な状況にあったが、私のことを見込んで個人的に教えてくれという父兄も現れた。そのうちの一人は、あるとき私を家に招いた。

子供の方は、高校浪人して幾分自閉的な子供だったが、私に対しては素直であった。勉強も決してできなかったわけではない。だが、彼は自分をコントロールすることができなかった。彼は時として、自分の部屋に閉じこもり、そうなると無気力なままテレビなどを見出す。そのまま延々と時が過ぎていくのである。

彼の親は、日ごろお世話になっている御礼に、食事をご馳走したいとのことだった。私は日ごろ、その生徒がいったいどんな環境で生活しているのかとても興味があったので、のこのことその家に出かけたものである。

結論を言うと、その人たちは大阪から出てきて商売をしていたのだが、うまくいかず、倒産していた。しかし、エネルギーがある人たちで、次にはどんな儲け話があるかと夫婦で相談した結果、不動産業しかないという結論になり、夫婦して不動産鑑定士の資格をとる勉強に励んでいた。商売は倒産して借金まであるというのに、その人たちの生活は贅沢で、大きな一戸建ての家にすみ、産地からわざわざ取り寄せたという蟹や、その他豪勢なものを食べさせてくれた。その食事の間、私の教え子は、二階の自室に閉じこもっていた。

さて、私がセミナーに誘ったのは、塾の代表、事務の女の人、生徒の親の三人である。この人たちのセミナーを終えた後の感想はそれぞれ私には興味深かった。

塾の代表は、「実にためになるセミナーだった」と口で言いながら、そのひと月後には、「面白いセミナーに行ったが、それは次のような面白さだった。云々」という文章を書いた。「確かに面白かったが、われわれは教育の現場で同じような、だがもっと高度に仕組まれた心理セミナーを毎日実施しているようなものだ」という論旨の小論文で、その小論文を彼は、アサゼミナールの会報に発表したのである。

事務の女の人は、セミナーで最初から泣きどおしだったそうである。そして、二日目にリタイアしてしまった。「先生があれを紹介してくださったと思うとおかわいそうでおかわいそうで」と言って、彼女は次に会ったときまた私の前で泣いた。彼女は明らかに、私が苦労をしすぎた結果新興宗教に引っかかったと思い込んでいた。

さて、大阪商人の生徒の親は、私に会ったとき言った。「面白かったわよ、私はああいうものには興味があるから、勧められればいつでも行くの、いえー、七万五千円なんてたいしたお金じゃないわ、でも先生には悪いけど、私が今まで行ったセミナーのようなものと比べるとあのセミナーはたいしたことはなかったわ。でも、面白かったわよー」

ネクラな青春

前にも書いたと思うが、私は東大に入学してすぐに文学研究会というサークルに入り、箸にも棒にもかからない下手な小説を書いていた。当時純文学はすでにほとんど滅亡しかけていたが、それでも私には何人かの仲間がいた。そのうちの一人は、大学に入ってすぐの身上調査書で、自分の性格を自己診断する項目の長所の欄に「明るい」と書いた。そして短所の欄に、「根は暗い」と書いた。

私たちはそのことに、共感して笑っていた。よくも悪くもそんな時代だった。

そのサークルにおける主なメンバーは、私と、根だけが暗い彼と、もう一人、文学よりも哲学に関心のある男がいた。そいつは私より三歳年上の男で、二浪して東大に入ってきた。彼の名前を、Aとしておこう。

私たちは、Aと一晩中話し合ったりしたものだ。そんな話しの折に、彼のこれまでの人生の一端を聞く機会があった。

彼はひげを生やし、教祖様のような風貌をした男だったが、恋愛に関しては大変な情熱家であった。

彼の人生のうち高校二年生までのことを私はあまり知らない。おそらく、少し考え込むタイプで、少し生意気ではあるが普通の高校生だったのだろうと思う。ところが、彼は普通の学生が受験勉強に励んで、適当に彼女は作るが、要領よく過ごしている高校時代に、熱烈な恋に陥ってしまった。

相手は、小学校一年生のときに机を並べていた女の子である。始めはすぐに成就するかに見えたが、女の子の方は一定のラインでぴたりと立ち止まってしまった。あせった彼は何度もアタックしたらしいのだが、彼女からはつれない返事が返ってくるばかり。勉強は手につかずといった状況になった。

そうこうしているうちに、時間は容赦なくたって、受験シーズンがやってきたのだが、当然のことながら彼は東大に落ちた。それまでのストックが利いて他に受けた私立の有名大学には受かったのだが、東大志望だったので、彼は予備校に通う身となった。

ところがやはり勉強が手につかない。彼はついに、今でいうストーカーになってしまった。そして、何度も相手にアタックした。しかし依然として、相手はどうしても一線を越えようとしない。

ついにある日彼は、人生の大博打を打った。彼女に、イツイツどこそこの海岸に俺はいる、来てくれなければ、俺はそこの海岸で自殺する、という置手紙を残して、彼は目的の海辺へと向かう。

手紙を受け取った女の子は驚いた。二人には頼りになる共通の知り合いがいた。そこでその女の子は、その知り合いに電話をかけて、相談に乗ってくれと事情を話した。

その男がまた大物だった。「いや、君は行かなくてもいいですよ」とその男は言ったそうだ。「彼のことを私はよく知っています。あいつはこの世に未練があるやつだから、あなたが行かなかったら死ねっこないですよ」。この男は、ある宗教団体に関係し、フランス語に堪能で、その団体の幹部の通訳としてフランスに同行したりもするようになる人物である。若くても、政治や宗教の世界を見てきているから、妙に落ち着いている。

それやこれやで、手間取った挙句、やはりその女の子は不安になったらしい。それはそうだろう。万が一、死なれたら寝覚めが悪いことは言うまでもない。

彼女は結局友人たちの応援を頼んで、指定の場所に駆けつけた。するとその男（A）が怖い顔をして、手には睡眠薬とナイフを持っている。そして、君一人できて、ある言葉（と彼は表現した）を言ってくれなければ、俺は死ぬと言って、今にも手首を切ろうとする。

後日Aに、本当に死ぬ気があったのかと聞いてみた。すると、いや、いまだに自分でもよく分からないんだという答えが返ってきた。夢中だったからね、その時は確かに死ぬ気でいた。しかし、今生きている以上、本気で死ぬ気だったかどうかは疑わしい。それは自分にも分からないことだね、というのが彼の言い分であった。

ともかくAは、手首を少し切って、睡眠薬をかなり服んだ。血が流れ、意識が遠くなった彼は病院に担ぎ込まれた。そして何日間か介抱された。

彼女も心配して何度か見舞いに行ったらしい。

それからの経緯はあまり詳しくは知らない。女の子の親は猛反対したらしいのだが、本人の気持ちはだんだんAの方へと向かっていった。恋愛というか運命というか、不思議なものである。彼らは、それから数ヵ月後、親の猛反対を振り切って一緒に暮らし始めてしまった。

ところが彼らには一銭もない。当てもないままともかくも同棲を始めた彼らだったが、しばらくしてから信州へと行き、蕎麦屋に奉公して露命をつないだ。しかし、いつまでもこういう暮らしが続くとは思えないというわけで、再びこっそりと生まれ故郷の近くに舞い戻り、職を探しながら貧乏な暮らしを始めた。一九八〇年当時とはいえ、夫婦合わせて、一日二百五十円では、暮らしに困ることは目に見えている。朝はパン一枚ずつ、夜は学生食堂で百円のカレーという日が続いたらしい。

　こんなことをしていてはいつまでたっても先が見えないと話し合った彼らは、女の子の方がまず働いて、その間にもう一度彼を予備校に通わせ、彼は猛勉強して大学に入り、それからは二人でアルバイトをして生計を立てようという未来を思い描いた。

　そこで、彼らはそれを実行に移し、もともと優秀だったAは三浪の後にめでたく東大に合格した。

　彼は哲学が好きな個性の強い男であったから、彼にはみな一目置いていた。特に彼は、普通に受験をして大学に入った人間とは違ういろいろな世界を知っており、私たちにそういう世界を教えてくれた。例えば、三島由紀夫が好きな彼は、三島がかつて通っていた後楽園ジムに通うようにしたが、そのジムに来る人たちは、筋肉をつけるためにほとんど朝から晩まで、スクワットをやっていたらしい。大阪の方の中小企業の社長さんなども時々飛行機で来るのだ等と言っていたから、相当に趣味的な世界なのだろうと私たちは思った。

　後楽園ジムで、彼は、昔、奥様族を悩殺したムキムキマン氏と知り合った、と言っていた。ムキムキマン氏は三島由紀夫を直接知っていたが、「ジムでの三島由紀夫さんは、物静かな人でしたよ」等と言っていたらしい。なんでも、三島由紀夫は高名な文学者だとみな知っていたので遠慮もあり、トレーニングが終わった後の飲み会にもあまり誘わなかった。ところがあるとき何かの弾みから彼を誘ってみると、意外にも喜んでやってきて、気さくに話しかけてきた。よくあんなにいろいろなことが書けますね、と水を向けると、ちょっと気がついたときにこの手帳に書いておくのですよ、と言って、手帳を見せてくれたりしたのだそうである。

Aはそんな話しをするのが好きな男だった。一度私は彼に連れられて、早稲田大学のセクトに入ったために、何やかやの事情で気が狂ってしまった彼の友人に会いに行ったこともある。精神病院は陰鬱なところであった。完全に隔離された閉鎖病棟（重症者用）と、外部からの面会者には会ってもよい開放病棟（軽症者用）とあるのだが、Aの友人は症状が軽いので、面会は許されていた。だが、彼に会ってぞっとしたのは、長いこと注射を打たれていたせいかどうか、痩せこけていたことである。彼は出がらしの酸っぱくて黄色いお茶を私たちに勧めながら、精神病院で知り合った、いろいろな人を紹介しようと呼び集めてきた。

一人は暗い女の子で、何を言っても、ただひたすら暗い顔をして前を見つめていた。もう一人は中年のおばさんだったが、何か他の人が話すと、勝手なところで相槌を打って、一人でケタケタ笑っていた。そうした人たちの紹介が一通り終わったあとで、彼は自分は今こういう状態にあるが、社会科学の論文を書いて、それを○○先生のところに送ったところ、先生から返事が来たのだと言って喜んでいた。それは私も名前を聞いたことがあるような有名な社会学者であった。私はうっかりとその話しを信じてしまったのだが、帰りの電車の中でAは、「あの話しどう思った？」と聞いてきた。「あれはね、みんなだまされるんだがあいつの妄想なんだよ、論文なんか書いてはいないんだよ」

私たちは、そんな別の世界を見せてくれるAを尊敬していた。しかし、彼はある意味では本当にしょうがない男であった。彼は前述の如く、ストーカーまがいの行為の挙句、一緒に暮らし始めた内縁の奥さんがありながら、ともすると新しい女性関係を引き起こしかねないような話しをしていた。「いずれ、若いうちだけの話しさ。俺はお釈迦様の手のひらの中の孫悟空なんだよ」と彼は言いながら、相変わらずのびのびと人生を楽しみ、風俗まがいの店にまで顔を出すこともあった。

その彼が学部を終わる頃、正式に結婚すると言い始めた。そこで、頼りにならない私が、司会者兼責任者ということになって、学士会館で彼らは華燭の典を挙げた。今から考えても思わず顔が赤らんでくるような下手な司会を私は務め、彼らは、めでたく結婚したのである。

その彼を私はセミナーに誘った。彼は他の人のようにためらったりはしなかった。「お前が勧めるなら俺は喜んでいくよ」。と言って彼は、セミナーに参加した。

しばらくして私は感想を聞いた。

「うんうん」と彼は言った。「面白いところはたくさんあった。だが正直にいって俺には物足りなかった。おれは、お前の勧めてくれるセミナーだから、何か本当にあの世を見せてくれるようなもの、偽者の宗教じゃなくて、本当に神様がいると信じ込ましてくれるようなものを期待していたんだ。しかし、俺が見たものは、すごくよく仕組まれた芝居だという感じだったな。本当に俺が求めているものではなくて、それに類似した偽者だったのではないかな」。

私には一言もなかった。確かにセミナーにはそういう一面もあった。

因みにAは、予備校の有名講師になったあと、今は大学の助教授をやっている。彼は今でも初心を貫き、面白い哲学の論文を書いては発表しているのだ。

その上家庭のよきパパとなって、子供をたくさんもうけた。そして彼のおかげで、私は、塾業界に働き口を紹介してもらったりしたのだ。

父親

私の幼少期は、ある意味では単純である。

両親にかわいがられて、幸せな子供時代を送った……といえば、その一行で終わってしまうのである。

そんな私の幼少期は、いまでも思い出すとうっとりするほど、よい思い出に満ちている。だが、高校生になるころから、少しばかり暗い影がさし始めた。

私の父は、少し偏屈なところもある苦労人であったが、家庭的にはよき父親であった。これは前に書いたとおりである。その他に、彼には健康を害するとか死ぬとか言うことを極端に恐れる一面があった。これは、青春時代を結核という病と闘いながらすごし、私が三歳の頃、北里大学で肺の切除手術をしてようやく、結核から逃れた彼が、おそらくは病院のベッドの上で、いつも自分の死と向き合った結果だろうと思う。

彼の書斎には、健康法の様々な本が並んでいた。

例えば、「恐るべき胚芽のパワー」というような本から、面白いところでは、「ウンチによる健康診断」という本まであった。他にも、マッサージの本はあり、指圧の本はあり、民間療法の辞典から、リンパマッサージから、絶食についての本まであった。

私は、時々そうした本を拾い読みしていた。すると結構恐ろしいことがたくさん書いてあった。それらの本の共通項を要約すると、

【西洋医学は、急性の疾患と戦う疫学を中心に発達してきたが、それは急性病には効果があっても、内蔵の病のような慢性の病には効果がない。人間には本来、自分の中に病気を治すパワーのようなものがあって、それを活性化することなしにいくら薬を飲んでも、注射を打っても、手術しても、慢性の病は治らない。西洋の医学はそんなときに、症状を和らげるにとどまる対症療法しかしないから、人間は薬漬けになってどんどん持てるパワーを失っていき、病気に対して闘えない体になってしまう。だから、西洋医学とは決別して、根本的に、かつ総合的に体のケアをする東洋医学に回帰していくべきだ】。そんなことであった。

もちろん、本によって過激なものも、穏やかなものもあった。西洋医学と東洋医学とは、分業をしてお互いに共存していこうというものから、こんな治療を続けていくと西洋医者に殺されますよというような、恐ろしげなことを言う本まであったのである。

私の父はそれらの本を読んで取捨選択を重ねた結果、私が小学校四年生のときから、主食を玄米に切り替えた。そして、金柑には大変な栄養があって、それを食べることで病気を防げるという説にかぶれて、自分でも金柑を毎日十個ぐらい食べ、私にもそれぐらいを食べさせようとした。それ

も、皮だけでなく、種まで食えというのである。私は始めのうちはいやいやながら食べていたが、そのうちに見るのもいやになった。しかし、食べないと父は怒るのだ。子供の私はほとほと困り果ててしまった。

中学校三年生ぐらいから、私は反抗期を迎えた。父とは口をきかない日が多くなった。父は父で、そんな私を扱いかねていたようである。

そんな時、私は大病をした。とはいっても、病名を言えば、たかがアトピー性皮膚炎なのであるが、症状は相当に重かった。

ともかく痒い。掻くなといわれても、夜などは我慢ができず無意識に掻いてしまう。全身の皮膚が破れ出す。粘液のようなじくじくしたものが体中から流れ、しばらくするとそれが固まる。すると今度は、痒い上に、皮膚にはかさぶたのようなものができて、たまらずその上から引っかくと、血が出てくる。痒くて痒くて夜は二時間ぐらいしか眠れない。朝起きてみると、シーツは血だらけで、粘液がべっとりと付着しており、おまけにフケのような皮が、ベッドの周りに散乱している。皮を集めてみると、毎日ビニール袋に半分ぐらいたまる。

当時はアトピー性皮膚炎は今ほど知られていなかった。私のかかりつけの医者（女医）は、始めは抗ヒスタミン剤などを試していた。その時点では、「副腎皮質ホルモンというのは恐ろしい薬で、将来のためを思うと怖くて使えないんですよ」と私の母に話していた。

ところが、私の症状が彼女の予想をはるかに越えて酷いものになってきたので、この医者は、こうなったら仕方がないから、副腎皮質ホルモンを使いましょうといい始めた。

私にとって見れば、それは医者自体が否定した恐ろしいものであり、将来を台無しにするかもしれない薬である。いかに症状が酷くても、そんな薬は飲みたくない。私はすっかり医者不信に陥ってしまい、毎日父の書斎にあったいかがわしい（?）健康法の本を読みふけった。もう学校にいくどころの騒ぎではなかった。私は、どうやったら自分でこの病気が治せるだろうかと模索し始めたが、母親は毎日泣いているし、父親は私が反抗しているせいもあって、むっとした顔をしている。

結局私は、〇〇式健康法の道場というところに行き、まず、体にたまっている宿便を出すのだといわれて、水酸化マグネシュウムの溶液（スイマグ）というものを飲まされたが、それでも宿便は出ず、次に、生野菜だけ食べて後は絶食するという療法をとりいれることになった。その間に、背骨の矯正と称する体操をしたり、柔らかい枕がいけないと言われて木の枕をして寝るようになった。

ところが、一向に症状はよくならなかった。どころか、生野菜以外のものを食べなかったために、体は弱り始め、六十七キロあった体重が、ひと月の間に五十キロすれすれまで落ちてしまった。鏡を見ると、これが自分の顔かと思うほどげっそりと痩せこけている。

道場で見聞きしたことはといえば、これまた洗脳されたような人が、よかった、ここの先生と知り合えて……。危うく西洋医者に殺されるところだった……。等という会話をしている。それを見ていて、このまま続けたら、本当に自分は死んでしまうのではないかという気がしてきた。

ついに私は、副腎皮質ホルモンを使うことに同意した。ところが、くわしく聞いてみると事情はやや込み入っていて、心配した学校の先生が家にやってきて校医さんに紹介し、私を登校拒否児童として、東京大学の分院の、石川中という当時有名だった心療内科の先生に見せるという手はずが整っていた。

心療内科というのは当時、新しい分野であった。それは精神科ともちょっと違い、分裂病やうつ病といったものを相手にするのではなく、メンタルな軽い障害を起こしたものへのセラピーをするところであった。やむなく、よく分からない治療を受けながら、同時に私はそこの皮膚科で治療を受けることになった。

皮膚の症状は見る見るうちに改善していったが、石川先生からは一向に解放されなかった。そこではどんな治療をやっていたかというと、まず、自律訓練法というものをやらされた。ベッドに横たわって、「手が重―い、手が重―い」と唱えながら、実際に手が重いのを感じようとせよ、というのである、次は「右手が温かーい」である。始めのうちはそんなことばかりやらされる。

その先生は、ヨガにも凝っていた。今になってみると、心療内科も草分けの時代であるから、いろいろなことを試していた時期なのだろうと思う。しかし、私とすれば、一つの新興宗教から逃れたと思ったら、新しい妙な宗教に出会ったようで気味が悪かった。ついにある日、私は爆発して（いまように言えばキレて）しまった。「先生は科学者ですから、科学という尺度で私のことを測ろうとしますよね、私は自分の肉体的なことならその尺度で計られてもかまいません。でも、私は自分の心理に科学というメスを当てられるのはごめんです」等と高校生に過ぎないのにえらそうなことを言って、唖然とする先生を尻目に、診療室から帰ってきてしまった。そして親には、二度とあそこには行かないからと宣言した。

思えば親も困惑したことだろうと思う。きっと詫びに行ってそれなりの御礼をしたのではないかと思う。しかし、世間知らずの私はそんなことなど考えもしなかった。そして、その心療内科には二度と行かなかった。

前記のように私の皮膚はだんだんとよくなっていったが、その過程で、私は父親にすっかり不信感を持つようになった。同時に、今までいろいろなことで鬱積していた不満が噴出してきた。今から思えば善良な父にはいい災難だったと思えるが、私は父が嫌いで顔も見たくなくなった。

その後のあまり明るくない十年間を私は父とほとんど口をきかずに過ごした。

私が東大に入学した年に、私と仲がよかった母は、癌になった。そして、それから七年にわたる闘病生活の後、父と私の将来を心配しながら、息を引き取った。その間も、私は父とは口をきかなかった。母の入院中も、父とは時間を違えて見舞いに行った。母が最後の方で確信に満ちたように言った言葉を私はいまだに覚えている。「ねえ、私たちの人生は楽しかったけど、間違えだった。私たちは三人で、いつまでもあの団地（祖父母が郊外に土地を買って、一族のみながそこで住むようになるまで、つまり小学校にあがる直前まで、私たちは千葉県の公団住宅に住んでいた）で、ささやかに幸せに暮らすべきだったんだわ」。そして、母は私に、父のことをくれぐれもよろしく頼むと言って息を引き取った。

時々実家に帰っていた私は、ある日父が怖い顔で、もう、父にとっては血縁が誰一人いなくなったその家を出るために荷造りしている様子を見た。

私は、二度と口をきくまいと思っていた父に、もう一度話し掛けてみようと決意した。

それにはセミナーはよい口実であった。

ある日、私はいきなり父に近づいて、実は行ってもらいたいところがあるんだがと切り出した。

父の方でも、きっときっかけを求めていたのだと思う。私は罵声を浴びせられることを覚悟していたのだが、意外にもあっさりと「いいよ」と言った。


セミナーの第一段階における最終行事は、参加者が、最後に薄暗がりで目を閉じて過去のことを振り返るゲームである。司会者に言われるままに目を閉じていろいろなことを考えていると、いきなり、「では皆さん目を開けてください」といわれる。そうすると目の前には自分をそのセミナーに紹介した人が、花束を持って立っているという仕掛けになっている。

父は、目を開けてみたら私が目の前に立っているので、相当にびっくりした様子であった。あとで彼は、セミナーについてこんなことを言った。あの、赤黒ゲームというやつには参った。俺は年甲斐もなく、数学的にいえばこうしたら相手をやっつけられる、などとあれこれ言い、みんなの先頭にたってゲームをしていた。目立ってしまって、後で司会者の人によいかもにされてしまったよ……。ところでな、ああいう世界はよい世界だ。楽しくて和気藹々《あいあい》としている。俺もああいう世界に生きてみたい。しかし、日本は、競争社会だ。その社会が俺にとっての九割だ。後の一割で、俺たちは自分が捨ててきたああいうものを時々しのぶわけだ。で、ああいう世界と俺たちが生きている競争社会とが共存できるかというと、いろいろな意見はあろうが、俺はできるとは思わん。そういうことだ。

父はその日、そんなことを言いながらもだいぶ興奮していた。私に自分の過去のことをいろいろと話して聞かせてくれたが、そんなことはかつての父には決してなかったことだった。

その話しを聞くうちに、私には、ようやく父を許せる自分、また父に許されねばならない自分が心に芽生えてきたことを感じていた。だが、なんという皮肉だろう。そんな私たちにしてくれたのは、そのセミナーだったのだ。

父には、苦学して東京に出てきてから、学生運動家となり、革命を夢見て、同志と武装組織を作っていた時代があった。お前はSを知っているか、と私は聞かれた。知らないはずはなかった。国際政治学の第一人者として多少右寄りといわれるその男は、東大教授の中でも異彩を放つ人物であったからだ。

父は言葉を続けた。もしSに会うことがあったら、俺の名前を出して知っているかと聞いてみろ。まさか知らんとは言わないはずだ。俺は彼と一緒に革命を夢見て、共産党の下部組織に入った。そして、一緒にリーダーとして活躍した。六全協というのをお前は知っているか。昭和三十一年に共産党は初めて公式に武装闘争の方針を捨てたのだ。それまで一生懸命に運動していたやつらは、俺を含めて裏切られたような気がしたのだ。そして俺たちは、「まるで帰還兵のようだな」等とつぶやきながら、別の人生を歩み始めたのだ。Sは、あいつは頭のいいやつだった。俺には計り知れないような小難しいことをいろいろ考えていた。まあ、あいつには現在地位もあるから、今は話すな。かわいそうだ。ただ、お前はそういう歴史がこの俺の時代にあったことを知っておけ。

そんなことを父は興奮しながらしゃべったのである。

さらに、柴田翔の「されど我らが日々」という小説があるだろう、お前は知っているか、とも言った。もちろん文学青年として、私はその作品を読んだことがあった。あれは、センチメンタルな小説だが、実はよく事実を反映している、あれは知ったものにしか書けないことを書いている、と言ったりした。

私は父の人生の一端をこのとき初めて理解した。そして、その父が大手のゼネコンに就職し、管理職まで昇り詰め、あの、保守的な祖父の一家として一つ屋根の下に暮らしていたことを想った。その間に、息子に反抗され、妻の闘病に七年間付き合ったのだ。文句一つ言わないで。私は急に大きな存在に見え始めた父の話しを呆然と聞いていたのである。

自己啓発セミナーの末路

私は、ずいぶんと自己啓発セミナーのお世話になったものだと思うが、このセミナーはその後急速に衰退し、時代の波に呑み込まれるようにして消えていった。それにはいろいろな理由があると思うが、やはり一番大きな原因は、セミナーが分裂を繰り返していく中で、多くの人にとって、全くついていけない過激なセミナーが多くなったことだと思われる。

私はセミナーにいる間は、自分でも不思議なぐらいいろいろなことに飛び込んでいった。恥ずかしい話しだが、キリスト教系の新興宗教らしきものに勧誘されたとき、私は、逆に彼らにセミナーを紹介したらどんなものだろうかと考えて、危険をも顧みず、のこのことその宗教団体の本部まで出かけたものである。

それはある夏の日のことだった。私が新宿駅の地下道を通りかかると、いきなり二、三人の男が近づいてきて、「ここであなたに出会ったのは神の思し召しだ」と言う。神の思し召しとは何だと言ったら、新宿にはこんなにもたくさんの人が歩いている。その中であなたを偶然にも選んだのはこれは神の思し召しとしか思われないはずだ、とめちゃくちゃな理屈を言う。

しかし、その時私は思ったのだ。これはチャンスかもしれない。逆にこの新興宗教の人たちにセミナーに来るよう説いてやれ。そこで私は、自分もあるセミナーをやっているのだが、それに来てくれるかと聞いた。相手は困ったような顔をしたが、それなら、まず自分たちの教会にこいと言う。そこで、まず私の方が、中央線の沿線にある彼らの教会に乗り込むことになった。

教会に行ってまずびっくりしたのは、その教会の内部が、賛美歌のような、呟きのような、女性の高い声で、ハレルヤハレルヤハレルヤという音だけに満ちていたことである。なんだかそこは異次元のような世界だった。その中で、私はパンフレットを渡されて、地獄と天国についての説明を受けた。その中身は、今ではもうかすかにしか覚えていないが、何でも、仏教とキリスト教が融合したような妙な理論だな、と思った記憶がある。

そして、私は洗礼を受けるように迫られた。無神論者ではないが特定の宗教は信じていない私は、あっさりと洗礼を受けることにした。すると、私は裏の方に連れて行かれた。ビニールのようなものを頭からすっぽりとかぶせられた。黙ってついていくと、建物の裏には汚いプールのようなものがあった。

ではあなたの魂のために、という声が聞こえたかと思うと、私はいきなりそのプールに頭から突っ込まれた。這い上がった私は、今度はあなたのお母さんのために、という声とともに、もう一度ザブーンと放り込まれた。別に実害があったわけではないが、これにはいささかびっくりした。

さて、私が「今度はこちらのセミナーにきてくれ」と言ったが彼らは聞く耳を持たなかった。何度言っても馬耳東風だった。逆ナンパは見事に失敗したのである。私は自分の甘さがおかしかった。

私が経験した過激なことといえばせいぜいがその程度だった。しかし、人によっては、そのセミナーだけでは物足りなくなって、さらに過激なセミナーに走ったり、新しくわけの分からないものに入ったりした。しばらくすると、ある外国人が主催しているものは、参加者をみな裸にしてセミナーを受けさせるのだ、というような噂が流れ始めた。また、呼吸法によって、参加者を赤ん坊の段階にまで退行させてから、その人の「トラウマを治療する」とか称する妙なセラピーも現れた。

普通の人間たちは肩をすくめてそういううわさを聞いていた。

私は今一冊の本を持っているが、それにはそうしたセミナーの詳細がいろいろと記されている。また、私はこれらのセミナー（トラウマうんぬん）がどのような経緯と歴史を持っているのか興味がわいたので、図書館や本屋で調べられる限りのことは調べた。当時そうしたセミナーが社会問題化もしており、雑誌の記事にもセミナーのことが載ったりした。

その結果、私はシルバマインドコントロールとか、ホロトピックセラピーとか、ちょっと私のついていけないような組織が、エサレン研究所のセミナーのような主流に混じって、いろいろと地下社会に根を張っていることを知った。

仲間のうちの何人かは、私に、そうしたセミナーを勧めに来た。これは分野は違うが、ナポレオンヒルの成功哲学の実践セミナーや、アムウェイという環境にやさしい洗剤を私に売り込みに来たものもいる。あれやこれやで、かなり多くの人たちの熱は急速に冷めてしまった。


このセミナーの話しはここらで終わりにする。最後に、この手のセミナーを最初に日本に導入した人がどうなったかだけを語るにとどめよう。

私の手元にある一冊の本には、その本を作るに当たっての協力者として、いろいろな大学の教授、助教授、カウンセリング協会とともに、日本で最初にセミナーを始めたライフダイナミクス社長の高橋という名前が載っている。

ご記憶のある方もいるかと思うが、その人こそ、二、三年前に、「死後六ヶ月の死体が生き返る」と言って社会問題になった、あのひげを生やした人物である。

このように、こうしたセミナーの末路は哀れなものであった。

しかし、私は心理学の実験的な意図があったうちは面白いセミナーだったといまだに思うことがある。

第四章　教育とその背景の社会

中産層の世界

このごろでは、経済が危機的状況にあるので、危機を語る人は経済以外の側面をあまり語らない。私などは、社会層の分化や教育の荒廃こそ本当の危機である、なぜならそれは、単に国際競争に負けるとか、少し貧乏な暮らしをすることになるという以前に、国民の間に、ぎすぎすした感情のやり取りを生じ、人間の心に限りないダメージを与えると思うからだ（もちろん教育も社会も経済と密接に結びついていることを私は否定しない）。

私は大学に入ってから、小説を書くということが今の時代においていかに難しいかということを知った時点で、自分の置かれた状況を見つめながらある仮説を立て始めた。

ご存知の通り、日本はわずか百三十余年前には、まだ明治維新以前であり、そこには士農工商というれっきとした身分制度があった。明治維新によって、四民平等が宣せられた後、もちろんこの階級制度は、表向きはなくなったわけであるが、その後わずか数世代の間にこれらのいろいろな階層間にそれこそ平等な行き来が起こり、全部がごちゃ混ぜになったようには私には到底思えない。

文学をやっていると、どうしても明治から大正、さらには昭和初期の文学を読むことになる。そこでの重要なファクターの一つは、家という制度との戦いである。当時の、自由に恋愛をして結婚をしようという最先端の青年たちですら、家という大きな制度と格闘しなければならなかったわけで、これは、一見四民平等になったかに見える当時の日本で、実はまだ階層間の往来があまりなかったことを意味する。

大学に入ってから私の友達に彼ら自身のルーツを聞いてみると、かなり多くの人が、士の下か農の上の階層出身の先祖を持っていることが分かった。特に文系の人にはその傾向が著しかった。そして彼らの多くは、小さいころから家に本がたくさんある環境に育ち、楽しんで読書したりしてきた連中であることも分かった。

私はそのうちの何人かの友達にさらに詳しく聞いてみたのだが、例えば、彼らのひいおじいさんには、地方の庄屋の出で、明治維新後、農業の改革に中心的な役割を果たしてきたりした人がいた。地方の士族の出身で、維新後は地方で大きな旅館をやっている人もいた。結構有名な家柄の人に会うことも多かった。私は考え込んでしまった。

塾全盛の時代である。都会では、今日もあくせくと、息子や娘をせっせと塾産業に送り込んで、何とかいい大学に合格させようという親たちがたくさんいる。だが、その頃の東大生たちのかなりの部分は（もちろん塾に行っている人は多いが）、江戸時代頃から国学や漢学の影響を受け、教育に熱心で、教養を重んじ、書物を家に多く持っている家庭の子供たちなのである。

そして、彼らはそんなにあくせくと勉強して東大に入ったのではない人たちが多かった。

例えばある友人のところに行って私は度肝を抜かれたのだが、彼の趣味は、ドイツ語の辞書をせっせとひいては、巻末にあるドイツの小君主たちの系図を作ることだったのである。彼は、「自分は受験のとき数学はほとんど〇点だったと思いますよ」等と言って、その宝物（系図）を大切そうに私に見せてくれた。近頃の教育ママには、さぞかしおどろくべき光景だろうと思う。

いろいろな人を見ているうちに、私はふと思ったのだ。実は、明治維新以後、士の下と農の上と、そしてほんのちょっぴりの商の上が結びついて、お互いに交流のある〝アッパーミドル〟を形成していったのではないか。そして、その人たちの間で結婚を繰り返し、教育の伝統を守ってきたのではないか。その階層が、教育と教養を重んずる過程で、日本の国に人材を輩出し、日本の隠れた原動力となっていたのではないだろうか。

さらに言えば、小説というものを教養として取り込んでいったのは、その階層ではないか。その階層は、戦争という時代の荒波を受けても滅びなかったが、核家族化と資本主義の荒波の中で、ゆっくりと消滅しつつあり、それこそが、純文学の危機の真の原因ではあるまいか。

私は、自分の時代を、明治以降形成されたアッパーミドルが、だんだんと崩壊していく過程としてとらえるようになった。

私は何人かの友達に、その考えを話した。彼らの反応はこうだった。よくは分からないけどありうる話しかもしれないね。しかし、君の言う階層というのは、階級ではないよね。階級は制度として社会の中に定着するし、自分たちの階級を守ろうという防衛機能を持っているよ。しかし、君の言う階層つまりアッパーミドルは、自分たちの階層を守ろうという意欲に欠けているようだね、と。

始めにも言ったように、私たちの暮らしている日本の社会は、いまや均質性を失ってしまった。あまりにも巨大な情報量と細分化した社会機構のなかで、個人個人のもつ経験は、どれほど積極的な人でも断片しか見られないほど卑小なものになってきている。

人間はそれでも自分の経験の中からしか認識をすることができない。狭い世界の中で得た経験を基に、おそらくはこんな状況にあるのではなかろうかという納得をして、その世界の中に閉じこもる。

片や国際舞台に飛び出していく人間がいる。彼らは国際政治という大きな舞台を見て、自分こそ世界が分かっているつもりになったのかもしれない。片や地方の農村で、昔ながらの畑を耕して生活している人たちもいる。サラリーマンは、サラリーマン社会という上下関係の強い疲れる組織の中で、やはりこの世界の実態を見た気でいる。

しかし、事実の持つ迫力はあまりにも大きい。湾岸戦争や、神戸の大震災や、地下鉄サリン事件や、アメリカのハイジャックテロなどのニュースを聞いたり新聞などでその解説を読んでいると、あまりにも大きな情報と迫力に押されて、その事件の背後の意味を自分で考えることは勿論、その情報についていくことすら難しいのではないかという気がするほどだ。〝イスラム原理主義〟と人は簡単に言う。だが、現地でその実態を見てきた人はあまりにも少ない。だから、良心的な人は、自分のわずかな経験と判断、そして、おそらくは信用できそうな新聞の情報を基に、自分の世界を構築していく。しかし、圧倒的な大多数は、もはや判断をすることすらあきらめて、新聞や雑誌の解説を鵜呑みにするだけである。

ならば、こうした世界で頼れるものは何か。それは、とりあえず、苦しいとは言いながらもともかくもブッつぶれないで続いている日常生活である。いくら不況といったところで、昔のように飢え死にする人は少ない。会社が倒産して借金取りから追われたところで、裸一貫を覚悟しさえすれば、カップヌードルの一杯ぐらいはすすっていられるのだ。

しかし、日常生活には我慢ができないと感じている人がいる。彼らは、大きな世界からは遠ざけられ、かといって自分の住む小さな日常からは疎外されていると感じている。

政治や経済やといった専門的な世界はわけが分からない。新聞に書いてあることは、共感できることもあれば別世界であることもある。どうも世の中はおかしいと感じるのだが、なぜだろうと考えるとよく分からない。会社で働きすぎているので、妻や子供との接触は少ない。あるいは家庭の主婦として働いているので、昼間は近所の奥さん仲間と少し話す程度で、あとは夫の勤めているような世界と自分の世界が連続しているような気がしない。

こんな症状を持つ人は、自分の居場所を求めて、あるいは趣味の世界で、あるいは地域活動で、小さな、おたがいに自己確認がしやすいサークルのような世界を作り出す。有能なサラリーマンは勉強会に参加する。面倒くさい人は飲み友達を作る。山の手夫人であれば、それはカルチャーセンターである。お受験の井戸端会議に明け暮れるママさんグループもある。勉強に疲れた子供は不良グループを作る。勉強ができるといわれ塾に通っている私立の高校生ですら、塾というところは、一種の社交場なのである。

もっと精神的に疲れた人たちは宗教に走るかもしれない。

しかし、宗教に走らない人でも、やっていることは似たようなものだ。彼らは展望を失い、現実に疲れ、自己確認を求めて、お互いに認め合うサークルを必要としているのだ。たまたま、自分にとって居心地がよくないサークルだったりすると、その人は愚痴の多い人といわれて、仲間からも拒絶されてしまうようになる。

私が今このように書いていることは何だろうか。

それは、ここ三十年の間に、日本社会の構造が根本的に変化したのではないかということである。

一九六、七十年代の、均質な平等社会と信じられていた社会は、実は緩やかな階層社会だったのではないのか。ところで、階層というのは比較的大きな単位である。それが、高度成長とバブルと、それに伴う家族形態や意識の変化によって、もっとずっと小さな、自分の身の回りで自分を認めてくれる仲間たち、というサークルの単位に変化したのではないか、そうした変化の中で、人々は自分の住んでいる狭い社会の外に垣根を作り、その小さな世界の中の納得に閉じこもっていったのではないか。そうした、社会的な構造の大変化があったのではないかと言っているのである。

この変化は特に、私が仮定したかつてのアッパーミドルを直撃したように思われる。さらに言えば、大きな世界と小さな世界をつなぐ結節点となるところで、この変化は特に典型的な形であらわれたようだ。では大きな世界と小さな世界をつなげるところとしての代表格は何か。それは教育現場である。わが子を教育するに当たっては、誰もが方針を決めて、自分の住んでいる日常世界から一時抜け出さなければならない。おまけに、塾に通わせようと思ったりすれば、身銭を切らなければならない。それも、半端な額ではないのだ。

そんなわけで、本書の後半で、私は教育の世界がここ数十年どのように変化してきたかを断片的に説明することによって、かつてのアッパーミドルが持っていた、教養への敬意と、抽象的な思想への共感が、どのように崩されていったのかをお見せしようと思う。

結果として、いまや教育は取り返しのつかないほどの混沌とした状況にある。一概にくくれないいくつもの世界の問題を、文部科学省は、いっぺんに解決しようとしているし、そうした問題の背景に、社会構造の大変化という決定的な状況があることすら、はっきりとは理解していないように思われる。

例えば、今指導要領の改訂でやるべきことは、いろいろな科目を用意して複雑化した生徒のニーズにこたえることではない。教育の構造をシンプルなものにして、誰にでも分かるようなものにすることだ。初等教育の現場では、専門家の養成より、総合的に物事を見ることができるようにすることの方がはるかに重要なのだ。それをしないと、生徒はますます展望を失って、自分の世界に閉じこもっていく人間を生み出すだけだからだ。

学校を地域社会のシンボルにして、あらゆる世代の人、地域の人で教育に参加していこうという。結構な理想だ。私も、地方の町でそうした改革をしようというなら大賛成だ。しかし、都市近郊のベッドタウンなどでは、状況は全く違う。このようなところでも一律にそうした改革をしようとしても決して成功はしない。なぜならそこには地域社会というものがそもそもないからだ。

こうした単純なことを見落として、それでも強引に改革なるものが実行されようとしている日本の教育の現状は、大変に不幸だと思う。

では、教育について私がなぜそんなことを考えるようになったのか、ここ三十年余りの間に私が見てきたささやかな教育のお話しをすることにしよう。

鬼無里《きなさ》

私がセミナーを必死になってやっていたのが、一九八七年の春から夏にかけてである。その年の一月に母は死んだ。一九八〇年に癌に罹ってから七年間の闘病生活をして、最後は多くの親戚に見守られながら、母は逝った。

その年の秋、私はふと、自分の中で母親を完結させようと思った。やさしい母の思い出は、私にとって快いものと苦いものとを持っていたが、いずれにせよ、そこから出発しなければ、私には未来はなさそうだったからだ。

ある秋の日、私は信越線で長野まで行き、そこからはバスを乗り継いで、山奥の鬼無里《きなさ》という村に出かけた。

鬼無里に出かけたのにはわけがある。私の母は、小学生の頃目黒に住んでいたが、次第に激しさを増す空襲に耐えかねて、ついに母の祖父の郷里である鬼無里に疎開したのである。

そこの村での生活がよほど印象に残ったのか、母はよく鬼無里の事を話題にした。だから、一度も行ったことがなかったのにもかかわらず、私は鬼無里というところについて多少のことを知っていた。

そこはさびしい寒村であった。山地の人里ゆえ、村は東西に長く伸び、西と東に二つの中心があった。鬼無里という地名は、伝説の鬼女紅葉に由来する。謡曲「紅葉狩り」で知られるその物語は、都を追放された紅葉がたくさんの手下を従える鬼となってその地方に君臨したため、平維茂が勅命を受けて紅葉を退治するという悲しい物語である。

だが、やはりそうした物語の舞台となるだけあって、そこには都に関係のある地名がついていたりする。例えば、先ほどの東の中心地と西の中心地のことを、鬼無里では〝東の京〟と〝西の京〟と呼んでいる。

私の母の母の父、つまり曽祖父は鬼無里の出身である。明治時代、山里に育った彼は、自分の人生をかけてみようと、青年期に家出をした。夜こっそりと裸馬に乗って、後も見ず麓まで走りくだり、つてを頼って海軍に入隊したのである。

運よくそこで出世した彼は、長州藩の祐筆であった人の娘と結婚し、軍港舞鶴に居を構えた。そこで生まれたのが私の祖母というわけである。

私はそうした自分のルーツに対して興味があったので、母の話しをよく聞いていた。そして、ああ、これは明治時代に農村の貧しい次男坊が見た夢の一つだなと思った。貧しい生活、つらい労働、未来を夢見ても今のままでは、いくら農業技術を改良しても、食べていくのが難しそうな厳しい気候条件、そんな土地に育った少年は、軍隊を夢見たのだ。自分の力一つで這い上がっていけるかもしれない場所として……。

その後成功した彼は、結婚という形を通じて、当時はアッパーミドルであったに違いない、士族の末裔の一員として迎えられる。そうして地方の貧しい青年のうち力がある者は、一つ上の階層の仲間入りを許されたのであろう。

その曽祖父は、戦争末期には目黒の九品仏というところに出てきていた。そして、祖父がインドネシアに行ってしまったために、祖母は戦争の間、曽祖父のいる九品仏に身を寄せていた。だが、いよいよ戦争が激しくなり、空襲が頻繁になると、曽祖父はかつての自分の郷里に孫を疎開させようと思ったのである。

私の母は初めてそこで田舎の暮らしを体験し、それが大変新鮮で懐かしい記憶になったらしい。

私は、鬼無里に行くと、まずは当時母が住んでいたところに行ってみた。そこにはまだ遠い親戚が住んでいると聞いていたからである。驚いたことに、おそらくは母が戦争中に暮らした土蔵が、そのままの形で残っていた。私は感慨にふけりながらも、親戚には会わなかった。びっくりさせることがためらわれたし、貧乏な私は手土産一つ持って行かなかったからだ。

その日一日は、私は史跡を巡ったりして過ごし、晩には西の京にある国民宿舎に泊まった。そこからは物見遊山の旅となった。私は、もう土地の人以外は誰も行ったことがないのではないかと思われる、胸まで草がぼうぼうに生い茂った山道を踏み分けて、熊の襲来を気にしながら、柳沢峠という峠の頂上まで登ったりした。そこからは白馬の山がよく見えた。眼下には、塩の道と呼ばれる街道がうねっていた。私は山里の人々の昔の生活に思いをはせながら、帰ろうとした。

ところが、ふと気が向いて、その近くで最近みつかった水芭蕉の大群落があるといわれる、奥裾花渓谷まで足を伸ばそうとしたのがいけなかった。タクシーを頼んでおいたのだが、行きはよいよい帰りは怖いという状況になった。奥裾花渓谷で三時に頼んでおいたタクシーがいつまで待ってもこない。かといって鬼無里の中心部に歩いて帰るには数十キロもあるのだ。

私はついに意を決して歩き出したが、そのとき、行きに頼んでおいたタクシーとは違うタクシーがやってきて、もしかしたら○○さんではないですかとちゃんと私の名前を言う。件のタクシーは、別のところに用事で行かなければならなくなったので、無線で連絡を受けた彼が代わりにやってきたのだという。

このタクシーの運転手さんは地元の人で話し好きだった。そのおかげで、私は思わぬ副産物を得ることになった。きっかけはその運転手さんが、「それにしても一体全体何であなたはこんなところに来る気になったのだ」と聞いたことから始まる。いや、今年死んだおふくろの祖先がここの出身でねえ、というと運転手は急に打ち解けてきた。驚いたのは海軍に行った曽祖父の話しをしたときのことである。

「へえ、もしかしてそれ、裸馬に乗って夜道かけてった○○さんのことでねえか」。と運転手さんは言ったのだ。その人の子孫の人なら私はよーくしっとるよ。それは出世したもんね」

私は、ぜひ会っていきなさい、土産なんて持たんでも歓迎してくれるから、と一生懸命に言う彼の好意を断るのに苦労した。強く断らないと、そのままその家へタクシーで連れて行かれそうな意気込みだったからである。

いや、次の日に仕事があるんだ、と言うと、彼はなおも残念そうにしていたが、「こんな村では昔は軍隊に入るのは大変な出世だったんですよ」と言った。「それにしても、あなたが○○さんの子孫だったとはねえ」。

私はそれからも、いろいろな地域の貧しい農村を訪ねるたびに、軍隊に入るのはステータスだった、唯一の立身出世の道だったというお爺さんに出会った。

私は、そういう話しを聞くたびに思った。そうか、軍隊というところは、農村の貧しい青年たちの希望の星という機能を果たしていたのか。貧しく生まれた彼等が、裸一貫から身を起こし、いわば敗者復活戦ができる制度が、昭和の初期まではあったのだな、と。

同時に、その他の農村の人たちは、貧しいまま一生を終わる人が多かったのだろうな、とぼんやりと思った。農村部から出て立身出世する道は、同じ農村部とはいっても、庄屋の家に生まれたり、親が小学校の教師をして教育レベルが高かったというような僥倖がある場合以外は（こうした人々は志さえ持てば、都会に出て、高等教育を受けのし上がっていくこともできた）、軍隊にでも入隊し、這い上がっていくほかはなかったのである。それもできない大部分の人々は、身を寄せ合いながら、放っておかれたのである。やはり、農村の人たちにとって、明治から昭和にかけての時代は、階層の壁が大きかったようだ。

それにしても、軍隊のない今日、そういう、いわば敗者復活戦という、人々に希望を与える機能は、いったい社会のどこに存在しているのであろうか。

母親

これから、教育の世界と私のかかわりを書いていこうと思うのだが、そのためには少し前置きが必要だ。私の少々目先の変わった教育観を理解してもらうためには、そのように考えるようになった背景を説明しておかなければならないと思っている。なぜなら、背景が異なる者の間では、理解さえ成り立ちにくいというのが、それぞれのちっぽけな世界の中で暮らしている人たちの特徴だからだ。

そんなわけで、まず私は自分の母親について語ろうと思ったのだが、そこではたと当惑してしまった。なぜなら、四十九歳でなくなった母の前半生は、戦争中に小学校時代をすごしたほかは何事もない幸せな生活だった、というぐらいで要約できてしまうからである。あえて言えば、少女期には文学少女だったらしい。その頃からピアノを習って、音楽大学の教育学科に入った。父と結婚して私を産み育てた。母の前半生はそれで終わる。

私の母は、いわゆる教育ママではなかった。ただ、教育には大変に熱心だった。では、どのように教育熱心だったのかというと、私が幼い頃から、芸術や、自然や、読書に親しむことが何より重要だと考えた。文学少女だった母は、小学校一年生の私に百人一首をすべて暗記させ、一緒に札をとって遊んだ。万葉集から、古今集、果ては芭蕉、蕪村や一茶に至るまで、和歌や俳句を二人で暗誦した。さらに藤村の、小諸なる古城のほとりとか、さらには、枕草子とか、方丈記とか、平家物語などの古典の冒頭部分を暗証させられた。

散歩に行けば（それも、とても頻繁に行った）、道端の草花を、息子の私と一緒にじっと観察し、食べられそうなもの、例えば、ノビルとかヨメナとかツクシ、はこべ、ヨモギ……挙げていくときりがないが、そうしたものは一緒に摘んで帰って晩御飯のおかずにした。珍しい花があると（私の住んでいたところの近くは、多摩丘陵が多摩川と交錯するあたりで、植物学者垂涎の地といわれたところである）、あとで植物図鑑で一緒に名前を調べた。このようにして私は、浦島草とか、いかり草、多摩のかんあおい、一輪草、ほうちゃく草、稚児百合、ひとりしずか、地獄の釜のふた、ジュウニヒトエ、カタクリ、ヒロハノアマナなどといった珍しい草の名前を、自然に覚えて楽しんでいた。そうした散歩の合間にも、この母親は、ときどき、「いにしえのー」などと言って、私が「奈良の都の八重桜……」と答えるのを楽しみにしていた。

母は私にピアノも教えた。音感教育と称して、調音もやった。ところが学校教育のように、ドミソではなく、ドイツ語読みのツェゲだったから、後で困った記憶がある。音感教育というのは、絶対音感を子供に身につけさせようという、音楽教育界では非主流派のやり方である。戦時中に海軍に利用されかけたりしたこともあって（魚雷の発射音を聞き分ける耳を養うというのだが、現実的とは到底思えない）、はやらなかった。だが、母はそうした教育を信じる先生について習ったので、私にそうした世界のことも語り聞かせた。

私の母には教育についてひとつの主義があった。それは、決して子供を子供扱いしないということであって、大人の目から見てよいものと思われるものはたくさん与えたが、子供に迎合した芸術は容赦なく排除した。

したがって、私が幼児の頃から慣れ親しんでいた音楽の大部分は、学校唱歌と、子守唄と、ベートーベンにラフマニノフにグリークにシューマンだった。小学校四年生ぐらいの私と母はよく、ストラビンスキーが騒音にしか聞こえないと顔をしかめる父のことを笑っていたものである。母は私に、お父さんはあれで仕方がないのよ、小さい頃に音楽を聴かなかったのであのようになってしまったのよ、と言っていた。

読書でも同じことだった。母は私の世界からなるべく現代流の創作童話を排除し、グリム童話やアンデルセン童話、小川未明に宮沢賢治を読ませようとした。そして読書日記をつけさせ、いろいろな本を買ってきた。私の本棚は、当時の小学校三年生としては、ずいぶんと充実していたのではないかと思う。シートン動物記、ファーブル昆虫記、ビーグル号航海記、ヘディンの中央アジア探検記……、ドリトル先生もの、家なき子に宝島に小公女にああ無情……、伝記ライブラリー（さえら社のもの）、吉川英司の三国志に水滸伝に宮本武蔵……、風雲のヨーロッパなどといってナポレオンの時代を描いた歴史物（これは日本編と世界編の二つがあって、それぞれが時代順になっていた）。そんな数百冊の宝の中で、私は小学生時代をすごした。この時代は、私の一生の中でも、最も充実し楽しかった宝石のような日々である。

私は結局中学受験のための塾には一度も行ったことがない。これは両親の方針だった。塾なんてところへ行くのは時間の無駄だ、というのが私の親の考え方だった。そんな時間があるなら、家で本を読むか、学校で友達と遊んできなさいというのである。

しかし、さすがに息子が小学校六年生になると、情報量の少なさに慌てたらしく、応用自在という受験参考書を買ってきて、私にやれと言った。私は教育大付属駒場という学校を受けたのだが、その学校がどんな学校であるのかを直前まで全く知らなかった。かなり難しくて倍率が十一倍ぐらいだと聞いて、落ちたらいやだなと考えた記憶はある。しかし、過去問を解いてみたら、八、九割はできそうなので、受験はすることにした。

さて、希望通り怖いもの知らずで受かってしまった中学校だったが、中に入った私は少しびっくりした。なぜなら、私と後二人を除く百十七名の生徒は、全員が、日本進学教室か、四谷大塚か、土筆ゼミナールという塾に通っていたことが分かったからだ。私は、親に変な教育を受けた少数派に過ぎなかった。

しかし、そのうちしばらくして、私はそのうちの数十名にはシンパシーを感じることができるようになった。音楽の時間に、ピアノを弾いたことがある人は手を挙げてと言われたとき、男子校であったにもかかわらず、クラスの半数以上の人間が手を挙げたのだ。その中には、音楽の道を志した方がよいのではないかと思われるほど達者にピアノを弾く人間もいた。さらに、弁当箱の中身をのぞいてみると、ゆすらうめという小さくて酸っぱい木の実を大切そうに抱えているやつがいて、私が、「おや、ゆすらうめじゃないか」というと、「そうだよ、よく知ってるね」と言って得意そうな顔をしていた。

ところで、中学生になった私に母が勧めてくれた本は、何とアルベール・カミユの「シーシュポスの神話」であった。私は、「真に重大な哲学上の問題はひとつしかない。それは自殺ということだ。人生が生きるに値するかどうかを判断することこそ、哲学の根本問題に答えることなのである」という文で始まるこの評論を何とか理解しようとして、大変な苦労をしたが、かぶれただけでよく分からなかった。ところが、中学二年生になって国語の先生が、自分たちで選んだ作品について読書会をするのが一学期の授業だと言ったとき、候補として同級生が推薦した本の中には、カミユの「異邦人」が入っていたし、さらにカントの「純粋理性批判」までが入っていた。

彼らもまた、塾に通わされてお勉強をきちきちとこなしてきただけではないつわものぞろいであることだけはしっかりと確認できたわけである。

もちろん私たちにそうした難しい本の内容を判断する力があったとは思えない。しかし、そこには息子に思考力と教養を与えようとして、あえて難しい内容の本をすすめる親がいた。それに何とか喰らいついていこうとして、その中の何人かは、一生懸命わけの分からないことを考えた。そのようにして文化を子孫に伝達しようという風潮がその頃はまだ残っていたのである。

最後に付け加えておけば、このような変な教育をする人たちは、当時は教育大学付属駒場を受ける人の、約四割ぐらいいた。残りの六割は、塾を中心にこつこつと努力して勉強してきた人たちである。そうした四割の人たちは、その後の大学受験には異様に強かった。いろいろな角度、例えば言いにくいことだが、彼らの親の職業、彼らのメンタリティーを私が眺めた場合、やはりそこには、昔からアッパーミドルであった人たちの、教育に対する強烈な主張があったように思える。

私は今も時々塾で教えているが、東京圏でトップクラスとされる開成や桜蔭の生徒に、そうした意味でのシンパシーを感じることは少ない。おそらく中学生になっても塾に来るような子供は、小さいころから塾に放り込まれてせっせとノートをとってきた子供たちなのであろう。

しかし、今でもそうしたきちきち型の教育ではない教育を施して、成功を収めている人たちも数多くいるようである。こうした人たちのことについては後で述べることにしよう。

民主主義ごっこ

私が中学生の頃は、まだ世の中に、多くの左翼崩れの教師がいる時代であった。彼らは一般に大変まじめで、私には革命を目指す左翼というよりも、自由と民主主義の伝道者に思えた。

教育大付属駒場というところは、自由闊達な校風を誇りとしていて、その点は私にも大変居心地よく思えた（例えば、私が中学校一年生のときに、上級生たちは制服の廃止を議決してしまった。驚いたことに、かなり多数の教員と親がそれを支持した）が、学級会と呼ばれる民主主義ごっこだけには、私は懲り懲りした。いまでもああいうものに何の意味があったのだろうと思っている。

私は中学生のとき読んだ評論（確か丸山真男のものだったと思う）の中に、民主主義とは血を流して勝ち取らねばならない制度であり、そうしたプロセスが省かれるときには民主主義は腐敗する、という趣旨の文章があったことを思い出す。

もちろん学校内の民主主義は上から与えられたもので、いろいろな人が意見を述べ合って最後は多数決で決めるのがよいこととされた。

民主主義は五十パーセントの制度だといった私の祖父の言葉を待つまでもなく、学校における民主主義は茶番であった。それは、よくて弁論大会であり、悪くすると、良い子たちが無意識のうちに教師の言うことを復唱する機関であった。私はこういうお子様ごっこをやらされるのがいやでたまらなかった。なぜなら、その学級会の世界が、大人たちの理想としているらしい民主主義という大きな世界につながっているとは到底思えなかったからだ。

この年代の青年は、良かれ悪しかれ、自分の住んでいる世界よりもっと大きな世界をのぞきたがる。ある人間は哲学にかぶれてえらそうなことを言うし、ある人間は自分は大人の世界（例えば男女の世界）を知っているぞという顔をする。

ところが、少なくとも、こと学級会に関して言えば、そうした大人の世界に通じるようなものは何もなくて、せいぜい民主主義ごっこでもやっていなさいと言わんばかりものであった。私はこのシステムが大嫌いだった。

今から考えると、学校という組織は、妙に生徒に迎合しないで、独裁制であればよいというのが私の意見だ。そうした独裁的な教師たちがいれば（もちろんそのためには社会の合意がなければならないわけだが）、生徒たちは逆にそれを乗り越えようとして努力する。それに反対する真の民主主義的な教師というのも出てくるかもしれない。

そうした乗り越えるべき大きなものがないと、子供たちは大きな世界につながっていけないのだ。だから、いつまでも自分は大人になりきれないと感じ、自分に自信の無い人間が数多く巣立っていくことになる。

私は、人間は政治的な側面もあり、経済的、文化的な側面もある複雑な動物だと思っている。そのそれぞれにおいて青春時代に、私たちはお子様の時期を脱して、広い世界に通じるものを探さねばならない。ところが、政治的な側面において、われわれの世代は、学級会におけるお子様ごっこという妙なものに対する反発から、大きな現実世界への通路を失ってしまった。これが、戦前の若者、そして、まだ流血があった時代に民主主義を奉じて戦った若者と、ぬくぬくと豊かな時代に育ったものとの決定的な違いである。

それでは、大きな世界に通じる唯一の道とは何だったか。それは、大企業に就職することであり、もしも可能なら、弁護士や医者など半分自営ともいえる職業について、自らを社会の枠の中にはめ込むことであった。何と、既成の大組織の中に入るということが、唯一自分を大人にする手立てだったのである。

前の世代に反抗することによって、自分を大人にしようとした私よりちょっと前の世代を私たちはうらやましく思う。自分の中にある子供の部分を捨て去って、大きな世界への出口を探すという行為が、前の世代を否定し破壊するところから始まったのではなく、既成の組織の一員としてのアイデンティティーを確保することから始まらざるを得なかったところに、私たちの世代の鬱屈があったのだ。

私たちの仲間のうち最良の者は、元気よくまるでパロディーのようにして、マネーゲームに参入していった。大学時代に、原理研という統一教会の下部組織があったが、東大ではその組織は忌み嫌われていた。ところが、私の同級生たちは、現利研という、もとの組織をもじったサークルを作って喜んでいた。これは、現代利潤研究会の略なのだそうだった。私は、なんでもパロディーにしてしまう彼らのエネルギーに呆れていた。彼らはそうやって、世界とつながろうとしていたのだ。後にKという男が、KKKという物騒な名前の研究所を作るんだと言っていたが、これも同じような発想で、K経済研究所の略語だそうである。こんな風にちょっと屈折して、自分をパロディー化しながらも、彼らは資本主義社会という、彼らにとって唯一の社会の窓口から社会に出て行った。

そして、私もこの団体の名前だけは好きだったのだが、時代錯誤社という名前のサークルがあった。

こんな些細な名前にも、その時代の刻印が押されているものだ。

私たちは、豊かな時代の中で逆に大きな世界から疎外され、何とか自分の居場所を見つけようともがいていた。多くの者は、何をしたらよいのか、自分がどんなところにいるのかもよく分からないままに、資本主義社会の荒波に乗り出していったのである。

様々な教育

ここらで、私が今までに見てきた教育に関係のある出来事を列挙しておこう。私は、あるときはその当事者であり、あるときは、それを観察する人間であった。

多摩ニュータウンの中にあった個人経営の学習教室。そこでは、私は、雇われ講師であった。

前にも書いたアサゼミナール、これはいわば、一九八〇年代の教育ベンチャーである。沿線塾の一つ……、そこでも私は雇われ講師であった。そして、私立に深くかかわりをもつステータスのある塾の一つ、ここでは、教務の人たちを通じたりして、私は様々なことを見聞きした。当時の予備校。これは私が勤めていたわけではないが、様々な友たちを通じて豊富な情報が入ってきた。医学系の予備校。これもうんざりするような情報をたくさん仕入れた。

別の沿線塾では、教材作りをやった。さらに、高校受験の大手塾では、これから塾をどうしようかという会議に巻き込まれた。講師仲間からは、地方の野球有名校が進学でも実績を上げたかったために生徒に猛勉強をさせすぎて、つぶしてしまった実録小説を読まされた。戸塚ヨットスクールによく似た、信州の方の非行少年更生施設のようなところで廃人同様になってしまった生徒の話しも見聞きした。

講師として少し責任がある立場になってくると、父兄の懇談会や面談なども行う。実にいろいろな親がいるものだと感心した。家庭教師的なこともした。子供を一度放し飼いにして見ると、彼らは本音で話し始めることが多い。中には、毎夜家を抜け出して、不良仲間と、近所の人のいいおばあさんのいる酒屋にたむろして、酒を飲み、タバコを吸う。警察に引っ張られそうになると、どうやって、タバコを吸っていないように見せかけるのかという手口まで、詳細に話してくれた子までいた。

しばらくして、今度は、数学関係の出版社に勤務することになり、中学受験の算数という分野としばらく関係していた。中学受験という世界には、得体の知れない教祖様のような人間がたくさんいた。弱小塾はどう生き残るのかを模索していたし、個人で教祖になろうとしている人たちもいた。大きな塾は大きな塾同士で、戦争していた。これまたとんでもない世界だった。

そこで私は、結構好き勝手にやらせてもらった。講演会も打った。塾の経営者や、私立中学校の先生が集まる、勉強会という名目の情報交換の場があった。私立にくいこんで情報を集め、講演会を打って生計を立てている教育研究所があった。そうした場を利用して、いろいろなプロジェクトが立ち上がっては消えていった。

予備校業界は、八十年代の後半を境に急速に様変わりした。一口には語れないほどの変化があった。そうしたところで生きる人たちの意識の変化を私は見てきた。塾産業と私立の深い結びつき、塾で教務に携わる人たちの醒めた認識、少子化時代への対応から、塾が青田刈りを始め、理論武装して宣伝をし、その実、内情はといえば以前に増したスパルタ教育になっていく様子も眺めた。

予備校の宣伝形態も変わった。衛星授業を売り物にするところから、数学に特化して教育を進めるところから、それぞれが生き残りをかけて必死である。そうした中で、古くから有名な、旺文社などの出版社は、リストラの嵐で大変だ。そうした話しもよく聞いた。

そうした半面、うちの息子を希望の医学部に入れてくれれば金はいくらでも弾むなどという人たちが、いまだに大量に生き残っていることも事実だ。こういう人たちと接していると、いまだに時代はバブルまっさかりのような気になり、不況という言葉がどこかに飛んでいってしまう。

そうかと思うと、教科書出版会社というのが、また別次元の世界である。彼らは、いわば国に寄生する存在であるから、規模も大きく、教科書のほかには、ろくでもない教材や教育ソフトを作って、営業力だけを頼りに、学校に売り込みをかけたりしている。

まだある。私立の学校は生き残りをかけて宣伝に必死だ。あまりにも厳しい学校の方針が基で、家庭内騒動がおき、家族がばらばらになってしまうような悲惨な例も結構ある。しかし、親は不安に駆られているから、もうまともな意見に耳を傾けない。塾はある意味で、そういう親の駆け込み寺でもある。

さらに、コンピューター化と、国際化の中で、インターネットで教育事業を起こそうとたくらんでいる人たちがたくさんいる。一方、大学が主導して、教育の改革を計るべきだ等という意見を持っている人にも付き合わねばならない。親の中には、かつての、不登校→留学という図式から、もうこの国の教育にはうんざりだ→留学という人まで、いろいろなルートで海外での教育を模索している人がいる。

地方の教育の実態はどうだろうか。私が教えた生徒の中には、佐賀県から飛行機で東京にきたり、北海道から出てきたり、長野の私立から夏期講習に行ってこいと送り込まれたりした人がいた。これらは氷山の一角にすぎず、方々でそのような話しを聞く。地方の塾も親も中央とつながりを持ちたがる。この傾向は過熱化している。

とは言っても県によって全く事情は異なる。佐賀で教育を受けた子供と、静岡で教育を受けた子供と、千葉で教育を受けた子供の間では、おそらく自分の受けてきた教育を基に会話をするまでに、まずおたがいのバックグラウンドを確認するということをしないと話が通じないだろう。

一方で政治家や官僚、芸能人の子弟はまた別の教育形態を望んでいる。そういう人がひそかに相談に訪れるようなところもあるのだ。

私はまた、全く別の世界に携わった。数学オリンピックという恐ろしく難しいコンテストを目指す子供たちをある塾に付随するところで十年ほど教えたのだ。この世界もまた特殊な世界である。しかし、本当に恐ろしいほどの学力を持つ子供たちが、どんな勉強方法をとってきたかという意味では大変に参考になる。

これだけ列挙してもぜんぜん十分ではない。公教育のことについては、私は一言も触れていないし、そこでの教育指導要領の改訂が、いったいどのような影響をもたらしたのかについても多く見聞きする機会があったが、もうこれぐらいで十分だろう。

新聞などで、学校を地域社会のシンボルにしようとしている話しや、フリースクールなどのルポを目にすることがよくある。私はその世界はあまり知らないが、そうした記事を見るたびに思う。

教育だけですら、世の中にはいろいろな世界がありすぎて、おたがいに通行不能になっている。こうしたいろいろな世界を一つ一つ細かく知ることは実はそれほど重要なことではない。むしろ、浅くともよいから百の世界を知って、今の教育の世界がどんなに細分化されているか、いろいろな人に実感してもらい、考えてもらった方がよい。

日ごろ生活に忙しい人たちは、自分の子供のかかわっているごく狭い社会でしか、今の教育の実態を知らない。だから、まず私がやることは、今まで見てきたいろいろな教育の現場を不十分ながらもお見せすることである。

失敗した家庭

長らく塾などの教育現場にいるというのは、あまり愉快なことではない。なぜかといえば、そこでは大概の場合、成功した例よりもはるかに多くの失敗例を見るからである。ある時期から、私はこうした失敗がなぜおきるのか、自分なりに分析をしてきた。そのうちのいくつかの例を語ってみようと思う。

始めの章にも書いた、ひと月百万以上も払う子供がいる塾で、私はそうした成金の子弟ばかりを教えていたわけではない。もちろんそうした成金さんはたくさんいたが、同様に、少しリッチな中産層とでもいうべき人たちもいた。

例えば、T君という子供の父親は、有名大学を出て一流商社で活躍する中堅サラリーマンであった。母親も物静かなよい人だった。しかし、子供は途中からぐれてしまったのである。

彼が私の個人教授につき始めたのは彼が中学三年生の頃のことだが、それまでも彼はその塾の一般クラスにいたので、私はある程度彼のことは知っていた。というよりも知っているつもりだった。

彼は、実力はかなりありながら中学受験に失敗したので、その塾に通ってきていた。ハンサムな子供だったから、女の子たちからはもてた。性格的には、勝気で正義感の強い子供であった。勉強は相当にできたので、私は少し安心していた嫌いもある。

彼には兄がいて、その兄も同じような道をたどって有名私立高校に入学した。それが、T君が中学校二年生のときのことである。その兄は、私立の学校に入学してから羽目をはずし始め、不良仲間と付き合うようになった。彼がやっていたことは、集団万引きの見張り役である。学校からは停学を食らった（退校にはいたらなかった）。

こうした兄の影響は相当に大きかった。T君は内心次第に受験が馬鹿らしくなり、何で毎日塾に通わされて勉強をやらされるのか分からなくなってきた。彼は勝気で正義感が強いと言ったが、彼にはもう一つ別の側面があり、かっこよいものへの憧れが非常に強かった。

中学校三年生になって成績が急降下したために、彼は私の個人教授を受けることになったが、事実上、手の施しようがなかった。彼は学校の先生と大喧嘩していた。なぜなら、ちっとも悪いことをしていなかったクラスメートが、ある事件のときに疑われて、いきなり教師に殴られたという事件から始まって、彼は、体裁ばかり考えてどうも本当には自分たちの事を見てくれていないような気がする学校の先生に、すっかり不信感を抱いていたからである。

それを契機に、彼は反抗を始めて不良仲間と付き合い、あいつらは実は一番いいやつらなんですよ、学校では反抗するけど、他のまじめぶって蔭で嫌なことやってるやつらなんかよりずっといいやつですよ、と公言するようになった。

私は、数学の授業をするというより、もっと大事な作業をすることになった。数学の方は、やる気になりさえすれば、彼はすぐにでもできるようになることは分かっていた。しかし、いかんせん勉強時間が少なすぎたし、彼には勉強をする意欲がなくなっていた。私は、彼の人生相談役になった。

そのうち彼は私にはいろいろなことを話してくれるようになった。

夜、こっそりと自宅を抜け出して、近所の、酒をただで飲ませてくれる親切なおばあさんの家に行くこと、何人かのグループでそうしていること、警察が来るとそこのうちに迷惑をかけるから、見張りを立て、警官が来そうになるとそこを出ること、この間、警官につかまって、お前らタバコを吸ってるだろうと言われたこと、そういうときには、警官に連れられて交番に行く間に、歩く順番を何回も入れ替えて、最後尾になったときにこっそりとタバコを捨てるということ……、等々である。

あるいは深夜、友達が吹く口笛の合図で外に出てみたら仲間が待っていて、すぐこいと言うからなんだろうと思って行ってみたら、同級生の女の子が、あるところで見知らぬ男と寝ていたこと。その時は俺ショックでしたよ、とT君は言っていた。

他にも、学校同士の大乱闘をして付近の大問題になったり、結構派手にやっていた。中でも、私が思わず彼の顔を見てしまったのは、同級生の女の子の父親に本物のやくざがいて、ある日その女の子の家に遊びに行くと、やくざが出てきて、おまえ、日ごろから話しは聞いているが、ずいぶん見込みがありそうじゃないか、一つうちの娘と一緒になって俺の後継ぎになる気はないか、と聞かれてさすがに断ったというくだりであった。ほかのことは、まあありそうな話しではあると聞いていた私も、さすがにこれだけはびっくりして、こんな異常な世界から、まともな世界に連れ戻すにはどうしたらよいかと考え込んでしまった。

さらに、彼は正直で自分の見てきたことをぺらぺらしゃべったから、私は、その塾にきている生徒の中の何人かがこっそりと万引きをしているということまで知ってしまった。

俺は万引きはしませんよ、とT君は言っていた。それはT君が持っていた、ゆがめられてこそいたが、正義感のなせる業だった。私は一時彼が虚言癖なのではないかとまで疑い、事実関係を洗ってみたがどうも彼の言うことに嘘はなさそうだった。誇張は多少あった可能性がある。

兄貴なんか、渋谷のリーダーの世界と関係があるみたいですよ、とT君は言っていた。本当かどうか分からないがありそうな話しではあった。そのうち彼はますます学校不信になってきた。

当時の東京都の教育は行きつくところまで行ってしまっていた。反抗的な生徒には容赦なく一がつけられたが、これはまともな私立では、受験は許されても、合格させてはもらえないことを意味した。信じられないだろうが1、というのは、学力の目安ではなく、反抗したかどうかの目安なのである。その後とても素直な女の子が、一年生のときに先生に反抗して1がつけられたため、受験に困って塾に泣きついてきている例などはいくらも目にしたから、多くの学校で、こういう悲惨なことが行われていたことは確かである。

公立高校の受験は、半分は内申書の勝負で、そのために多くの生徒が面白くもない勉強を押し付けられ管理されていた。もちろんすべてとは言わないが、一部の公立中学は、ほとんど内申書という武器を使って荒れる生徒を脅迫、管理をしていた。そして、それでも反抗する生徒には、学力には関係なく好き勝手に1を大量につけ、見せしめとしていた。

そんな風潮の中だったから、多くの生徒の心は荒んでいた。そして、私の教えていたT君はすでに取り返しのつかない状況になっていた。

私は、T君に聞いたことは（先生、これは秘密ですよ、親には決して言わないでくださいねと念を押されていたので）ひとまず胸にたたんで、塾の教務にT君の親の状況を聞いた。その結果、T君の父親は、しばらく前から外国に単身赴任していることが分かった。そして、母親は（T君とは仲がよいらしく、よくT君の話しにも出てきたが）息子に何かが起こっていると気づきつつも、見てみない振りをしながら、塾にまかせっきりで、お金だけはたくさん払っていることが分かった。私は考え込んでしまった。

結局私ができたことは、T君に信用されているという立場を最大限に利用して、自分なりの正義感は持っている彼に、人生には戻れる時点と戻れない時点があることを教え、今以上の深入りは絶対に避けるように彼を説得しながら、受験勉強の方向へと持っていくことだけだった。

結局、彼は、学力は結構あったので、最後までほとんどオール1に近い状態で、偏差値的にはあまりよくない私立の一つに入学した。その後のことはあまり知らないのだが、父親は海外から返ってきて事態に気づき、三人を問い詰め、烈火のごとく母親の監督不行き届きを怒ったという。

失敗例（二）

失敗した例はきりがない。もう一つ語ってみよう。

仮にB君としておく。初めて見たのは、彼が中学校二年生のときだったが、それまで私が見た子供の中でも、数学はトップレベルの素質を持っていた。授業前にその子の親と面談してみたが、この子のお母さんは、正直に言えば余り子供の状況を把握していなさそうだった。でも、ともかくうちの子は、国語と英語ができないんでございますと言っていた。

後で調べて分かったことであるが、その子の父親は外務省の官僚だった。家も一等地にあった。しかし、毎日忙しい父親は、息子の教育については一切口出しをせず、母親に全権を委ねていた。

彼は大きな意味では帰国子女だった。ところが、彼が海外にいたのは幼稚園生の頃までなので、英語は身についていなかった。国語もだめだった。中途半端に海外体験をして、基礎となる言語能力がめちゃくちゃになっていた。

さらにこれは単なる教務のうわさかもしれなかったが、教務によると彼の母親は、学歴があり頭のよい父親に見そめられて結婚したのだそうであるが、自分が学歴もなく、その上ポット出であることにコンプレックスを持っているということだった。それで小さいころから人一倍教育熱心で、息子を塾に放り込んでいた。そして、高校入学の際に内部受験がある国立大付属中学に突っ込んだ。ところが、息子の成績は伸び悩み、回りまわって私の勤めていた塾にやってきた。そこで、私が彼を担当することになった。

話をしてみて分かったことだが、彼は理不尽な勉強を強いる母親に対して、消極的な反抗をしていた。こっそりと隠れて漫画を読むぐらいは当たり前の話しで、あらゆる手段を使って勉強から逃げたがっていた。しかし、高校受験をしなければならないことは分かっていて、何とか受かりたいという気持ちもあった。

しばらくして彼の特性が分かってきたので、私は父親代わりとして、彼に強権を発動することにした。すると、彼は、ひえー、先生はサドですか、何でそんなに僕をいじめるんですか、とか言いながら、結構やる気を出してきた。彼は学校で百点をとった数学のテストを持ってきて自慢そうに私に見せたりした。私は、この調子なら、数学を早めに仕上げて、残りを英語に当てられるな、この調子なら内部進学は大丈夫そうだな、とたかをくくっていた。

ところが、思わぬ横槍が入った。数学で百点を取っていたのに英語はよくなかった。そこで母親の要望もあり、英語も個人教師をつけ、がんがんやりだした。ところが、その英語の先生がなんとも競争意識の強い人で、数学が英語よりもできることに我慢がならなかった。そんなわけで、その子は今度は英語の特訓を受けることになった。しかし、そんなこんなで、疲労が蓄積した。その子はおそらく、一生懸命にやっているのかそれともやらされているのか自分でもわけが分からなくなったのだと思う。以前の消極的な少年に戻り始めた。

英語の点数が上がらないだけでなく、数学の点数も落ち込んできた。そして、教師もその子も振り回され続けた挙句、素質的にはすごい実力を持つその子供は、内部進学できなかった。そして、不本意ではあるが、一応名前の知られた私立に合格した。しかし、群を抜いてしかるべきその子は、高校に入学する頃には、もうただの人だった。

彼は平気で親の悪口を言い、私の前では母親のことを「くそ婆あ」と呼んだ。たしなめると、いいんですよ、あいつは、と言った。その後の彼のことは知らない。


私は、まだ二つの例しか語っていないが、どちらにも共通する点が一つある。それは、父親が高学歴で仕事には熱心だが教育には携わらない。母親は家庭教育のやり方が全く分からない人間なのに、なぜか学歴コンプレックスらしきものを抱いていて、早くから子供を塾に通わせ、子供の体力以上の特訓に取り組ませるということである。それも家庭教育という背景なしにである。そうしたことが子供を結果的につぶしていくなどということを彼女らは考えようともしない。

小学校のうちはまだいい。子供たちは素直な戦士である。しかし、中学校に入って自我が芽生えるようになると、子供たちは急に反抗を始める。女の子の中には、親が知らないうちに性風俗の世界に入ってしまっていたなんて例も結構あるのだ（言っておくが、もちろんそうでない数の方がはるかに多い。と言って、無視できない割合でこういう子供たちが存在する）。

親が、子の反抗を積極的につぶしにかかった例もある。信州の方に、ある坊さんが経営する「○○の門」という非行少年更生の塾があった。困ったら○○の門をたたけというわけである。私の一学年上を教えている先生は、ある生徒の担当だったが、授業中机に乗り、反抗的な態度をとるその生徒には相当に困ったそうである。しかし、塾の教師は高々一週間に数度その子に会うだけだからまだいい。親は毎日毎日反抗されて、ついにキレてしまった。

親は○○の門に子供を連れて行き、その坊さんから、数ヶ月は預かって性根をたたきなおすから、その間は口出しをしないようにと言われて同意したそうである。

さて、ひと月経った頃、その子供から親にSOSの電話があった。リンチを受けそうになっているので助けてほしい、今逃げ出してきたところだ、何でも言うことを聞くので、すぐ迎えに来てほしいという内容だったそうである。しかし、親は迎えに行かなかった。お前は○○先生に預けたのだから、その間は先生の言うことに従うようにと言ってガチャンと電話を切ってしまったらしい。

「数ヶ月たってその子は塾に戻ってきたのですが、授業中もただポカーンとして、前を見ているだけなんですよ。かつて反抗していた頃の面影は何もありません。腑抜けか、悪く言えば廃人になっていましたね」。と同僚の先生は言っていた。

もうこのぐらいにしておこう。これ以上書くと読者の方は胸が悪くなるだけだろう。

しかし、こうした教育崩壊は、決して一部のものではなかった。一歩間違えば彼らと同様になる予備軍がうようよしていた。そして、いかに多くの親たちが教育のシステムに失敗の原因を押し付けたかったにせよ、現場の塾教師たちは失敗の真因が明白に分かっていた。

つまり、崩壊していたのは、学校でも塾でもなく、家庭教育、すなわち子供に、人生に対する興味を芽生えさせ、教養を与え、自然や芸術に親しませることで幅広い人間に育てようとする、そうした素地が、官僚や商社マンといった、アッパーミドルの層の家庭でも消滅しかかっていたのである。これは、核家族化という問題と無縁ではないが、それだけが原因ではない。

そのことを理解してもらうには、一見これらの問題とは関係ないように見えるが、現在、人はどのような結婚をするかについて語る必要があるだろう。

第五章　現代の結婚

結婚ということ

私が塾産業に勤めて、荒廃していく教育環境を眺め始めたのは、一九八八年ごろからのことである。そのころ、私は個人的には結婚をしたいと夢見ていた。

もちろん結婚ということを考えるためには、自分にあった相手がいなければならないわけだが、私はそれ以前の段階にあった。つまり、二十四歳から二十六歳ぐらいまでの間、そもそも話しをした女性、出会った女性がほとんどいなかった。大学時代には、一方的な片想いをして相手を困らせるなど、全くしょうがない人間であった私だったが、この頃になると、「まずは出会わないとしょうがないなあ」という気になっていた。

しかし、現実は厳しかった。私が本来なら卒業するべきはずの年度に、東大の総長は卒業式で迷演説をぶった。君たちはかわいそうだ。私たちの頃は、東大を出れば、それがステータスとなり、結婚相手はいくらでもいた。ところが、今では、東大出はかえって敬遠され、某女子大ぐらいしか君たちを相手にしてくれる女の子はいないだろう。

これは総長一流のジョークのつもりだったのだろうが、格好な新聞種になった。某女子大とはどこのことなんだろうと憶測するやつまでいた。東大出ですら、結婚ということになるとかなり苦労する時代だった。

一昔前のざれ歌に、結婚するなら東大生、遊ぶ相手は慶大生、用心棒なら早稲田マンというのがあったそうだが、その時代よりもかなり経った一九八〇年代からは、東大生というのは、ダサくて暗いネクラの人々という評価が定着しつつあった。女の子には、大きく分けると二通りのタイプがいた。「私はダサくてもよいからどうしても東大生と結婚したいの」という女性と、「私は、フィーリングが合う人と結婚するの、東大生はなんかうじうじと自分のことばっかり悩んでるから嫌」という女性たちである。

もちろんそれ以外の女性もたくさんいたわけだが、私の時代に生まれた東大生は、どちらのタイプにも結構お目にかかってきていると思う（今は東大生自体がネクラでなくなってきているようだから、少し状況は変わっているようだ）。

結局私は、最後の一年分のお金を払わないで中退したので、三年生以降は除籍ということになった。学務の人と最後の話し合いをして退学届を出しに行った日、私はたまたま、それまでほとんど入ることのなかった一号館のトイレに入った。すると、壁に落書きがあった。

灯台下暗し、東大生もともと暗し、元東大生根は暗し

というのである。私は苦笑いしてしまった。

私は中退したわけであるから、東大生ではなかった。だから東大生がお目当ての女性とは知り合うべくもなかった。ところが、東大生の嫌われる特徴の一つである、ネクラであった。したがって、

私はこうもり人間になり、結局知り合う女性が誰もいなくなってしまった。

私に親身な友人の中には、「おれには、こういう妙な友達がいるぜ、日本一の学力を持つ中卒なんだぜ、あいつは教駒を中退して、東大を中退して、ネクラの文学青年をやっているが、実は受験時代には〝できるやつ〟と有名だったんだぜ」とわざわざ言うやつがいた。そしたらな、とその友達は言った。その女の子は眉をひそめて、私、自分の子供だけは絶対にそうさせたくないわと、マジな顔で言ったのだぜ。

これにも私は苦笑いした。

私は親戚にも、誰かいい人いないかな、という意味のことを言っておいた。するとまじめな人であった私の祖母は、ある日私を呼んで、「あなたは大学を中退して、まともな就職もしないで生きているのだから、私たちも紹介はしてあげられないのだよ、かわいそうだけど、無理だよ」と言った。

それにしても世の中広いのだから、私のような文学青年と意気投合して、貧しくてもよいからお互いやっていきましょうよ、というような女性があらわれないかと、甘いことを考えていたが、それが幻想に過ぎないことを後でいやというほど思い知らされた。多分それは宝くじに当たるようなものだったろう。

一九八七年に母親がなくなると、私は週に二、三度の病院通いもしなくなったので、あたりを見回し、少しは女の子と知り合う場を自分で見つけなければいけないなと思った。セミナーに通ったのもちょうどそんなときのことだった。そこでも私は、いろいろな女の子と知り合った。彼女らは実にいい人たちだったが、どうも肌が合わなかった。話す話題、価値観そんなものが何から何まで全く異なるのである。

大学でも経験したことだったが、当時の人は、自分の嗅覚を頼りに小グループに分かれつつあった。

私の観測によると二つの異なるメンタリティーがあった。一つ目の人たちは、大学に来たての頃、自分とは異なった人間の話しを聞いて、世の中には自分の知らない世界があるということに感心し、好奇心を持っていろいろな人と付き合った。二つ目の人たちは、これも同じように自分とは異なった人間の話しを聞いて、こいつらと話していたら疲れてしまうとばかりに、自分と話していて疲れなさそうな人間たちだけで小さなグループを作った。

この二つのメンタリティーは一人の人間の中でさえ時に共存していたが、だんだんと後者の方が優勢になっていった。それは、一人の人間の中でも、集団としても、同様であった。

私個人に関して言えば、大学時代は（話しやすい人たちというのはあったが）、特に他の人と話していて疲れるということはなかった（他の人が私と話していて疲れるということはあったかもしれない）。しかし、セミナーで出会った人たちは、正直言って少しばかり疲れた。なぜなら話題がまるで噛み合わなかったし、私の好きな抽象的な話しというものがまるで通じなかったからである。もっと楽しいことを話そうぜ、と言われて何を話せばよいのかと思い、私は彼らの話しを聴いていたが、セミナー以外のことでは、それは、彼らの好きな音楽の話し、スポーツの話し、車の話し、タレントの話し、今度どこそこに行こうという話しばかりであった。

もちろん私もそういう話しに加わることはあった。しかし、よほど意思堅固にしていないと、私は途中から退屈してしまうのだ。もちろんこれはお互い様の話しで、こちらの話しには彼らは退屈するのである。努力して付き合うのは苦痛である。私は彼らの何人かのことを私にとっては異邦人だと思い始めた。

これは悲しい認識である。なぜなら女の子たちもまた、私とは異邦人だったからである。性格の良い子はたくさんいたし、きれいな女の子もたくさんいた。しかし、合わなかった。

私は、とんだ時代に生まれてしまったと思うようになった。私と少しでもウマが合う女の子は、この世からはもう絶滅してしまったのかと思ったからだ。

この認識が大きな間違いであったことは、もっとずっと後になって分かった。私とウマが合う女の子たちは、全く別のところにたくさんいたのである。私が、彼女らがどこにいるか全く知らなかっただけの話しだったのだ。

しかし、ともかくも私は自分に合った女の子をさがそうと思った。その後、そのために私は世の中を見物かたがた、総額にして実に何百万円ものお金を使う羽目になった。

結婚相談所

とりあえず私はいろいろと作戦を練ったわけであるが、手はじめに何か趣味のサークルに入って、それをやりながらその場に参加していれば、自然と女の子とも話すチャンスがくるのではないかと思った。

当時私は、お金を持った人たちを対象とする塾の講師をしていたので、お金は多少あった。そこで、杉並区にあった合唱のサークルに入ることにした。

そのサークルは実際楽しかった。何がといって、歌うことが楽しかった。私は下手な歌い手であったが、舞台でベートーベンの第九を歌うことがこんなに楽しいことだとはつゆ知らなかった。しかしその話しはおいておこう。

私がひそかに期待していた副産物の方は、実は全くなかったのである。私は始めのうち彼らの仲間に加わろうとしたし、彼らに受け入れる努力がなかったわけではない。練習が終わった後の飲み会にくっついていくこともあった。

しかし、しばらくたって気がついたことなのであるが、私は服装や話題からして、やはりみんなの中で異邦人となってしまった。おまけに、私には悪い癖があって、多少なりとも自分で指揮をとるような立場にいるときには自分をうまく出せたが、指揮される側になるとうまく出せなかった。

合唱団にはリーダーシップをとって各パート（ベースにソプラノ、バリトン、アルトのこと）をまとめていく音大出の人たちがいて、てきぱきと指示を出していた。下手な私は、まごまごと言いつけに従うばかりで、それだけでもうゆとりがなかった。そのゆとりのなさが悪い方に出てしまって、私は、普段の私ですらなくなった。飲み会でも積極的に話し掛けるというより、人の言うことを黙って聞いていた。

結果として、私はその集団の中で、無口で何を考えているか分からない異邦人となってしまった。始めにそういう位置付けになってしまうと、そこから回復を図ることは難しい。自意識も過剰であった私は、その集団の中で居場所をだんだん失ってしまった。たまに女の子に話し掛けてみると、彼女らは律儀に応対してはくれたが、「これは自分と同じ人種ではないな」とすぐにかぎ分けたようで、距離をおいた話し方しかしてくれなかった。

そうした趣味の集団の中でも、いわば政治力学とでも言うべきものが働いていて、集団の中心に位置する人から少し離れたところで、二、三人のグループを作る人もいた。しかし、私はどのグループにも入れなかった。


こういうサークルではだめだと思い始めた私は、今度は、一対一で話ができる場所を見つけようと思った。そこで、深い考えもなしに飛び込んだのが、大手の結婚相談所である。そこで私は、まず二年分の会費だといわれて、四十万円ほどを支払った。

そこのシステムを言えば、ひと月に一回雑誌が届けられ、その中に、会員の自己紹介が載っている欄があった。それを見て、この人に会いたいと事務局に申し出れば、一応その人の許可を得た上でお見合いが成立するわけである。また、それとは別に、自分のプロフィールと自分の希望を事細かに書いて相談所に預けておく制度があって、自分の希望に添い、相手の方でも希望に添った人のプロフィールが、毎月三度合計六名届けられた。その人に会いたいと事務局に申し込んでおくと、相手がよいといえば電話番号を教えてくれる。そこで相手にデートを申し込むわけである。

その他にパーティーなどもあったが、こちらは希望者が殺到していて、自分の時間が取れる時にたまに申し込んでみても、いつも抽選の段階で外れた。したがって私が利用していたのは、もっぱら最初の二つである。

さて、右では自分のプロフィールとか希望とか簡単に書いたが、これは詳細な身上調査書だった。年齢は言わずもがな、タバコはどのぐらい吸うか、酒はどのぐらい飲むか、身長はいくつか体重は……、どのぐらい健康であるか、趣味は何か、年収がいくらぐらいのどんな職業についているか、学歴職歴はどのようなものか、さらに、自分で自己紹介し、写真も同封して相手に見せるのが決まりである。細かいアンケートもあり、もっと詳細に記入する欄もある。両親の状況、両親の年齢、将来同居か別居かももちろん記入させられた。

私は、そこでは中卒であった。おやおや、昔で言う金の卵になったなと思いながら私はそれを書いた。何しろ大学は除籍だし、大検というのは実は大学入学のための資格試験であって、学歴ではないのだ。

しかも、困ったことに、相手にどんな学歴を求めるかという欄もある。私の当時の価値観では、学歴には興味がなかったから、始めは学歴の希望は一切なしの欄に丸をつけた。身長、体重、酒タバコの欄もあまり難癖をつけなかった。もっといえば、どうせ自分は世間の常識からは外れてしまったわけだしと考えて、再婚でも子連れでなければよいことにした。相手の子供を育てる自信がなかったからだ。相手の年収にも一切希望はつけなかった。年齢も、自分より十歳上の人までＯＫすることにした。因みに私は当時二十八歳、年収は四百八十万円の塾講師である。

さて、どうなったか。

しばらくして私のところに送られてくる紹介相手には、次のような女性が多いことが分かった。

中卒あるいは高卒、趣味は、私の知らない〝歌謡曲〟を聞くこと、酒はたくさん飲む方で、でも、自分で言うのもなんですが、めちゃくちゃ明るいです。いっしょにカラオケ歌って盛り上がりましょう。

あるいはこんな子だ。

職業は家事手伝い。バイクが大好きです。一緒にツーリングできる人探しています。内気な方なので面白くて頼れる人がいいです。こんな私でよかったら、ぜひお会いしましょう。

さらに、こんなのもあった。私は、自分でいうのもなんですが、かわいい方だと思います。ルックスにも自信があります。結婚まじめに考えてます。できれば、年収高い人を望みます。

最後の文章には注釈をつける必要がありそうだ。年収が高い人を希望するなら、年収五百万円以下の私など、始めから希望欄からはずされそうなものなのだが、実はそうとも限らないのだ。なぜなら、そこのシステムでは、世話係ともいうべき仲人役の人がいて（たいていはそこに応募したそこらのおばさんである)、「これはあなた、高望みというものですよ、年収には希望をつけないでおいた方がいいですよ」等というのだ。だから、年収千万円希望の人でも、やむなく説得されて、年収希望の欄には何も書かず、ただしメッセージにはなるべく年収の高い人を、と本音を書いてくるわけである。

私はどうも彼女らと相性がよくなさそうな気がしたのだが、とりあえず何人かの人と会ってみた。すると、会話は一向に弾まなかった。まじめそうな女の子は大分いたが、彼女らは実は、私同様に世の中の落ちこぼれのような気が自分でしていて、大変な不平不満を抱えていた。彼女らも私同様に、私が彼女らの趣味ではないと思ったらしいのだが、お互いそんなことを言うわけにもいくまいから、別のいろいろな話しをした。彼女らのしている仕事の話しも聞いたし(不動産会社の事務員さんとか、デパートの店員さんとか、保母さんとかいろいろな人がいた)、不平不満も聞いた。

さて、お互い見るなり分かり合ってしまって、次回はもうないことにしましょうねと言って別れた人はよかったのだが、それ以外の人にお断りを入れるのがまた面倒だった。なにしろ、相手は好きでなくても、自分がどう見られたかということはすごく気にかける人が多かったからだ。そのためにシステムがあるわけで、私はたいていはすぐにシステムの方に、相手のプロフィールと写真を型どおりに返却しお断りを入れた。ところが一回だけ、相手がまじめそうに見えたこともあって、直接手紙でお断りを入れるという馬鹿なことをしてしまった。すると、しばらくたって、直接手紙を送るなんて、そんなやつは制裁してやる、死んでしまえという、すごい脅迫状が舞い込んだ。私は私なりに礼を尽くしたつもりになっていたのでびっくりし、これは相手の気持ちを傷つけてしまったぞ、というわけで、謝罪の手紙をもう一度書いた。相手からは、もういい、という少し気が治まったような返事が来てこの事件は終わった。

それやこれやで私は疲れきってしまい、これはどうやら、希望の幅を大きく取りすぎたことが原因だと思うようになった。そこで私は、仲人役のおばさんの勧めを振り切って、希望を変えた。酒はいいがタバコはお断りにして、年齢も自分の年プラス三歳以下にした。そして、相手の学歴は、思い切って短大卒以上にした。

迂闊にも、これもようやく分かったことだが、短大や大学の卒業者で、中卒の男を相手にしようというものはほとんどいなかった。したがって、私には相手がほとんどいなくなった。たまに会った人は、疲れたような顔をした、私がなじめないタイプの人だった。彼女は一方的に自分がいかに社会から不当な扱いを受けているかを語り、最後に、ああ今日はすっきりしたと言って帰っていった。私は唖然としてそれを見送った。

あとはそのシステムの中で残された手段は一つしかなかった。そうこうしているうちに二年間が過ぎようとしており、担当者にあまり強く勧められたもので、私はもう二年間期間を延長して、今度はその会社が発刊する雑誌に載った人に直接働きかけてみることにした。

出会った人は、当時私の住んでいた東京からはかなり離れたところにある県の人で、最近離婚したばかりであった。いわゆる成田離婚というものらしかった。きれいな人で学校の先生をしていた。私は彼女の住んでいるところまでデートに行った。

そこで私は彼女の価値観を聞かされることになった。彼女が言うには賃貸でよいからピアノが一台置ける三ＬＤＫのマンションと、親との別居という条件さえあれば、後はあまり気にしないということだった。会話は弾まなかったが、彼女は私がそれさえクリアすれば、その時初めて聞いた元東大生という妙な肩書きも含めて、ＯＫするつもりだったらしい。

私は考え込んでしまった。

彼女の結婚についての発想は、私の大学時代に周辺にいた、自分とフィーリングがあって、話ができることを大切にした女の子、または、「趣味が合う相手と楽しく暮らせればいいな、格好のいい男だったらもっといいな」という女の子たちとは全く違っていた。ある意味ではそれはすごく打算的であった。

結局その話しも消えた。今度は私の方から、あとで、とてもあなたの言う条件をクリアーできそうにないですよという婉曲な断りの手紙を書いたのである。そうしたら程なく、残念ですがどうもご縁がなかったようですね、という丁重な返事が来た。

それからも私はいろいろな女の子に出会ったが、このように結婚というものを一種のビジネス感覚で捉える女の子たちは一定の割合で必ずいた。彼女らは、長男ではないこと、とか、四年制有名大学卒とか、身長一七五センチ以上とか、そのような条件を出して、いわば条件闘争をしていた。

頭の悪い私は、それがなんだか異常なことのように感じていたのだが、あるときハタと手を打った。

そうか、何項か前に、昔の軍隊は社会の下の方の人たちにとって敗者復活戦の役割を果たしていたと書いたが、今どきの女の子たちの一部にとって、結婚は、一番手軽な敗者復活戦なのだな、そうして、結婚を契機に何とか上の世界に這い上がりたいと思っている女の子たちがたくさんいるのだな。

私はここで遅ればせながら、七十万円以上のお金を使って、ようやく自分の価値観を離れて、社会における結婚の役割というものを考え始めた。

結婚相談所（二）

さて、苦労はそこからが本番であった。なぜなら、結婚したいのならばともかくもまず出会いの機会を多く作ることが先決で、そのためには多少の出費をして世の中を見て回ることは避けられない、と私は思うようになったからだ。

その当時、男女の出会いを取りもつ場として、お見合いパーティーがあった。一回につき数千円から二万円ぐらいの幅があったと思うが、男女数十人ずつが集まって、一人ずつお見合いをしていくという形式は、大体どこでも共通していた。私は、「なんかいいことないかなあ」という感覚で、そうしたパーティーに二十回ぐらい参加した。全部違う企画会社のパーティーである。まず参加者をベンツで送り迎えしてから始まる恐ろしげなところもあったし、ブースに通されてコンピュータ－の画面で相手を見ながら一人一人と話しをするようなハイテクのところもあったが、まずはみんな同じような形式である。

中には、男については東大生と医者専門とか、年収千万円以上の人に限るなどという恐ろしいものもあった（因みに後者には私は参加できなかった）。

バブルの時代である。銀行や商社などに勤めた私の友達は三十歳を前にして、もう年収が千万円以上あるやつがざらだった。エリートに限らず、ちょっとうまいことをやった者はすぐに年収が八百万円を超えた。お金に対する価値観がみな麻痺しかけていた。医者とか歯医者の場合はもっと酷かった。三十歳そこそこのやつが年収にして、二千万円などというとんでもないことが実際に起こっていたのである。


パーティーは大体こんな形式のものが多かった。

まず、お互いに勝手に話しをさせる。あるいは、男女別に列を作って、一対一でお見合いをしては時間が来ると一人ずつずれて次の人とお見合いをする。全員の人とそれがすんでしまうと、今度はフリートークやゲームの時間となる。食べ物と飲み物も用意されている。

最後に、全員が第一希望から第三希望ぐらいまでの相手の番号を、投票用紙に書く。集計が行われている間われわれは飲んだりおしゃべりをしたりしている。そして、見事一位同士になったカップルは、発表されてみなの前で祝福を受ける。

私はどんな人がこのパーティーに参加しているのかと思って、積極的にいろいろなところに行って観察をしていた。一般的なところでは、びっくりしたことに、男はまじめな理工系技術者で自己表現が苦手なタイプが多かった。自前のお店をやっている人の二代目というタイプの人もかなり多かった。ところが、女の子たちは主に二つの層に分かれていた。一つは、恋人探し気分で遊びに来た、年齢も比較的若いねえちゃんたちである。彼女らは波長が合う男がたまにいると、「ほんとー、おもしろーい」というような言葉で反応し、ちょっとハンサムで遊び人風の少数の男に群がっていた。もう一つは、少しまじめに結婚を考えているのだが、パーティーというのがどういうところか分からないから少し怖い。そこで、友達と連れ立って覗きに来たという、ごく普通の女の子たちである。

大概の場合、彼らのフィーリングが合うことはめったになかった。一度など、ゲーム感覚で三対三のグループを作らされ自己紹介が始まったとき、学問のありそうな顔をした二人の男が、黙りこくったまま何も言わなくなってしまったので、人づき合いが上手とはお世辞にもいえない私が、気まずい雰囲気を何とか取り持つようにと気を使ってしまったほどである。

楽しくて格好いいボーイフレンドを持つことが目的で遊びに来た女の子たちは、パイが少ないことに失望し、「あの、目ばかりぎょろぎょろさせているダサい理系の会社員たちはいったい何なんだ」と思っている風だった。覗きに来た普通の女の子たちは、やはりここは私たちの来るような場所じゃなかったと考え、もう一つ、積極的で本当に結婚相手を探そうと思っていた女の子たちは、学歴だけ高そうでしかもお金は持っていそうもなく、フィーリングも合いそうもない理系の技術者たちと直に話しをし、どうもこの人たちは私とは違う世界で生きているらしいと思い始めた。

私は、男たちとパーティーが終わった後で直接話しをするチャンスがあった。成立するカップルはごく少数のことが多かったから、みな不満を持っていて、中でも外交的なやつは、どうだった、俺にはこのパーティーはつまらなかった。ちょっと飯でも食いながら話でもしようや、と何回か誘われたからである。

話してみて分かったことだが、一九八〇年代の後半という時代は、実に男女の出会いの少ない時代だったのである。自由に育った私たちの時代には、出会いなんてどこにでも転がっていそうなものだったが、実際はその逆だった。職場の付き合いはあるがそのほかには世界を持たず、たまに知り合った女性はすでに既婚だったり、恋人がいたりした。また、今まで女性に出会ったことがないなどというやつが大勢いるのに私はびっくりしてしまった。三十代の後半になって、このままでは一生結婚できないのではと思いつめ始めている、まじめなサラリーマンがたくさんいた。彼等が選り好みしていたかというとそうでもなさそうだった。彼らは本当に〝結婚難民〟であった。

一応私のことも付け加えておくと、私は二十回にも及ぶパーティーで、何とかまともな話しをし、アタックしてみた女性はたった二人だけだった。しかし、一人は、ごめんなさい、私は所ジョージみたいな面白い人が好きなの、あなたのタイプとは違うのよ、と言った。もう一人は、電話番号を教えて置いたら向こうから電話がかかってきたので、少し期待してしまったのだが、都内に住む、まじめで、人の気持ちもよく分かる、頭もいい（学歴が高いという意味ではない）保母さんだった。私は彼女と二回デートし、電話の往来も何度かあった。しかし、次第に相手の反応は芳しくなくなっていった。そこで電話をかけてみると、彼女もまた前の人と同じようなことを言った。

「ごめんなさい。私が好きなのは、赤井秀和みたいなたくましい人なの、好きなタイプはあなたのタイプとは違うのよ、それでね、私はすべてを求められないのはよく分かっているのよ、でも、あなたもそうかもしれないけど、結婚というのは人生でも一番大切なことよね、私は結婚だけは妥協したくないの」。

私はよく分かったと言い、そこまで言わせてしまったことを詫びた。

それが私の方からアタックしたたったの二つである。その他の事件といえば、相手に電話番号を聞かれて不用意に教えてしまったばかりに、新興宗教の勧誘に悩まされるようになったことぐらいだろうか。実際に私は彼女にくっついて東京の郊外にあるその新興宗教の集会所まで出かけたのであるが、彼女はなんだか憑きものがついたように見えた。講師の説教を聞いたあとで、私は彼女とケーキを食べ、お別れを言って帰ってきた。その後、二度と彼女から電話はなかった。

この二十回におよぶパーティーのおかげで、私はすっかり懲り懲りし、もうパーティーなどごめんだと思うようになったのだが、それからも見事に一回（お金を出せば、もう少しハイソサイヤティーが見れるかと助べえ根性を出したのがいけなかった）失敗をした。私は八十万円も出してあるクラブに入ったのだが、それはもう限りなく詐欺に近い世界であった。入会すると女の子にも会えるぞというわけで、会員になり、そこが主催するぶどう狩りに行ってみると、何と男が三十人、女が五人ぐらいの集団であることがほとんど毎回だった。伊豆にあるリゾートホテルの会員として宿泊の権利などもついてくるという触れ込みだったが、それには後何十年か、月々六千円ずつを支払わなければならなかった。

　これもそこの主催のパーティーで、思いがけず私は大学時代の同級生に会った。彼は私を見ると棒立ちになり、まさかこんなところでお前に会うとは思わなかったと言って、そのまま行ってしまった。ところで、私が今でも疑っているのは、実は彼こそがその詐欺まがいの商売を考え出した発起人の一人ではなかったかということである。確証はないが、大学時代、私などよりはるかに現実的で裏道に通じていそうであった彼が、私同様にその商売にひっかかったとはどうしても思えないのだ。

　契約のとき、私は入会者の一番上に近いところに彼の名前があるのを見て、彼の名前に似ているがなあ、とぼんやりと思ったものだった。そして、本物の彼が現れた時に、ああ、彼はサクラであったのかと思ったのである。

　私はすぐにそのクラブをやめた。これ以上続けると、出会いもないままにお金だけがどんどん飛んでいくと思ったからである。

その頃から、私は考え始めた。私はなかなか女の子と出会わない。しかし、これが私一人のことだと思っていたら、どうも世の中にはかなりの数の結婚難民がいるらしい。私は塾の数学の教師である。世の中には、男と女が大体同数いるはずだ。結婚できない男がいれば、結婚できない女もいるのではなかろうか。

こんな疑問を友達にぶつけてみたら、いや、男は結婚できないのだけれど、女は結婚しないのだぜ、と言って、どこかの本で読んできた話しをしてくれた。こと男女不平等論に根ざす議論だけに、意識の高い女の子が、結婚に二の足を踏むというのは尤もである。批判もしにくい。しかし、その説は私の実感とはかけ離れていた。

女性の結婚難民はいないのだろうか。そんなことを考えているうちに、別方向から私の人生には転機が訪れた。

予備校から出版社へ

予備校というところは不思議なところである。それは大学受験生という、鬱屈した若者たちが集う場所であるが、この若者たちは、一度失敗したがために、かえって真剣である。おまけに、自由に遊びたい年齢にともかくも勉強をやらされるわけであるから、その隠れたパワーがすごい。

制度としては、当時は文部省非公認の場所である。ところが、ここに集まる教師たちが、私たちの時代にはすごかったらしい。

一高から東大に行って、将来を嘱望されながら、病気のせいで不運にも大学に残れず、予備校で自分の理想とする英語教育を実践することで、その恨みを晴らした英語の大物教師や、全学連の委員長で東大物理学科随一の切れ者といわれた先生……、そんな人たちが綺羅星のごとく集って、エネルギーを持てあましていた生徒たちに勝手な熱を吹き、時には猛烈な教え方をし、時には人生を語っていたのである。

これらの教師たちは、言ってみれば社会からはアウトローになることを決意した大物で、教育には人一倍の熱意を持っていた。だからこそ、予備校生たちは彼らを信じ、尊敬し、普通の学校生活では教えられないものまで教えてくれたといって、予備校生活を苦にせず巣立っていったのである。

次の時代になると、つまり私たちの時代の学生が予備校の教師になる時代になると、事情はちょっと変わってきた。左翼崩れのような、アウトローたちが熱を吹いていた時代とは異なって、代わりに、大学院生の就職難のために、仕方なく予備校の教師になる例が増えてきたのである。当時は、大学には入ったが……ではなくて、大学院には入ったが……という世界だった。せっかく博士課程に入っても、上の方が詰まっていて、大学教師の職がいつまで経ってもなく、仕方なくオーバードクターになっているような連中がいくらでもいた。彼らは、予備校や塾産業の人材バンクのようなものであった。

それと同時に、学生かたぎも変わってきた。人生を語って大きな世界を見せようとする教師よりも、授業でショーを見せてくれる教師が人気を集めた。歌って踊れる教師とか言われたのはこの一九八〇年代頃のことである。きらきらした衣装に宝石をつけて講義する金ぴか先生という人がもてはやされたのも、ちょうどバブルの頃のことだ。

これが終わると、再び予備校は転機を迎える。つまり、今度は、教師の人材がなくなり始め、同時に生徒の数はだんだんに減って経営危機に直面する。生徒の感性も変わってしまう。彼らは人生を見せる教師も、ショーを見せる教師も望んでいない。彼らは効率よく「学問」を教えてくれる教師を望むようになった。

八十年代後半というのは、ちょうど、ショーから「効率のよい学問」へと転換していった時代に当たる。その頃私の友達には、前にも話した予備校の人気講師がいた。

私は相も変わらず、貧乏な暮らしをしていたから、彼は助け舟を出してくれ、そのおかげで私は、中卒にもかかわらず、その予備校と姉妹関係にある大手の高校受験塾に非常勤講師として勤めることができた。

私の経験したどの塾でも同じだが、その塾も有名塾でありながら、生徒集めに四苦八苦していた。塾業界というものは、常に流動している。今年よかった塾が三年後には傾いているなんてことはざらなのだ。そうなると教務の人が動き出すから、よくて派閥が結成され、悪いと陰謀が起こることになる。その塾では陰謀までは起こらなかったが、教務が若手の先生に働きかけて、事実上昔ながらの（つまり給料の高い）先生と競わせながら、だんだんと自分の影響力を増していこうという動きを取ることなどは日常茶飯事であった。

私もまた、模擬試験を作成した会議の後などに、仲間の何人かの先生と一緒に教務に呼ばれて、夕食をともにしながら、どんな風にしたらその塾とライバル関係にある塾に対抗することができるだろうなどという相談を何度も受けた。

当時の私は純粋だったから、考えたことはいちいち口にしたが、そのような折に教務の人がわれわれの意見を真剣に聞いていたかどうかは少し疑わしい。むしろ、われわれがその教務の人のシンパになるかどうかをじっくりと観察していたのではないかと思われる。

そんな風にして、私は少しずつ信用を得ながらいろいろな場所で数学を教えていたが、（もちろんその塾一つで教えていたわけではなく、複数の塾をかけ持ちしていた）、やはり金銭的にはあまり景気がよくなかった。

ある日、朝日新聞の求人広告の欄を、何かいいことはないかなという気分で眺めていた私は、自分の知っている数学受験雑誌の会社が、アルバイトを募集していることを知った。ひょいと気が動いて、アルバイトでもしてみるかな、気分転換にもなるし、と考えたのが人生の転機だった。

その会社は東京都心の、住宅地の一角にあった。三階は社長の自室で、そこで私は、あなたの教育論についてお聞かせくださいと、社長だと私がてっきり思った人からいわれ、なんだかアルバイトにしては変なことをさせるなと思いながら、自分の教育論をぶち上げた。二時間ぐらいもしゃべったろうか。

なるほどあなたのお考えはよく分かりました。それでは今日はこれまでですが、ひょっとしたら、またひと月ほど後にお呼び立てすることになるかもしれません。そう言われて私は、これはおしゃべりが過ぎててっきり不採用になったものだと思い込み、すごすごと家路についた。だが、きっちりひと月経つと電話がかかってきて、また同じ場所にこいという。出かけてみると、今度は、髪の長いサングラスをかけた、花柄模様のシャツをぞろっと着た身の丈百八十センチに近いおじいさんが出てきて、私と私のほかにもきていた三人に挨拶した。それがこの会社の社長であった。

その日のことで覚えているのは、その社長がわれわれに、「今うちの出版社では、大学受験と高校受験の雑誌はあるが、トータルな教育をするには算数も手がけなくてはならないと思っています。算数部門を立ち上げるのにぜひ皆さんのお力を貸してはいただけないでしょうか」と外見とは裏腹な丁寧な口調で言ったことと、「あなた、塾の方はたためますか?」と私に聞いたことである。ただむとはどのようなことかと聞くのは野暮だったが、一応私は聞いてみた。すると社長は、塾に勤めていると、いざという場合の保証がありませんよ、私のところに勤めれば、病気になったりしたときもちゃんと保障は出ます、と言った。

そんなわけですっかり毒気を抜かれてしまった私は、次の年から、その会社に勤めることになった。名前は明かせないが、理科系の難関大学志望の受験生には、ちょっと知られた会社である。私がサラリーマンになるというと、昔の友達は何人かで賭けをした。あいつが何年持つだろうというのである。〝一年〟に数人賭け〝二年〟に数人賭けたらしいが〝三年以上〟を予測するやつは一人もいなかった。見事に賭けは失敗したのである。

事件

私は自分でもちょっと拍子抜けしていた。私は昔、自分はサラリーマンにはならないだろうという予感があった。ところが、気がついてみると、わずか従業員が二十人の小さな出版社ではあったが、私はサラリーマンと呼ばれる人種になっていた。

サラリーマンになって一番びっくりしたことは、年収も変わらず、もちろん人間が変わったわけでもないのに、いきなり親戚がどんどんとお見合いの相手を紹介してくれるようになったことである。

もちろん親戚は、それまでも私に好意的な人たちだったのだが、こと結婚に関する限り、私はあきらめられていた。それは年収などの問題ではなかった。年収なら、私が最も稼いでいたときの給料より、勤めた会社の給料の方が安かった。しかし、ひとまず会社員ですと名乗れるようになっただけで、この人たちの信用度は、桁違いに上がったのである。

とは言っても、親戚が彼らの知っている女の子を直接紹介してくれたというわけではなかった。彼らのお付き合いしている人の中には、隠れ仲人のような人たちがいた。つまり、人の世話をするのが大好きで、世の中のことも自分なりに眺めてきており、好意から知り合いの人の娘や息子のプロフィールを預かってお世話をし、何組か結婚まで持っていった経験が契機となって、仲人のセミプロぐらいになっているおばさんたちである（因みにこういう人は結構たくさんいる）。

私のおばは、こうした人の一人を知っていたので、ある日私に、その人から預かった（コピーした）女性のプロフィールを見せ、付き合ってみる気はないかと尋いた。

私にすれば、それは猫に鰹節であるから、否も応もない。喜んで、その中の三人と会ってみることになった。

その三人のことをこれから話すわけであるが、一回だけデートして終わった人もいれば、何回かデートした挙句、揉め事を起こして終わったケースもある。しかし、彼女らには三人が三人とも共通したある特徴があった。それは、大学時代までのんびりとすごして男友達も作ったが、何らかの理由で彼らと結婚せず、決断を先延ばしにしているうちに、今度は出会い自体がなくなってきたということである。

家庭的には、彼女らの父親は、一人は高級官僚、もう一人は一流企業に勤める会社員、さらには中小企業の経営者であったりした。デートまでにはいたらなかったケースとしては、何と私の中学校時代の同級生の妹までいた。これはこれで結構狭い社会である。

彼女らに共通する特徴は、ピアノを習ったことがあったり、読書が好きであったりしたことで、留学経験がある人もいた。ついでに言えば、中小企業の経営者を親に持つ女の子のメンタリティーだけが他とは異質であった。彼女は読書も好きだったが、ゴルフやアウトドア系のスポーツが好きで、私に求めていたものはたくましさだったようだ。一回だけデートして終わったのはその子である。

彼女はすばらしくきれいで、しかも繊細に見えたので、私はちょっと未練があったのだが、彼女がデートの後、家に帰ってから親に、想像していたタイプとはちょっと違った、といったという話しを伝え聞いて、私は早々とあきらめた。

他の二人には同じような特徴があった。彼女らは何よりもまず、自分の感性と合う人であるかどうかを中心に選んでいた。だから（少なくともそのうちの一人にとっては）、私が大学を中退したしがないサラリーマンであるということはあまり気にならないようであった。むしろ私がどのような考えを持ち、どのような趣味を持っているかを知りたがった。

彼女らの家庭環境を知るにつれて、私は、育った家庭がいかにその人の人生に影響を与えるかということに感心してしまった。彼女らはたいてい母親が好きで、母親とはほとんど友達であると言って過言ではない。彼女らの母親は、おっとりとして、いわゆるお嬢様学校をでた人が多い。そして、自分では家庭の主婦として、お稽古事に精を出したり、娘と話したりして日常を送っている。家庭の平凡な暮らしが大好きである。

彼女らの父親はどうか。これはたまたまだと思うが、二人に共通した特徴は、世の中のいわゆる地位がある人間でありながら、少し偏屈なところがあり、変わったところがあったことだ。例えば、一人の父親は第二次大戦中のある外国の将校のことを尊敬しており、部屋に彼の肖像を飾っていたらしい。もう一人の父親は、官僚を中途で止め（いわゆる天下り）た後は、自分の趣味の世界で、絵ばかり描いていた。

彼女らは、そんな父親を観察し、時として批判的ですらある。しかし、たいていの場合彼女らは、父親のことを批判しながらも父親が大好きで、価値観としては父親の影響を強く受けていた。つまり、一人は自分の知らない世界に対して自分のキャパシティーを増やそうという、お嬢様育ちにしては珍しいメンタリティーを持っていたし、もう一人は恋愛の話が大好きだったが、つまるところは世の中まっとうな暮らしをすることが大切だという覚めた目も持っていた。

しかし、少なくとも表向きは彼女らは、自分の気の合う人となら前向きに結婚を考えるという主義を持っていた。ところが困ったことに、これまで、出会いのチャンスは少なかったし、たまにお見合いまでこぎつけると、彼女らは急に臆病になり、もっといい相手がいるのではないかと考えて、断りを入れてきたのだった。

私は親戚の勧めもあって、この二人と同時に付き合い始めたわけだが、それが困った結果をもたらした。同時にお付き合いするというのは私には詐欺のようでいやだった。そこで、片方を断ろうとしたのだが、親戚はいざというときの場合にもう一人はとっておけと強く勧める。そこでしばらくはずるずるとなってしまった。

私が強く希望した方の人は、しばらくはうまく進行しているように見えたのだが、そのうちにあれやこれやといろいろあって、私は相手の誠意のなさにすっかり腹を立ててしまった。私も、そうなると一言いってみたくなる人種である。言った言葉が拡張解釈され、紹介してくれた人まで巻き込み、私も意地になっていくという困った事態になった。

そんなわけで、相手はエスカレートし、私の父親の会社にまで、私というストーカー（因みに当時はまだそういう言葉はなかった）を何とかしてくれと言いに来る始末になった。寝耳に水であった父は驚いた。

しかし、そこからが父らしいところなのであるが、話しだけ聞いて相手の親を追い返すと、私のところに電話をかけてきた。父の言い分はこうである。若い頃はいろいろな恋愛もする。時には刃傷沙汰まで起こす（一言断っておくと私のつたない恋愛はその段階まではいっていなかった。ただ相手は私があまり強い口調だったので、そんな荒唐無稽なことまで恐れていたらしい、その女の子には、前に書いた私の同級生の逸話、つまり手首を切った自殺未遂事件、なども話したことがあったので、家族で話しているうちに話がどんどんと膨らんだのだろうと思う）。

そんなところから文学が生まれてきたこともある。世の中を見てきた人間は、お前が今やっている程度のことでは、あまり驚かない。まあ、お前も趣味のいいことをやっているとは思えないが、お前なりの正義感で行動しているらしいことだけは分かった。だが、とそこで父は声のトーンを変えた。それにしても、俺は思ったんだが、あのお嬢さんにお前が惚れてしまった理由は何だ？　俺は一生懸命観察していたのだが、暗い顔をして、自分の考えもろくに言えず、別にきれいでもない。大柄でセクシーだというわけでもない。お前のお母さんは、欠点はいくらもあった。例えば俺にとって見ればふくよかではなかったし、家の掃除があまり好きではなかった。しかし、これだけは世界で一番といえる長所があった。実に人間ができていて暖かで人に共感してくれる人間だったことだ。しかし、あのお嬢さんには、何もなさそうではないか。まあ、俺は何も言わんが、まあ俺だったらあのお嬢さんはこちらから願い下げだね。

これが父の本音であったのか、私をあきらめさせるための父一流のジョークであったのかをいまだに私は知らない。私はそれからはもう、何も言わずに事態を静観することにした。しばらくして、どちらからともなく何も言わなくなった。

そんな事件があったので、私はその間、もう一人のほうのことをすっかり忘れていた。しかし、一段落してみると、どうもその人の方にもっと悪いことをしたような気がし始めたので、私は断りの手紙を出しお詫びを入れた。そちらからは、丁重だが、これまで放っておいた経緯に対して抗議する内容の文面がきた。こうして、あっという間に二つのお見合いは終わってしまった。

ところが、これだけではすまなかった。親戚の親戚に、そのお見合いにかかわりをもった人がいたのだが、その人のご主人という人が、実は私が揉め事を起こしたほうのお嬢さんの父親の、もと部下であった。そんなわけでその人は怒ってしまい（というより困ってしまい）、私の親戚にも騒動がおよんだ。全く困ったやつだなというのがその人の言い分であったと思う。

そんなわけで、私はその親戚のルートをあっけなく失ってしまった。今から考えると、お見合いというものは、恋愛とは異なってどろどろとしたものをその中になるべく入れないようにと考えられた制度なのだから、当事者がどんどんと熱くなってしまってもそれは困るわけである。そして、そのような制度を利用して、何とか自分の望む人とめぐりあい、結婚したいと思う女の子の方は、逆に今までの人生の鬱憤を晴らすかのようにそこで激しい恋愛がしたいと思っていたわけである。そうした隠れた願望を持つ女の子に、あまり女の子のやり方に慣れず、純真で正義感の強い私が引っかかってしまい、相手に強い言葉を投げつけたら、相手は恐れて父親のもとに逃げ込み、事実認識自体がどんどんとエスカレートし、私は私で、意地になっていたために親戚に迷惑をかけたというのが真相だろう。

しかし、世の中にはこんな世界があるのだなと知ったことは私にとって大きかった。一人っ子で、男子校出身、しかも大学までが半分男子校であるようなところに育った私は、ようやく、いわゆる中流の上の出身のお嬢さんが何を考えながら生きているかを少し知ったのである。

私は、村上春樹の、当時評判だった二つの小説を思い浮かべる。一つは「ノルウェーの森」という名前で、もう一つは「国境の南太陽の西」という題名である。前者は当時としては驚異的なベストセラーとなった。

ところが、ひとつだけ私には解せないことがあった。これらの小説の中にでてくる、現実生活になじめずに今にも消えていきそうな女の子たちは、私が日ごろ新聞で読む、男社会の中でたくましくのし上がり海外に行き、生き生きと活動している女の子の印象とどうも重ならないのだ。ある日、野原を歩いていたら、暗い深い井戸の中に落ちてしまい、いくら叫んでも自分の声は届かない。自分の状態はそうしたものであると認識し、愛を拒み、絶望的な心象風景の中にいる女の子が主人公の一人である、あの小説が、単なる面白さだけでベストセラーになったとは到底思えない。そこには、あの小説のあの人物に共感する女性が大勢いるに違いないのである。

それが誰なのか私はこの頃になってやっと悟った。それは、幼い頃から童話や文学を読み漁り、自分の世界を持っていて、しかし、大きくなって社会に出てみたら自分と世界を享有してくれる人がいなくなった、そんな女の子たちがひそかに心の中でだけ見る幻なのである。一見たくましく生きているように見えるそうした女の子たちの孤独を、村上春樹は、拡大して取り上げて、それが日ごろは元気な女の子たちの心の襞《ひだ》に触れたということではないのだろうか。

その主役は、この章の中で私が語ってきた中上流階級のお嬢様である。まあ、この話はこのぐらいにしておこう。

結婚

ともかくも結婚したい以上、次のルートを探さねばならなかった。一番よいのは、中流階層のやり手仲人を探すことであろうとは見当がついたが、つては全くなかった。

そこで、再び結婚相談所のお世話になることにしたわけだが、もう大手の結婚相談所はまっぴらごめんだった。そこで、結婚相談所にはどんなものがあるかと電話帳で調べてみたら、今までの自分が浅はかに思えたほど、いろいろなタイプの結婚相談所があるようだった。しかし、これはと思って電話をかけてみたり、行って説明を聞いてみたりしても、たいていは気乗りのしないところばかりだった。そこで、友達の知り合いの女の子たちを集め、ささやかなクリスマスの会食などしてみたりした。

その友達は、比較的大きな出版社で働いていて、仕事の時に、下請けのアルバイトをたくさん使うことがあった。そうした少し知的なアルバイトには、暇のある大学出のお嬢さんがたくさん集まってきていた。

友達はそこである女の子と知り合い、その子とその子の大学時代の友達と、後はわれわれ男二人で、クリスマスの日に会食したわけである。しかし、話しているうちに分かったことだが、私は彼女らとは話が合わなかった。何だか住んでいる世界が違うのである。自分のしたいことをしたいけど、とその女の子は言っていた。このごろになって、ちょっと考え方が変わってきて、誰か好きな男の人に尽くすのもそれはそれで人生なのかなと思えるようになったのよ、と。

私が彼女らを避けたポイントはたった一つである（一応念のために言っておくと、こちらで避けなくとも、向こうで敬遠したに違いない）。それは彼女らが、明確な価値観を持っていなかったことだ。お金が好きというのなら、そういう人種は嫌いでも、価値観ははっきりしている。フィーリングが合う人ならというのでもわけは分かる。しかし、ここまで来て、三十歳にもなって、「彼氏が見つからないから適当に妥協して結婚しようかな」では、こちらは二の足を踏むしかない。

しかし、世の中にはこんな人も多いんだろうな、とぼんやり思っただけで、彼女らとはそれ以来会っていない。

そんなある日、私は、ハイブロウな広告に惹かれて、六本木にある結婚相談所まで足を運んだ。すると、迂闊にもそのときまで知らなかったのだが、その結婚相談所の仲人さんは、有名な（私ももちろんその作品をたくさん読んだことがある）作家Yの姪であることが分かった。

彼女は私の話を聞くと、そうですか、私のところには実はいろいろな親御さんから頼まれているお嬢さんが大変多くて、男の方のほうが少なくて困っているのですよ。あなたのようなしっかりした方ならばたくさんお相手がいると思いますよ、でも、あなたもご存知の通り、お相手の学歴だけで判断なさる親御さんも大変多いですから、あなたもしっかりとご自分のPRの仕方を覚えなくてはいけませんよ、と言う。

私は頭を下げて、はいはいと聞くばかりだったのだが、その包容力が極端にありそうな仲人さんは、今の時代は文学青年など認められないから大変でしたねえ、等という話をしみじみとしてくれた後で、私に、登録されている女の子のリストの一部を見せてくれた。

私はその登録された数の多さにもびっくりしたが、その女の子たちの学歴の高さや、親の経歴のよさにもびっくりした。そして、チラッと写真も見たりして（信用できることにその人は、名前の欄などは決して見せなかったし、秘密の保持はどこまでも気配りされていた）、不思議に思った。

いったいなんでこんな女の子たちが、自分で相手を見つけられずに、結婚相談所へ親が駆け込むことになるのだろう。

率直に聞いてみた私は、その仲人さんの話を聞いてまたもびっくりした。今の時代は、こうした家柄のよいお嬢さんたちにとっては結婚難の時代なのですよ。みんな自由に恋愛をしているようでも、自分たちだけではなかなかぴったりしたお相手は見つからないものなのですよ。そして今の男の方はみんな忙しすぎますからねえ、ある時点でばったりと出会いがなくなってしまって嘆いている人が多いのですよ。でも、結婚はしたいから、おうちの方が心配して、一緒に来るわけなのですよ。

男の結婚難民ばかり見てきて、どうも今の時代の若い女の子は結婚という束縛を嫌い、そのために男が難儀しているようだな、等という通説を信じかけていた私は、ようやく理解してしまった。結婚はしたいが、どうもぴったりとした相手がいないなと思いながらすごしているうちに、彼女らにもやはり出会いの機会がなくなるのである。たまに出会っても、今度は、恋愛ではないから、相手をじっくりと観察してしまうので、その分ハードルが高くなる。そんな女の子たちがそこにはたくさん登録されていた。冗談めかして言えば、男にとってはまさに花園のようなものである。

あっという間にお見合いの相手が一人見つかった。利口そうで性格もよさそうな、小さい頃からクラシックバレーをやっているというお嬢さんである。

しかし、私はある理由であっけなく振られてしまった。それは、今の職業をどうやって見つけたかを彼女がさりげなく聞いてきた時、実は朝日新聞の広告をみて……、と私があっさりと白状してしまったことによる。

次の日、銀行員だった相手の親から、そんな身分不確かなものとお見合いをさせたことについて、その結婚相談所に抗議の電話があったそうだ。

あなたは正直なのはいいのですけれど、と仲人さんは言った。少しはご自分でそういうことを言うとどのようにお相手が思うかについても研究なさって、気をつけてくださらないといけませんねえ。

私は謝って苦笑いするしかなかった。

その結婚相談所は、私が見てきた結婚相談所の中ではずば抜けて良心的なところだったが、一般の人には、ステータス意識がちょっと鼻につくという側面があったかも知れない。

私はもう少しその結婚相談所で様子を見ようかと思っていたが、そんな時、前述とは違う親戚から電話があり、お見合いをしてみないかと言う。

会ってみると、その相手も文学好きで、話も合ったしおたがいにまじめに結婚を考えていたこともあって、会ってから半年もしないうちに、婚約指輪まで取り交わしてしまった。さらに半年で私たちは結婚式を挙げた。

私はあんなにも苦労して、お金をつぎ込んで、時間をかけても全く先が見えなかった結婚というものが、あっという間に決まってしまったことに、我ながら拍子抜けしてしまった。ちなみに、妻が後で語ったところによると、二回目のデートの際、私が小川未明という童話作家の作品の話をするのを聞きながら、二回目のデートでもうこんな話しをするなんて、と笑いをかみ殺していたそうである。さらにいうと、何回目かのデートの時に私の靴下がちょっと匂ったそうなのだが、まあ、こんなもんかな、と一人で納得したそうである。

縁というものは不思議なもので、おそらくはこれからも仲良くやっていくことだろうと思う。まあ、この項もこのぐらいにしておこう。

第六章　階層社会と家庭教育

スタンスの取り方

サラリーマンになって結婚もして、私は再びあたりを見回した。なんだか居心地がいいような悪いような気がした。小説を書くために通常のルートに反抗し、大学を横から出てしまった私が、再びまっとうな世界に戻ってしまったわけである。こうなってみると、始めから普通に生きた方がよかったのに、何を血迷って寄り道したんだ、等という意見が現実味を帯びてくる。

私は自分なりにこれまでの出来事を振り返って、この回り道が、無駄にならないようにしようと考えた。そこで、今まで自分が出合ったいろいろな世界に私なりの意味付けをすることで、一区切りつけておこうと思った。

まず私が考えたのは、自分がどのような時代に生きていたのかということである。今までにも書いたが私は、小説世界の変遷としてそれを捉えた。

昔の西洋の名作と呼ばれているような作品の中には、ある種のパターンがあることが多い。ある登場人物が、これから世の中に出て行くに当たって、いろいろなことを考えたり作戦を練ったりする。当然のことながら、彼は既存の世界にいろいろとぶつかってしまう。人間と人間の間には、ほめたりけなしたり陰謀をめぐらしたり、愛したり憎んだり裏切ったり、それこそありとあらゆる政治の原型が潜んでいる。もちろんそれは、社会を管理し法律をつくり分け前を分配するといった大きな世界の政治ではない。むしろ、日常的に見られる人間関係そのものが政治なのである。こうした人間同士の政治を、恋愛のレベルで描けば、それは恋愛小説と呼ばれたし、人生という視点から描けば、それはドイツ流の教養小説になったりしたわけだが、ともかくもそこに、人間同士の生臭い世界が描かれていたことは間違いない。

読者のほうから言えば、登場人物に共感し、感情移入しながら読むときには、ある事件に対する主人公の決断や、行動に対して、はらはらどきどきしながら読み進んでいくわけである。西洋の劇作法の創始者である、かのアリストテレスは、カタルシスという概念と並んで、アナグノーリシスという概念を大切にした。これはある人物が敵であるのか味方であるのかが主人公に明らかになる瞬間のことで、これは言ってみれば、小説（劇）というものが、始めからそうした陰謀渦巻く「政治」的世界を取り込んで成立していたことを示している。逆に、こうした「政治」のない読み物は、むしろ詩というジャンルに近いものが多く、美しくこそあれ、小説的な感銘に乏しいことが多い。

私たちの世代が小説を書く時に生じた問題点というものは、まさにそのことと関係がある。つまり、リアリズムの原則にのっとって、人物描写や筋立てを考えようとすると、どうも小説の世界の中に「政治」（断っておくがこれは日本の政治ではなく、あくまでもっと身近な人間同士の劇のことだ）が入ってこないのである。

物分かりのいい人間同士の劇や、ちょっといい話しばかり書いていて何になるだろう。とはいえ、会社の陰謀や受験勉強の間のほのかな恋愛感情や、小さな嫉妬、等といったものを書いても今度は自分が満たされない。小さな世界に閉じこもっている自分がいやになるのが落ちなのだ。唯一満足できるものといったら、パロディーぐらいのものである。

要するに、遠藤周作氏が言っていた言葉によれば、「小説は政治や経済などの大説とは違い、小さな世界を描きながら大きな世界を象徴的に見せていた」わけだが、われわれの時代には、もはや小さな世界を書いて小さな仲間内の共感を得るぐらいが関の山になっていたのである。

これは作家個人の技量の問題だろうか。

あれから二十年経った今では、私は明快な答えを見つけている。それは作家の個人的な技術の問題ではなかった。われわれの生活の中から、少なくとも表面的には「政治」が見えなくなってしまい、それにとって変わったのが、「鬱屈した気分」だったのである。

それでは、なぜ「政治」は消滅したのだろうか。それには二つの理由がある。前にも語ったとおり、われわれの世代は、根底から自分というものの存在を揺さぶられたことが少ない。もちろん自我にとっての危機は一杯ある。卑近な例でいうなら、いじめにあった子供なんていうのがそれだ。しかし、残念なことに、それは小説にはなりにくい。なぜならそこには、「政治」の構造が見えにくいからだ。一人の人間がいじめられているという事実の背後には実は様々な人間の決断や行動が見え隠れしているのかもしれない。しかし、とりあえず、いじめられっこが書き手となった場合、見えるのは自分がいじめられているという苦しみだけで、それをいくら描いても同類の共感しかえられない。残念ながら、そこには「政治」ではなく、感情というか気分というか、そんなものがあるだけなのである。

思えば、貧乏とか、戦争とか言うものは、必然的に人間を危機的な状況に追い込み、「政治」的な行動をとらせる。昔朝日新聞の投書欄に、戦争中の体験がつづられていたことがあった。なんでも、九州の方に住んでいたその人は、子供三人を連れて京都行きの電車に乗るのだが、途中で苦心して調達した握り飯の弁当を広げる。すると目の前に座っていた上品そうな紳士が、じっとそれを見ていたが、やがて言いにくそうにしながら、一つだけその握り飯を分けていただけませんでしょうかと丁重に頼む。その文章の筆者は、丁重にそれをお断りする、しかしいまだに終戦記念日の頃になるとそのことを思い出す、という趣旨の短い文章であったが、そこにはいろいろな感情が内包されている。

言いにくいことを切り出した紳士の気持ち、お断りした者のやるせなさ、しかし、お互いに言わずとも分かっている上に苦しんだ時代への共感、そんなものが文章の背後ににじんでいて、私は自分の書く奇麗事の小説など、この文章の前では一片の価値もないなと思ってしまった。

しかし、そのような大状況がなくても、歴史的にみれば立派な小説はいくらも生み出されている。それはなぜだろうか。

私の結論を簡単に述べよう。

それは、民主主義という制度、自由という制度が、対抗馬のないままに君臨し、特に学級会とかの民主主義的な手続きやらで、身近に味わうべき「政治」が、たいていの若者の中から消滅してしまい、若者たちが味わう「政治」は、恋愛と暴力だけになってしまったからである。

こうして、身近な世界を描いて、もっと大きな世界を象徴するはずの小説は、恋愛テクニックと暴力以外は「政治」というものを失い、矮小化されたものとなっていったのである。だから、小説はノンフィクションの面白さにだんだんとかなわなくなり、一つの美的世界を作り上げるという意味ではファンタジーにかなわなくなり、謎解きの面白さでは推理ものの足もとにも及ばなくなった。

唯一残ったものは、お互い励ましあって生きていきましょうねという（あえて言うが安っぽい）言葉と、それによって癒される人と、感動というものを求めて、泣いてみたいという人たちである。

「政治」を失った小説は、メル友になるしかなかったのだ。

一方で、それには満足できない人たちは、もうリアリズムなど捨てて、ともかく筋立てが面白い作品を書けばよいじゃないかと思い始めた。なるほどその方が、面白くない個人的な感情の噴出を聞かされているよりははるかに面白い。

人生の悩みをぐしゃぐしゃ書いている私小説よりも、直木賞のように技術が要る小説の方がはるかに書き甲斐がある、等という若者が増えたのもこの頃である。彼らは、ドライに考えようとした。つまり、人を面白がらせたり感動させたりするための技術こそが文章の技術なのだと捉えて、世の中に出て行った。

それはそれでひとつの選択である。

その背後にあったのは時代の閉塞感である。「政治」のない、妙にいい人たちばかりいて、小説を書いても大きな世界に到れないもどかしさ。だが一歩外に出ると、今度は極端に資本主義化された世界の話しばかりを聞き、薄汚そうな世界。

こんな世界に住んでいた若者は、自分のアイデンティティーがどこにあるのかが分からなかった。面白かったのは、大学の寮生仲間ではやっていたのが、「噂の真相」という雑誌だったことである。彼らは、物事の裏を俺は知っているぞということによって、自分の自信のないアイデンティティーを補完したのである。これはちょうど、思春期の若者が俺はお前よりもセックスの世界を知っているぞと自慢するようなもので、彼のアイデンティティーには、裏を知っているということで箔がつくのである。

こんな世界だったからこそ、就職というのは、自分に箔をつけるいいチャンスだった。特に、元気なやつらは、俺はお金に興味を持っているぞーと自ら宣言して、世の中に飛び出していった。その中には、成功したやつらも失敗したやつらもたくさんいることを、一九九五年当時の私はすでに知っていた。

スタンスの取り方（二）

江戸時代にあった士農工商という制度は、四民平等をうたった明治以来の歴史の中で完全に崩れ去ってしまったのだろうか、それとも、四民平等という言葉の陰に隠れて実は色濃く生き残っているのだろうか。

これが始めの時点での私の関心であった。しかし、特に戦後民主主義を経験し、一億総中流だと騒いでいるような社会では、「実は日本は隠れた階層社会である」などと発言することはタブーにさえ思われた。

今になってみると、私にはからくりははっきりとしているように思われる。

明治時代の文学者があれほど悩んだ〝家〟という制度は、実は階層制度が、表向きはタブーになりながらも根強く残っていたことの証なのだ。そして、私が成人するわずか前までは、そうした階層制度は、戦後民主主義の自由と平等の熱狂的なスローガンにも耐えて、表向きは隠れながらも存続していたように思われる。

では、戦後から昭和の四十年ごろまで、日本の社会をリードしていた階層とはどんな階層であったかというと、それは、明治維新の時に国学や漢学の影響を残しながらも、進取の気性に富み、西洋の考え方をすばやく身に付けていった、士族の下、農民の上といった層である。農民の上というのは、庄屋さんや、豊かではなかったがその後目覚めて農業に主導的な役割を果たす才覚を持った人や、学校の先生になって地方の礎となるような人である。いずれにせよ、教育の程度は高い人たちで、もともと読書というものを大切にする。伝統は守りながらも、新しいことに挑戦する、そんな人たちである。

この時代には、まだまだ貧農は貧農のままで、昔ながらの職業をもつ、例えば商売をしている人の後継ぎは、親の商売を継ぐのが当たり前である。工の人たちも、たいていは工のままである。ただし、家を継げない次男坊や三男坊は、都市部に出て行き労働力を提供する人になる。

実は西洋文明の摂取と伝統的な教育程度の高い、このリーダー的な階層は、日本の社会の中ではそれほどリーダーであるわけではない。なぜなら彼らは、もともとがお金というものに淡白である。商人階級のようにはがめつくないのだ。おまけに、すぐ、デモクラシーだの自由主義だのというものにかぶれてしまう。

プロレタリア運動に際しては、そうした階層の中から、ひ弱な知識人たちがたくさん輩出される。農村の窮乏の中で、軍隊を牛耳る過激な青年将校たちが出てくると、その暴走を止められはしない。

なぜそんなことになったかというと、二つの理由がある。一つは、結局彼らはもっと上の階層である華族や資本家といった上流階級に抑えられていたからだ。資本家というのは、もともとは大商人階級の出身が多い。彼らは利にさとく、しかも裸一貫で身を起こしたというたくましさを持っている人たちが多いから、自分の子孫の防衛については、中流知識人階層よりはるかに熱心である。

中流知識人階層は、文化や国家の担い手ではあるが、その子弟が、仮に自由を唱えて家を出て行っても、心配こそすれ、所詮は彼らの自由だと思っているようだ。彼らは、自分たちが一つの階層だとすら思っていないふしがある。それでも息子や娘たちは何とかなってしまう。なぜだろうか。

そこに日本の深い不思議があるのである。

それは、彼らはかなり自由な考え方を持ってはいたが、こと、教育と結婚という二つのことになると、彼らには厳然とした価値観があったからである。そうした価値観は、ほとんど「遺伝」していったようなものだ。教育程度が高いから、彼らはいかに親の世代に反抗しても再び社会の中上流へと舞い戻っていく。

こうした階層の地盤を掘り崩しかねなかったのが、戦後の農地改革である。それは、地主階級という農村の特権階級をつぶすことによって平等を作り出そうとした。

しかし、お金は取り上げることはできても教育まで取り上げることはできなかった。また、教育程度の高い人たちに対する社会の尊敬の気持ちを突き崩すことまではできなかったという意味において、それも大した影響はなかった。私の父は昭和二十年代から三十年代にかけての東大生であったが、初めて東大に出向いたとき、東大に行くにはどっちに行ったらよいかと聞いたら、「東大？ あれっ、学生さんそれは帝大のことですか」と丁重に聞かれたそうである。また、東大の学生というと、それだけで親切に扱われ、そこには親身さと身分の違う（過激な表現だが許してほしい）者に対する恭《うやうや》しさが表れていたそうである。まあ、夏目漱石の「坊ちゃん」に出てくるキヨのようなおばさんが大量に生き残っていたのである。

戦後民主主義と自由平等の熱狂も、こうした階層の基盤を掘り崩すことはできなかった。たとえて言えば、熱狂しているときにはみんなで抱き合っていても、熱が冷めて現実に戻ると、教育と結婚という二つの車輪はちゃんと機能していたのである。

こうして嵐には耐えた階層だが、私たちの時代になると、イソップ物語のように今度は北風の代わりに太陽が出てきて、ついにマントを脱がされてしまった。

私の周りには、「私たちの時代には制約が多すぎた。だから、せめてお前たちの時代には、この自由で民主主義的な世の中で、私たちのような苦労は味合わせたくない。だから好きなことをやっていいよ」と言う人が多い。

結婚に関しては自由にさせる親と、そうでない親がほぼ半々に分かれた。教育については、ステータスのある大学に入れるために必死になる親と、教養を身につけさせようという親がやはり半々ぐらいに割れた。

そんな中で、私たちの時代は、いろいろな価値観をもった階層の子弟とごちゃ混ぜになって学校に入った。

私はそのことが悪いとは思っていない。むしろ様々な価値観を持った人間を見ることは勉強になったといえる。だが、前の方の章でも言ったように、イデオロギーとか、考えるとかいうことそのものを軽視する時代の風潮の中で、彼らの子弟は徐々にその特徴をなくしていった。そして自分がどこにいるか分からないまま孤独な思考の世界に閉じこもった。彼らはたとえ東大に入るような人間でも、すでにエリートではなかった。彼らは、単に勉強のよくできるぼんぼんにすぎず、世の中を渡っていく才覚がなかった。

これが私が大学の頃見てきたいろいろな世界の底流を流れている事柄である。

さらに彼らは、困ったことにお金というものに潔癖に過ぎた。高度成長からバブルの時期にかけて、彼らのようなひ弱い人種に代わって新たにのしてきたのが、一儲けしてやろうと考える商人階級である。不動産が高騰する中で、たくましい彼らは、あっという間に大金を手にして、新興成金として社会のトップに躍り出てきた。

しかし、彼らには二つの大きな弱点があった。一つは、お金を使う方も派手なので、景気のよいうちはいいが、ひとたび景気が悪くなるとあっという間に破産したりすることである。もう一つは、教育の伝統がないことである。そのために、家庭教育が欠けたまま、無理やり塾に放り込むような悲惨な例が目立ってきた。

ただし彼らは、のし上がってきた連中であるから、息子の代にも何とかして手に入れたものを防衛したいという意識がある。こうした種族防衛本能に関しては、昔のアッパーミドルとは比較にならないほどの差がある。昔のアッパーミドルが、せいぜいやり手の仲人おばさんを生み出したぐらいで手をこまねいているのに対し、こうした新興成金連中の自己防衛はえげつないほどすさまじい。二世と呼ばれているのは、実は官僚層でもなければ、管理職のサラリーマンでもない。地方の政治家か、なりあがった商売人なのである。

こうして、社会でスポットライトを浴びる階層が、教養を重んじる士農から、お金に敏感な商人に移っていった時代が、八十年代という時代である。こうした社会的な大変動のために、一億総中流と呼ばれた時代は崩れ、みなが、回りにいる成功者や失敗者を見て疑心暗鬼に駆られて考え込む時代になってしまった。

そんなわけで、女の子たちも、フィーリングが合えば等とのんきなことを言っている人から、異様に結婚相手に辛い人たちまで様々なタイプに分かれることになった。それに加えて、元気で、男女平等社会を目指す女の子たちももちろんいたから、事態がややこしく見えただけである。

私は前に、現在は貧しいものが、何とか社会の上に行くための敗者復活戦はなんだろうかという話をした。明治から昭和の初期にかけてはそれは軍隊だった。あと、田舎での優秀な青年には、学力面における成功と引き換えに、ハイレベルの子女と結婚することで、その階層に迎えられるという道があった。逆に女性にはほとんど敗者復活戦のチャンスはなかった。

今はどうだろうか。表面上は、平等教育こそ敗者復活戦の場であるかのように見える。しかしそれが嘘だということはほとんどみなが感づいている。大学の先生など、おどろくほど薄給である。私の東大の同級生など、すごく勉強したように見えるやつで、今では商人階層の下で苦労しているやつなどいくらでもいる。もちろん東大出に、年収の多いサラリーマンが多いのは事実である。しかし、彼らの給料は、ローンや教育費などであっという間に消えていく。彼らの子供の世代になったら、おそらくはもう東大出とはいえ、ただの人だろう。

それに、塾に行かせるなどということは教育費が大変にかかる。商売人階層の無定見な親などは、始めにも言ったとおり月何百万円も塾に払う人たちだし、開業医の息子もそうだ。良心的な塾はつぶれても、医・歯・薬系の予備校は昔ながらの特訓を繰り返して、親からぼろ儲けしているに違いない。普通の人たちにはこんなお金を払うのはとても無理である。

だから現在シンデレラ物語の主役となりうるのは、お金持ちをつけ狙っている女の子か、うまくやってタレントになろうとしている若者か、スポーツで身を起こそうと親子ぐるみでがんばっている人たちである。これらの物語が、安っぽいにもかかわらず世間の共感を呼ぶのは、他に敗者復活戦の舞台がないという、とんでもない社会が出来上がってしまっているためなのだ。

再び個人史について

現在アフガニスタンでは戦争が起こっている。テレビや新聞といったメディアで、われわれは様々な報道を聞き、知識も増えている。評論家たちは、今度も相変わらず勝手なことを言っている。軍事研究家も、経済専門家も、テレビのキャスターも、戦争はともかく止めろという人から、そんな奇麗事を言っていられるかという人たちまで、様々な論争がある。

問題点はたった一つなのだ。それは、多くの日本人にとって、テレビ映像を見、かわいそうだね、と涙する程度にしか行動をとりようがない事件なのに、このグローバルといわれる世界は、すでにそれ以上に日本を巻き込んでしまっているということなのだ。

私の幼い頃から世界は、様々な問題で一杯であった。ビアフラと言ってもたいていの人はもう忘れてしまっているだろうが、ナイジェリアの部族抗争で、飢餓にさらされた人々の写真を私たちは見てきた。ベトナム戦争も、ポルポト派の虐殺も、イラン＝イラク戦争も、湾岸戦争も、ユーゴースラビアの爆撃も、みんな知ってはいるわけである。

始めは、ああ可哀想だな、何とかしてあげたいな、と思って募金ぐらいは協力していた人たちも、やがて、そこにいろいろな政治的な陰謀が渦巻いているのを知り、そこに首を突っ込んでも、所詮は「傍観者」として殺気だった当事者たちに殴られるぐらいが関の山だという悲しいあきらめの境地にたどり着く。背景の知識すら、誰かにコントロールされているかもしれないような巨大な情報社会では、積極的なコミットのしようがないのだ。

事態の認識だけはしているかもしれない政治家連中にさえ手の打ちようがない、戦争という現実に、平和に育ったわれわれの世代は本当に無力である。私のようにかたくなに、我々はまず自分たち日本人を救うところから始めなければいけないと思っているような人間はもちろん無力だが、事実の巨大さにコンプレックスを抱いている評論家連中はもっと無力である。

過去の日本の知識人階層の一部は、プロレタリア運動が起こった時に、自分たちも何とかしなければと善意の認識をした。彼らは自分たちの利益や問題点を考える前に、まずこの世に貧しい人々がいるということにショックを受け、自分たちが、実際にはよく分からない問題に政治的にコミットしてしまった。そして理屈だけはうまいものだから、指導層となってしまった。

そうした結果、彼らには、農村出身の貧しい青年たちが軍隊で「国のために」と言って暴走を始めたとき、すでにそれを抑える力を失っていた。一方、そうした事態を冷ややかに眺めているような人たちもあった。そして、お互いに共感を失なっていった。

そうした現実を見て、反省した人々がとる行動は何だろうか。彼らは、自分が理解していると思っている狭い世界の中だけでは、誠実な行動をとる人間になろうと思う。そして自分の周りの世界で生きていく。

規模は小さいが、バブル直後の日本でも、似たような状況が生じていた。人々は、ものをあまり深く考えない。大きな事件が世界の、また日本のどこかで起きると、必ず「可哀想だね、嫌な世の中だね」程度の反応が起きる。真剣に参加する人間はいるが、ごくわずかである。神戸大震災なら、付近の人がお互い助け合えるという場面もあるだろうと思う。しかし、オウム真理教ともなると、もう共感はほとんどない。一般大衆は、スポーツや芸能の娯楽に興じる。家庭では、大変な世の中になったねえ、いやだねえ、という程度で話が済んでしまい、満たされていない者たちは心のどこかで、ショーを見る見物人のように、やれやれーとけしかける煽動者の立場になっている。そのあとで良心的な人は、自分が他人の不幸を蜜の味のように楽しんでしまったことを知って、ちょっとむなしさを覚える。

積極的にコミットしていく立場の者は、もっと大変である。彼らは直ぐに自分の一生を賭けなければ本当にコミットしていく意味がないと悟る。そこでは、三者択一問題が発生する。一つは傍観者に戻ることである。一つは、一生を賭けることである。そして最後の一つは、自分があまり信用はできない言論という世界に首を突っ込むことである。しかし、一生をかける決意がない限り、最後の世界でも、自分の良心の呵責と戦わねばならない。良心がある限り、中途半端な発言はできないのだから。

今あえて言えば、この世で実際に活動している評論家は、一生を賭けた人か、評論家という仕事をビジネスだと思ってドライに生きている連中か、どちらかだと思ってよい。

そんな中で、かなり多くの人は、自分の身の周りの狭い世界で、共感できる人たちだけを相手に、自分の持てる力で誠実に尽くしていこうとする。

もちろん、みんなこんなことを意識的に考えてそれぞれの職業につくわけではない。だが、私の見てきた世の中の多くの人は、小さな世界でそれなりにみんなで生きていこうという人か、資本主義社会でルールにのっとって競走に参加し、たくましくドライに生きたいなと思っている人か、その時々で生き方を変えながら流されている人か、大体この三つのうちのどれかである。

一九九五年当時の私は、そのうちの始めの人種に属する。まあ結婚もできたし、安定もした。これからはささやかではあるが、数学教育というものを通じて、自分の共感できる人たちにメッセージを送っていきたいな……。これが私の希望であった。

文学青年が数学？　と不審に思う人がいると思うので一応断っておくと、私は中学生の頃に、すでに大学の初歩の過程を学習する程度には数学ができた。これは、中学生になってから興味を持って自学自習したことの結果である。アトピー性皮膚炎で高校を中退するまでの私は、いわば数学オタクであったのだ。受験に関して言えば、数学ではおそらく中学三年生か高校一年生の段階で東京大学の問題を六、七割程度は解ける自信があった。

私は前にも話したとおり、塾というものに行かない珍しい人間であった。中学校三年生になってからは、Z会という通信添削を受け、十六歳からは駿台と河合塾というところの模擬試験だけは全部で十回ほど参加して自分の学力的な位置を確かめたが、受験産業とかかわったのは、それぐらいである。

もう一つ言えば、小学校の六年生のとき、担任の先生が癌でお休みになり、私たちのクラスはほとんど放って置かれた。校長が来て道徳的な話をしたり、教頭が来て人生の話をしたり、隣のクラスの先生が来て静かに自習させられたり。しばらくすると代理の先生が来たがその人も直ぐにやめ、次は新任の先生がやってきた。くるくると教師が変わる中で、授業らしい授業を受けたことがなかった。

中学校では熱心な教師もいた一方、英語などは、先生がわれわれの名前が書かれたカードを切りながら、にこにこして、一人ずつ文章を読ませていき、学年の終わりになっても教科書一冊終わらないというとんでもない学校だったから（有名校にはこんなのんびりしたところもあるのだ）、何かを教えてもらったという気はほとんどしていない。

つらい受験勉強もあまりしなかった。私は、病気で高校を中退してからは一日十時間は寝ていた。ずいぶん後になって父から、お前の健康については実はあんまり心配していない、ともかくよく寝るからな、といわれたぐらいである。

こうした私が、駿台の東大実戦模試などという受験では、二回受けて二回とも十番ぐらいであるというのだから、要するに、塾や予備校の受験勉強というものは、実はとんでもなく効率が悪いものに違いないと思っていた。

そこで私は、それを実証しようと決意した。

親たちの感性

さて、戦中戦後の北風には耐えたが〝豊かな時代の太陽〟にはあっけなくマントを脱いでしまった旧中産層であるが、彼らの親たちは具体的には何を考えていたのだろうか。

彼らは結構個性的な人たちであるから、一くくりに論じることは難しい。しかし、彼らの何十パーセントかに共通ないくつかの特徴を見つけることはできる。

例えば、私の父は昔白黒テレビの時代にカラーテレビのセールスマンがきたとき、うちはニュースしか見ないので、そんなものは必要ないと言って、セールスマンを怒らせてしまったことがある。あるときそれを笑い話にしていたら、いや、うちの親もそれに似てたんだよ、というやつに何人もお目にかかり私は唖然とした。さらに、テレビは有害であるから、テレビというものを家から追放してしまった大学教授とか、ものすごい地位についているのに、質素というより貧乏と言ってもよい暮らしをしている人だとか、そんな不思議な人たちは、私が見てきただけでも数えきれない。

彼らの何割かは、早くから文化の大衆化を嫌い、一般の人たちから見ると偏屈とも言うべき生活をしていた。そして、お金を儲けるということに対しては、極端なぐらいに潔癖な人も多かった（逆もいたが、それは成り上がりの層が多い）。私の祖父は、その気になればいくらでもお金など儲けることができる環境に恵まれていた。都心にも郊外にも大きな家を持ち、複数の大企業の創設者と親しく交わっていた。だが、彼は決して儲けようとはしなかった。昔住んでいた家が老朽化したので、そこに新しくマンションでも建てて家賃をとろうという話が持ち上がったとき、彼は言ったものだ。「俺の目が黒いうちはそれは許さん」。この一言でおそらくは数千万円がふいになった。

祖母にいたっては、株などの営業に来る人がいると、そのたびにそれに引っかかっては損をして、私をも呆れさせていた。どうしてあんなものに手を出すんです？　一度聞いてみた私に彼女は言ったものだ。もちろん私だってあれが儲からないことは知っているよ。しかし、お前くらいな若い人が苦労しているんだから可哀想じゃないか。

それでも数百万円ぐらいは飛んでいったのではないだろうか。

子供たちの世代になっても、事情は似たり寄ったりである。大学の寮に住んでいた人に、私の高校の先輩で、有名な証券会社のシンクタンクに就職したのに、辞めてしまってもう一度大学で学びなおしている人がいた。彼は明朗で行動力もあれば、有能な人だったので、彼に、野暮を承知で、なぜ辞めたのかを聞いたことがある。すると彼は自慢のひげをしごきバットを振り回しながら言ったものだ。実体のない紙切れに文字を書くだけでお金にする今の時代は間違っています。えいっ！。

このように金銭に潔癖で、しかも大衆文化に嫌悪感を持っている親たちは少なからずいたのである。だが、彼らの子供は決して幸福にはならなかった。彼らは、大衆社会の中のアウトローだった。まず困ったことに彼らは、同時代人とすら共通体験や共有感を持てなかった。

カラオケをうたい、昔見たアニメのヒーローの話しをし、テレビドラマや車の話をして過ごすことが彼らにはできなかった。したがって自らも偏屈になり幸福になれない人たちが大勢いた。

一般的に言って、彼らの親は子供たちを自由に放って置いた。子供は親から離れて自由に生きるべきであるなどという奇妙な価値観を持っていたからである。だから、子供がどんな道に進んでも、そこでしっかりと生きていく限りよろしい、というかなり甘い考え方がその根底にあった。このような考え方は、私も個人的には好きだし、よいと思うが、自由に生きろと言われた子供のほうは、実は親の時代のような過酷な経験をしていないから、価値観を明瞭に確立する前に、いきなり資本主義社会の荒波に放り出されたようなものである。いざとなると彼らの多くは、結局つてを頼って就職するぐらいしかできなかった。

そこで彼らは初めて資本主義というものと向き合うわけだが、この、民主主義とかろうじて両立している恐ろしいシステムは、彼らの価値観と相容れない部分を多く持っていた。民主的などとんでもない、というワンマン経営者の決断によってかろうじて成功している会社だっていくらもあるのだ。会社には不条理な労働も、派閥も、陰謀も渦巻いているのだ。大体こう忙しくては、読書すらろくにできないではないか。

おまけにこの社会では、資本家こそがすべてで、雇われる人間はどんなに技術が有能であろうとも、言ってみれば奴隷に過ぎないのだ（どなたかが「社畜」などという本を出していた）。昔はまだしも技術のある人たちを尊敬する風潮ぐらいはあったが、今は単なるシステムの一員に過ぎない。

学歴がある人間たちが、どうにも資本主義と相容れなくてそのうちに別の人生を歩みだす例は結構多い。学歴も地位もある人間にするために、一生懸命お金を使って教育してきた親にとっては困ったことである。

しかし、彼らの親の時代だってほとんどの中産知識人層は、江戸時代の大商人たちの作った財閥と呼ばれる組織の、いわば単なるブレーンに過ぎない。彼らが今のわれわれと違うところはただ一つ、資本家という将軍が知能を持つ人間（参謀）たちに敬意を払ったかどうかということである。大商人という人が、将軍として、三顧の礼を尽くして、ブレーンを迎えたか、それともお前はどうせ組織の一員に過ぎないという顔をしていたかである。

私の時代には、もっと酷い、モラルも何もない経営者たちが、お金目当てに一生懸命に競争するだけであった。

中産階層で自分の子供たちの利益を守ろうとした人はいなかったのだろうか。それはいる。私は昔、ヨーロッパの金持たちは、息子が一定の年齢に達すると、各地を旅させて見聞を広めさせたという話を聞いたことがある。現在ではそれは留学に当たる。わずかではあるが、子供には、受験勉強をやらせたりするより、また自由に任せて放っておくより、外の世界を見せた方がいいと思った親もいるようだ。

そういう親の子供たちはたくましく育っているが、残念なことに極めて少数だった。

そして、彼らの親たちの多くは、子供たちの恋愛や結婚に対してすら自由主義者だった。だから彼らの中には、見る目を養う前に、鵜の目鷹の目で誰か私を引き上げてくれる結婚相手はいないものかと探している女の子たちに見事ひっかかったものも大分いる。価値観の違いに気づくのは結婚してからだ。そうなったら次の二つの道しかない。一つ目は、離婚か家庭内別居をすることである。二つ目は男のほうが家を省みない仕事人間になることである。第一の場合は家庭が崩壊する。第二の場合は、子供を任された奥さんの方が、狭い家庭に閉じこもったまま夫との精神的な交流がなく、気ちがいのようになって、子供の教育にのめりこんでいくことになる。いずれの場合も、割を食うのは彼らの子供たちである。親の代まではステータスのあった人間でも、子供の代になればただの人になってしまう。ただの人どころか、一応お金だけには不自由しない子供時代を送っただけに、彼らの人生はただの人以上に精神的に悲惨である。

理想と現実

私は自分なりのやり方で数学教育にかかわり始めたのだが、当時、私がかかわっているところは主に三つあった。一つは出版社の受験雑誌が舞台である。中学受験の算数について、私立中学の受験生とその親たちに、私がよいと考えている勉強方法をどのように伝えていくかということである。もう一つは、その頃から私は、ある塾で数学オリンピックに出場することを目指す子供たちを相手にするようになっていたので、そうした（大学受験で東大の問題が解けるなんてレベルとはわけが違う）子供たちにはどのような教育をして、どのように接すればよいのか、そんな興味からかかわりをもった。さらに、昔塾に勤めていた頃の縁や親戚の紹介などで、時として教育の相談に乗り、数学を教えることもあった。

さて、私の当初のスタンスは次のようなものである。

受験という現実は厳しく、また、受験にのめりこみすぎると、小さな枝葉の事柄しか見えなくなって大局が見えないという悪弊をもたらすこともある。だから、子供たちには、受験というものを超えて、数学を好きになってもらいたい。逆に数学が好きになった子供たちには、塾や学校ですするサラリーマン的な（義務感から毎日一定量をこなす）勉強方法ではなく、放っておいても彼らは数学にのめりこむだろうから、受験などを超えて実力をつけてもらいたいということである。

教育をする側のしなければならないことは、生徒に、興味深い数学の世界をたくさん見せてやり、面白い数学と出会う場を作ってやることである。

私のこの考え方は、毎日塾からたくさんの宿題を持って帰り、それをきちきちとこなしていくことで受験の勝者となろうという主流の考え方とは完全に異質のものであったので、私はあるときはこっそりと、あるときは現実と折り合いながら、あるときは少々過激に、私のやりたいことを勝手にやり始めたわけである。

さて、今の目から見るとこのやり方は、ある子供たちには成功し、ある子供たちにはそもそも全く受け入れられなかった。そして、受け入れられない割合の方がはるかに高かった。

では、成功をしたのはどんなところだったかというと、特に親の干渉を受け付けないほど自立心が旺盛な子供は成功の確率が高かった。また、数学オリンピックを目指すようなとんでもないレベルの子供でなくとも、受験生活にくたびれていないで素朴な好奇心を持っている子供たちの中には、あっという間に数学の実力が上がっていった子供がたくさんいる。彼らの多くは、数学と出会い、数学が趣味となってしまった子供である。趣味で熱中して数学をやる人間に、塾でこつこつやっている生徒がかなうわけはないのだ。

こうした、趣味で数学をやっている人間の数は、現在そう多くはない。一学年百万人余の学生のうち、せいぜいが、五百人ぐらいであろうと私は推定している。東大生が三千人もいる時代であるから、これらの人たちは、あまり苦労しないで東大に合格してしまう。

だが、彼らを見る世間の人たちの目は違う。深夜までがりがりと勉強をして合格した偏屈な人間たちだと錯覚している人が相当にいるのである。

私が見るところでは（数学以外の教科に、やはり趣味的に熱中した人たちも沢山いるので）、東大生三千人のうち、千人ぐらいは、このようにたいして苦労もせずに、趣味の延長として東大に合格してしまった人たちである。残りの二千人は、塾や予備校でがりがりとやって辛うじてボーダーラインに滑り込んだ人たちだ。

ちゃんとした裏づけがあるわけではないが、近頃この割合は大分変動しているようである。昔は東大生二千人のうち（東大の定員自体が違ったようだ）かなりの部分が前者なのである。このまま放置しておけば、前者の割合はおそらくもっと減っていくであろう。

さて、失敗したのはどんな場合かというと、それは次の二つである。一つ目は、どんなにこちらが、数学の面白さを伝えようとしても、数学自体に興味を持たないか、あるいは、それ以前にテレビゲームやおしゃれや恋愛、そんなものに興味を持ってしまっていて、勉強というものは、必要だから義務的にやるだけ、という姿勢を強固に持った子供たちである。二つ目は、親が教育に熱心すぎて、いろいろなことをやりすぎた挙句、ついには子供に、数学に対するアレルギー反応が起こってしまった場合である。笑ってはいけない。子供に入れ込んだ挙句、様々な情報を集め、教育に熱心だとされる母親の家庭には、実はこうした子供たちの予備軍がごまんと転がっているのである。これは結構恐ろしい光景だ。

私がかかわった中学受験雑誌はそのうちに「難しい」というレッテルが貼られるようになった。これには二つの理由がある。一つは、すでにあった、その雑誌の兄弟分である、大学受験雑誌と高校受験雑誌が、やはり難しいという折紙付きの雑誌なのである。だから自然とそういう評価が生まれた。

もう一つは、実際にその雑誌は結構難しかった。これは、その雑誌を編集していた私にも責任があるが、実際の入学試験問題というものは、中学受験でトップレベルの子供たちの実力ともかけ離れているほどに難しいのである。もちろんそういうテストで満点に近い点数を取るごくごく少数の生徒もいるにはいる。だが、大部分の生徒は、そうしたテストで悲惨な点数を取り、合格していくのだ。

雑誌というものは、単行本とは違い、現実の入試状況にあわせて何ぼの世界だから、当然雑誌は、今の入学試験問題を解析することになった。必然的に難しくなっていったわけである。

私はそうした状況の中で、難しいか難しくないか、レベルが高いか低いかという基準ではなく、面白いか面白くないかという観点から問題を取り上げていこうと思った。計算練習やつまらないパターン問題で訓練されている生徒に、何とか数学との出会いを作りたいと思ったからである。

ところが、この試みは見事に失敗した。

最近になって私は象徴的な現実を見せられることになった。塾の宣伝活動をする人は実に利巧である。

「われわれの塾では、決して単なるパターン問題を解かせているわけではありません。大切なのは、お子様の興味、関心を育て、やる気を出させることです。そのためのノウハウを私たちは持っています。子供の目を輝かせるためにはどうしたらよいでしょうか。単に知識を与えるだけではなく、考えさせることが必要です。私たちがお子様の教育をするときには、単なる学力ではなく、能力自体を大切に鍛えます。そのためには、小学校の低学年からお子様をわれわれに預けてください」。

とまあ、こんな感じの宣伝をして、この少子化時代に、低学年のうちから子供の囲い込みをしている塾が数え切れないほどあるのだ。大手の塾ほどそうである。この間、そんな塾に通う生徒を見る機会があったので、私はかなり詳しく、その生徒が、一週間でやっているという教材を見せてもらった。それは大変な量であった。算数だけでこんなに沢山の問題をやっていたらそれだけでも、よほどすごい子でなければつぶれてしまうだろうと私は思った。もっともらしい宣伝をしながらその有名な塾がやっていたことは、単なるスパルタ教育だった。

そしてもっと驚いたことに、そのテキストのいくつかは、私が書いた雑誌の記事の、単なる切り貼りだった。私はなんだか、知らず知らずスパルタ教育に加担してしまったような気になって、その日一日は気分が悪かった。

このように、うまい言葉で大宣伝をする塾産業は、現在、業界存亡の危機をかけて、生徒の取り込みに必死である。その宣伝に引っかかってしまう親も親であるが、教育の中身は、宣伝とは裏腹に、以前のもの以上のスパルタ教育である。

それで生徒の学力が上がるなら良いのだが、困ったことに生徒の学力はとてつもなく下がっている。よく理数力の崩壊という言葉を聞く。それは、文部省の〝ゆとり教育〟のせいで、私立の学校のことではないと思っている教育ママが世の中には沢山いるのだが、これはとんでもない間違いである。私の周囲の話をまとめると、全国に一握りしかいない、つまり五百人前後しかいないトップ層の学力はそんなには下がっていない。だが、次のランクの人たち、つまり、有名私立中高に在籍する二番手の子供たちや、その少し下の層の学力低下が一番激しいという。

つまり、裾の広がりがなくなったわけだが、おそらくそれは、受験制度の弊害である。

私はわずか五年前までは、受験は結構よい面もあるなどという考え方をしてきたが、今の中学受験を見て、これを擁護する気が全く失せ、中学受験こそ、学力低下の本当の原因であり、それに比べれば、文部省の〝ゆとり教育〟などはまだよい方だと思うにいたった。次の章ではさらに詳しく、なぜそのように考えるにいたったかを述べよう。

素養の崩壊

以下、しばらくは、中学入試を経験し、まずまずできると言われる学校に入学していく子供の話をする。実は、彼らのような子供たちの学力低下が一番酷く、おそらくはこの国の将来の大問題となる。

彼らの学力低下の原因を、素養の崩壊、抽象の崩壊、伝統の崩壊という、私流の観点から、解説してみよう。この項では、まず、素養の崩壊からお話しをしてみる。

私は自分が教える子供たちについて、数学ばかり見ていたわけではない。私は彼らと時々、歴史の話をしたり、文学の話を仕掛けてみたり、時事問題について水を向けてみたりして、彼らと会話をしようとする。

当然のことながら、彼らの常識は私の常識とは異なる。例えば、かなりできはするが普通の子供に、川端康成って知っているかと聞いたところ、名前を聞いたことがあったのは、中学校二年生二十人のうち、一人だった。ためしに堀辰雄について聞いてみたら、一人も知らなかった。まあ、時代が違うのだからこれは当然かなと私は思っていた。

しかし、あるとき私は本当にすごくできる中学一年生の女の子に、源義経って知ってるよね、と聞いて、彼女が全く名前すら聞いたことがないのを知って愕然とした。

そこで、それ以来いろいろな子供たちに、シーザーは知っているか、ダ・ヴィンチは知っているか、楊貴妃は知っているか、ニュートンは知っているかとことあるごとに聞き始めた。するとと、考えてみれば当たり前のことが分かった。つまり、学校の教科書に出てくる人物であれば、彼らはかなり高い確率で名前だけは知っていた。ところが、お勉強として習ったことがない場合には、彼らはほとんど何も知らなかった。

ほんの少しだけの子供が、本を読んで、名前以上のことを知っていた。つまり、彼らは源義経の名前だけでなく、京の五条の橋の上から、一の谷の戦い、屋島の戦い、壇ノ浦の戦い、静御前の舞、安宅関の話、佐藤兄弟の討ち死に、弁慶の仁王立ちと何でも知っていた。彼らは、社会科や国語に関しては、勉強しなくても塾でトップクラスの成績をとる子供であった。

私は考え込んでしまった。

かりにこれらの子供たちに、鎌倉幕府の成立について数十人一緒の授業をした場合、「源義経って誰?」という子供と、義経記ぐらいの内容を知っている子供とでは、すさまじい差がついてしまうことだろう。なぜなら、義経の物語には、武蔵坊弁慶とか常陸坊海尊とか言う暴れん坊たちがどんな人たちだったのかという具体的なイメージや、どういう主従関係を結んでいたのかという人間関係や、源頼朝がなぜ義経を斬らねばならなかったのかとか、奥州藤原氏がどんな立場にあったのかとか、関所とはどういうところでどんな人がいたのかという、そうした要素がすべてお互いに関連付けられて盛り込まれている。

彼等が鎌倉幕府の成立と、そこでの主従関係である〝ご恩と奉公〟そこでの政治的な流れ、そんなものを学習するときには、彼等が楽しみながら読書してきた世界に、ほんのちょっとのまとめを入れればよいだけである。そして、彼らはそこから再び義経はどういう立場におかれていたのかとか、封建社会はどのようにして成立していったのだろうかとか、自分の読書体験を基にして考えることさえできる。

ところが、義経の名前を知らない子供たちにとって、鎌倉幕府の成立と源頼朝の行った政治は、ほとんど点をとるための棒暗記のネタでしかない。彼らは、ひょっとすると大学受験までその調子で通し、受験後にはすべてを忘れてしまう。

つまり、前者の子供は楽しみながらの読書によって一生の財産を得て、受験も苦労なく通過していくのに対し、後者の子供たちは大変な苦労をして暗記をし、受験にもうっかりすると失敗した挙句、社会に出るまでには学習したことをほとんど忘れてしまい、まことに勿体ないことに、受験勉強は壮大な無駄と化してしまうのである。

数学でも同じことが言える。これは次の項で語ろうと思うが、ある種の素養がある子供とない子供とでは、同じ授業をしても雲泥の差がついてしまうのだ。

英語に関しては、私はちょっと分からないところもあるが、数学、国語、社会の三教科に関して言えば、子供を塾に送り込む以前に、トップレベルの学力の子供はすでに決まってしまっていると言ってよい。塾でどんどん伸びる子供は、それ以前に家庭内で読書をしたり、親の体験談を聞いて知的好奇心をそそられたり、数学に関する出会いをしたりして、すでに素養ができている子供たちなのである。

私は次のようにイメージしている。学力が形成されるには、二つの段階を経る。一つ目は、素養である。二つ目が教科の学習である。このうち、現在の教育であまりにも見過ごされているのが、最初の段階、つまり素養である。これがない場合、塾というのは生徒にとって、スパルタ教育の地獄となる。ところが、素養がある子供たちは、塾というところは結構面白いところだという印象を持ったりする。

ところが……、だ。塾のメンバーも、自分のところに来る生徒を見ながら考え始めた。どうも、始めから、ある種のメンタリティーを持った子供は自然と伸びていくのに対して、ある種の子供は、どうやっても下に沈んでいくようだ。この差はどこから生じるのだろうか……、と。

そんな報告を現場の教師から受けた塾の教務サイドは考えた。これは使える。少子化の時代に生き残る戦略として、小学校低学年からの囲い込みは重要なことだ。

そんなわけで、ありとあらゆる塾が、低学年のうちから勉強の楽しさを教えるといいですよと言い始めた。そんなことを彼らは、「子供の目が輝く」というような言葉で表現して親の心をあおっている。朝日小学生新聞までが、「一日十分、親子で新聞を読むと受験に役立つ」などととんでもないことを言う時代なのだ。

まあ、こんな広告にひっかかる親も親なのだが、これは冗談ではすまなかった。つまり、こうしたことのために、以後、上位層の子供の学力は惨めなほど落ちていったのである。早くから一日十分、子供の目を輝かせるのと、夢中になって（十分どころではなく）読書をする子供たちの間には計り知れないほどの差が存在する。私立中学校に通う生徒の面倒も見ている塾では、こんなささやきが聞こえる。あれほどすごい中学入試を突破してきた子供たちが何でこんなにできが悪いんでしょうね、とか、私立中学に通う子供たちの学力低下が一番すさまじいですね、等というささやきである。

私もまた呆れている。このごろ理数力の崩壊という言葉を聞くが、あれは、文部省の指導要領がどうとかこうとか言う話しではない。文部省の指導要領の影響を最も受けるのは、レベルが中位から下位の子供たちである。しかし、昔から、数学ができないやつなどは沢山いた。なにも今に始まった話しではない。いま、一番学力が落ちているのは実は上位クラスの生徒たちで、それだから大学の先生たちが理数力の崩壊を気にするのだ。大学の先生たちが見ているのは、かなりできるレベルの生徒で、受験にも勝ち抜いてきた子供たちだ。ところが彼らの数学力があまりと言えばあまりなので、理数力の崩壊などと言っているのだが、それは、私に言わせれば明らかに中学受験の過熱化の責任である。

私は毎年中学受験の勝者であり、御三家に入ったほどの生徒の数学の世話をするが、彼らの学力には呆れるばかりである。ほんの一部の上位層を除き、私の頃の有名校の学生の数学力と比べて、みな劣等生だろうと思う。

何でこんなことになってしまったのかいつも不思議に思っていたら、思わぬヒントがあった。私のところに、ある関西の有名塾でトップクラスを取る子供（C君）の親から電話があり、何とか一回見てくれないかというのである。断りきれずに私はその子供の算数を一回教えることになった。そして、その子が一年間に算数だけで二千題もの問題をやらされていることを知り、夜中の一時前には最近寝たことがないことを知り、その塾に通う子供の大半がそうした勉強を強制されていることを知って愕然とした。

彼がそのような勉強で本当に問題が解けるようになるのかどうか不思議に思った私は、彼がすでに理解しているという部分を試験してみた。すると、彼は私が出した三問のうち二つの問題があやふやだということが分かった。この問題のポイントは何だと尋くと、全く分かっていないのである。私は結局その塾でやっていることは、ものすごい数の問題をスパルタ教育式に解かせて、試験で似た問題が出る確率を高め、みんなそのような勉強しかしないために、本来なら落ちるべき子供を、みんなで怖いとすら思わせずに、赤信号を渡らせてしまっているということに気が付いた。

その結果、私は悲しい認識をした。つまり、今でも、少数ながら、数学が好きで小さいころから数学に興味を持ち、楽しみながら面白い問題を何時間でも考えて解く子供がいる。そうした、おそらくは日本全国で数百人足らずの子供たちのうち、都市部にすんでいて受験に参加するのは、おそらくはその半分以下である。多分、二百人前後であろう。それらの子供たち以外は、小さいころからスパルタにつぐスパルタの特訓を重ねて、ようやく中学受験に成功するのである。しかし、彼らはあまり数学力がない。

C君の親の悩みは、塾でやる定期的な復習テストではいつでもトップに近い点数を取るのに、難関中学のそっくり模試をやると、どうも今ひとつ点数が芳しくないということであった。私は、本当のことを申し上げるほかはないと思い、こう言った。世の中は広くて、受験勉強を一生懸命やるお子さんもいれば、数学が一種の趣味になっているような子供も中にはいるのです。

こつこつ一生懸命やっているお子さんの中では、C君はトップでしょう。しかし、実力テストで得体の知れない問題が出たときには、どうしても、数学が趣味で、一題の難問を何時間でも考えているようなお子さんのほうが上にきてしまいます。それは勉強スタイル自体の違いですからしかたがないのです。もしも、どうしても実力テストでもトップをおとりになりたいのならば勉強のスタイル自体を変える必要があります。

すると、その親は腕を組んで言ったものだ。「あなたの言うことはよく分かります。しかし、いまさらやり方を変えるわけにはいきません。もう歯車は回っているのです」。

つまり、理数力の崩壊を防ぐためには、歯車を回さない必要があると私は感じた。しかし、すでに歯車の中にいる人間にとっては、それを言っても無駄だろう。そのような人には、何とか中学受験には成功してもらって、中学校一年生のときから根本的に学習方法を変えてもらうほかはないのだ。

それから一週間経って、今度は都内の有名中学を受けるという子供の親と面談をした。もちろん子供にも会った。彼は国語や理科や社会の点数は抜群だった。ところが、他の教科に比べて圧倒的な量の勉強をしているはずの算数だけが、なぜかぜんぜん点数が伸びなかった。そこで私が引っ張り出されたわけである。

調べてみると、その子供は大変な読書好きだった。道理で、算数のほかの教科は、苦労もなくよくできたわけである。しかし、その子供が塾に通いながら一週間にやらされるプリントの量を見て私はまたもや唖然としたのだが、これは、何と形容しようか、人間業ではなかった。神業ですらなかった。それは言葉による表現をはるかに超えていた。

勉強を見たところ、その子供はすごく飲み込みも早く、自力でどんどん勉強できるまれな才能を持っていることが分かった。この子供がもしも落ちるとしたら、それはやらせすぎの塾につぶされたとしか考えられない。基本的な文章題の問題を得点できない彼に、はるかに難しい複合問題である志望校の十年分の問題をすべてやらせるなど、正気の沙汰ではない。

しかし、彼の志望校の判定テストは、九十%を超えていたし、おそらく彼は受かるであろう。しかし、これだけの才能をもつ彼は、おそらく今まで算数には興味を感じたことがなかった。というより、興味の有無以前に、とにかくすさまじい量の勉強をやらされて、わけが分からなくなっていたのだ。

さて、こういう例は枚挙に暇がない。

右の例などは、ある程度親が子供に読書させたり算数の問題に付き合ったりしたという意味で、かなりましな方ではないかと思う。

問題は、ほとんどの中学受験生が家庭において〝素養〟を得る前に、家庭教育のやり方を全く知らない親によって、塾という恐るべきところに放り込まれることである。そして、塾は「子供の目を輝かせたり、本当の思考力を身につけさせたり、子供の興味を引き出すということにかけては自信がある」という理論武装を、少なくとも宣伝面においては完了しているのだ。

家庭教育において、子供に素養を身に付けさせることができない親が増えたのは、確かに、私がたびたび触れた、「教養というものを大切にしたアッパーミドルの階層が、一九七〇年前後を境にしてゆっくりと崩壊していった」ことと深い関係があるだろう。

それにしても、これは理数力の崩壊にとどまらず、考える力の崩壊につながっているだけに、かなり恐ろしい事態だと私は思っている。文部省の〝ゆとり教育〟のせいで、パニックを起こした親が、ますます今後子供たちを塾に送り込むであろうが、おそらくはそのために学力はさらに落ちていくだろう。

私はある講演会で、有名予備校の教務の人が、次のような発言をするのを興味深く聞いた。「開成の先生と話したときのことですが」と彼は言った。「中学に入学した時点で、どの子供が将来伸びて、東大などに合格していくかは、ほぼ分かってしまうというんですね。つまりその子供と話してみると、その子供の学力が裾野の広がりをもっているかどうかがよく分かる。親と時には社会に起こっている出来事の話をしたり、そうした子供は、将来的に伸びる確率が著しく高いというのですね」。

私もそう思う。しかし、中学校一年生の時点で、先がもう分かってしまっているなどというのは、かなり恐ろしい話だ。それも、その時点の点数を基にしてではなく、話してみた感じとか、その子供のバックグラウンドでそれが分かってしまうというのだから、そこに大きな問題点があるのだと思う。

つまり、家庭教育の方が、塾の勉強よりはるかに子供の勉強には有益だというのが、私の結論だ。そしてこんな当たり前のことを実践できなくなってしまったところに、現代の家庭教育の持つ、憂うべき深い問題点があるのである。

抽象の崩壊

一九九七年夏、私は富士通本社ビルの最上階にいた。その年の数学オリンピックの帰国報告会を覗いてみるためである。

数学オリンピックはハンガリーに始まった数学コンテストが、その後、優秀な理科系の人材を養成したい国家的な思惑と適合したために、まず、旧ソ連を含む東欧圏に、ついで、アメリカやイギリスなどの西洋諸国に拡大していったものである。

平等教育を称える日本では、このコンテストはほとんど、認知すらされていなかったが、こっそりというと、ある年度の東大の入学試験のうち難しいといわれた問題は、実はこの数学オリンピックで一番やさしい問題のパクリであった。つまりそれほどにこのコンテストの問題は難しく、日本の受験の問題などとは一線を画すほどに質の高い問題である。

さて、日本がこのコンテストに初めて参加したのは、一九九〇年のことであるが、初めて日本を受け入れる各国の反応は、「ついに強敵日本が参加」と言ったものであったらしい。ところが、いざ参加してみると、当時の日本の最優秀層が参加したにもかかわらず、日本のレベルは参加国約五十のうち十位にすら入ることができないくらい低いものであった。そこで、各国は笑いを噛み殺しながら、日本の平等主義教育は、本当にたくましいエリートは育てられなかったのだなと納得したわけである。

ついでに言うと、参加各国は国家ぐるみでエリートを育てているところが多いので、いまだに日本は、上位に食い込んだことが一回もない。いつも上位を占めるのは、アメリカや、中国やロシアや、ルーマニア、ハンガリー、イラン、ベトナム、韓国、といった国々であり、日本はそれらからはるかに遅れたところにいる。それは、日本で数学オリンピックが知られていないためではなく、日本人の大部分が本当に数学ができないためである。

日本にこの数学オリンピックを導入することについては、東海大学の秋山仁先生と、ハンガリー生まれの数学者ピーター・フランクル氏の功績によるところが大きいが、その後、早稲田大学の数学科の名誉教授野口廣氏が理事長となり、富士通その他から資金的な援助を受けて、日本数学オリンピック協会という財団を発足させた。毎年、日本数学オリンピックでは高校二年生以下の生徒のうち応募者に試験を受けさせ、二次試験まで受かったものに、代々木の合宿所でハードトレーニングを課し、そのうちの成績がよかった六名を世界数学オリンピック大会に出場させるのである。

ちなみに、この野口廣理事長という人は、大変責任感が強く熱意にあふれた方で、どうやら私財をなげうってこの事業に尽力しているらしい。帰国報告会では、われわれ外部からやってきた者は、敬虔なキリスト教徒である野口理事長の「神様、今年もまた子供たちを無事に連れ帰ることができましたことを神に感謝いたします」という祈りを聞いてびっくりしてしまう。

さて、一九九一年のこと、件の秋山先生を講師に擁する予備校では、そのコネクションを利用して、数学オリンピック対策の講座をスタートさせようというとんでもないプランが持ち上がっていた。ところが、秋山先生はそんなものを教えようと思ったら大変であることをハナからご承知であるし、もともとそんなことを塾で教えられるのかという懐疑的な気持ちもある。さらに、そんなことを教えられる教師がいるのだろうかとも思うし、面倒くさいことはごめんである。大学の方も忙しいとて彼は始めから逃げ腰であった。

ところが、塾というところはなんとも恐ろしい。そんなときでもいったん立ち上げようとしたプロジェクトは何がなんでも進んでいく。私のほか、何名かの講師がリストアップされて、会議が開かれ、数学オリンピック対策の講師にならないかと打診された。

実はそのときまで私は数学オリンピックなるものの存在すらよく知らなかった。大学の数学についても、教養課程の数学なら何とかなるが、専門課程の数学を数学科というところで教えてもらった経験はない。どうしようかと思ったが、一応これまでに出題されたと言われる問題を制限時間を決めてやってみた。すると、一応生徒としてなら金メダルが取れるレベルぐらいには、問題が解けた。さらに、解答を見てみると、私の方が気の利いたやり方で解いている問題も結構ある。

こうして私は、自分に足りないところは猛勉強でカバーすることにして、ひとまずその仕事を引き受け、資料の収集や数学の勉強を始めた。

そこで一九九二年度からその塾で対策講座がスタートしたわけだが、生徒数はすごく少なかった。受験レベルと、面白いが難しいオリンピック的な問題とのギャップにびっくりして、すぐに逃げていってしまうのである。ところが、幸運なことに初年度にただ一人中学一年生として参加した子供は、大変利かん気な生徒であった。仮にA君としておく。彼はその講座を通じて興味を拡大していき、中学三年生で世界大会に出場を果たし、見事銀メダルをとるという快挙をやってのけた。

こういう人材が一人でもいると、周りも乗ってくる。中学三年生から入塾してきた女の子がいたが、彼女もまた恐るべき天才肌の持ち主で、高校二年生の時に（ちなみに二人は同学年である）ついに世界大会で金メダルをとってしまった。

男がいくらメダルをとっても騒がないマスコミも、このときばかりは、日本女性が初の金メダルというので騒ぎ出し、朝日新聞やら何とか新聞やら、要するに何も分かっていない連中が、帰国報告会に現れた。私の所属する出版社は、財団に一定の寄付をしていたので、出席の枠が少しあった。そこでそれを利用させてもらって私は帰国報告会を覗きに行ったわけである。

さて、そこには私が教えたことがある子供が二人いた。A君とその女の子である。A君は前年に金メダルを取っていたが、その年は一点差で金メダルを逃して、内心は悔しそうであった。

さて、報告会が進行して、報道関係者のインタビューになった。報道関係者の一人が、これは、皆さんへの質問ですが、と質問をした。皆さんはすごく頭がいい人のようですが、どのようなことに興味を持っているのでしょうか。

さて、誰に対する質問か判然としないから、誰が答えるかでみな少し躊躇してあたりを見回したのだが、そのうちに「A君が答えろ」ということになったらしい。するとA君はマイクを持って、語り始めたのだ。

「ええとですね、僕が関心があるのは、数学の世界というよりも、むしろ美の世界です。美の世界は数学よりも深いという感じがするんです。それから、人間の脳に大変関心があります。特に、きちがいの脳に大変な関心があります。彼らの脳は通常の人間よりも重いそうです。ひょっとしたら彼らは、実は大変な能力の持ち主でそれを僕らが分からないだけなのかもしれません。だから、僕は正直なところ、彼らの脳を解剖してみたいです」。

こんなことを彼はしゃべりまくった。

会場はシーンとしてしまった。どうなるのだろうかと、私も固唾を飲んで見守った。すると、一呼吸おいてから野口先生が現れた。そして、「このまま記者会見を続けると、まだまだいろいろと生徒が危険なことをしゃべりそうなので、この辺で記者会見を中止します」と言って記者会見を終わらせてしまった。

「僕は数学の好きな普通の人間です」とか「家ではゲームをやってます」とかおそらくはそんな答えを期待していたに違いない新聞記者さんたちは、いちように静まり返ってしまった。もちろん、次の日の新聞にはそんなことが出るわけがない。日本人の女子高生初の金メダル、という記事ばかりがやけに踊っていた。

ところが、この日本人女子高生がまた大変な曲者だった。彼女は、数学ができるようになりたいと思った時にまず何をしたか。後で聞いた話だが、彼女はまず、中学三年生の分際で、ヒンチンという数学者が書いた「数論における三つの真珠」という、有名な定理のとてつもなく難解な初等的な証明がしてある本にいきなり取り組んだのだ。それを一生懸命に理解しようとしているうちに自然と数学の力がついたというわけである。

だから、彼女はいわゆる〝受験のための数学〟をあまり知らなかった。私の勤めていた出版社には、学力コンテストという難問コーナーがあったが、それを採点するのは、数学中毒の大学生である。そこにあるとき、ただ候補を絞り込めばそのまま解ける簡単な整数の問題が出題された（簡単と言っても東大入試レベルである）。私の席の隣がその日たまたま空いていたので、そこで、その数学中毒の学生さんが一人、学力コンテストの採点をしていた。ところが、しばらくして彼は頭を抱えて、うんうんうなり始めた。どうしたのかと聞いてみると、生徒の答案が果たして合っているのか間違っているのかよく分からないのだという。

そこで、その生徒の答案を見てみると、確かに簡単に解けるはずの問題を、恐ろしく抽象的な概念を使って解いている。論理に間違いはないのだが、これでは採点する方は大変だ。いったいどんなやつなんだろうと思って名前を見ると、そこにはちゃんと、例の金メダルの女の子の名前が書いてある。私は呆れてしまった。

次に顔を合わせたとき、おいおい、あの問題をあの解き方はないだろう。候補を絞り込めばすぐに解けるのだから普通に解けよ、採点する学生さんが可哀想だろうという私に、彼女はすまして答えたものだ。

「でも先生、あの解き方でやると面白かったもので、つい」

A君はA君で、面白かった。彼は、しばらくして数学に対する懐疑に悩まされるようになったらしい。「数学なんて所詮は、ルールの決まったゲームじゃないですか。そこらの将棋や囲碁のようなゲームと同じことです。いくら役に立つと言って、それは僕の関心である〝美の世界〟なんかよりも、ずっと底の浅いものじゃないですか」というわけである。

この二人のほかにも、私は数学オリンピックのメダリストを数多く教える（と言っても、彼らは教えて教えられるタイプの人間ではなかった、彼らは、刺激だけ受けて、あとは自分で学習したのである）中で、普通の子供たちとはいささか異なる感受性を持った子供たちを沢山見た。

彼らの特徴をいくつか挙げれば、それは、不可能に思えることにすさまじいパワーで挑戦し、押し切ってしまうような不条理とも言える情熱である。それから、世界に俺の知らないことがあってはならないなどという恐るべき自負心である（ちなみに、私の所属した出版社では、ピーター・フランクル氏が担当する猛烈に難しい問題のコーナーがあった。A君は中学二年生の時にそれに応募して見事に正解したのだが、その際にピーター氏はもっとそれを拡張した難しい問題にも一応挑戦せよとみなに勧めており、そちらのほうは、A君は解けなかった。そこで、彼は感想欄にこう書いた。「拡張のほうはいくら考えても解けませんでした。ピーター先生は実はすごい人だったのですね。恐れ入りました」私はそれを読んだとき思わず笑ってしまった）。それからもう一つは、「いったい数学などに何の意味があるのだ」と自分に問い掛ける、懐疑心と批評精神である（これを〝余裕〟という人がいるかも知れない）。

こうした、何でもかでもともかく思考というまな板の上に乗っけて、あれやこれやその意味を考えていくという精神は、私たちの時代に私が見てきた、私の好きだった雰囲気によく似ている。このような意味で、私は彼らに共感することができる。

その後、私は何人もの教育者が、今の時代は何でこう活気のない妙な世の中になってしまったんだろうと真剣に考えているうちに、理想的なモデルとして、明治時代の若者たちに行きつくのを何度も見聞きした。

明治時代の人たちに、今のような至れり尽せりの塾があったわけではない。しかし、貧乏から身を起こし、一念発起した若者たちは、独学で何とか英語を学び取り、数学を学び、日本の国について考え、この国の基礎を作り上げていったのである。そうしたパワーがなぜ今の日本人になくなってしまったのかと考え、多くの人が一様に〝ハングリー精神〟が失われたことを挙げていた。

しかし、私は思うのだが、なにもハングリーでなくても、一念発起してすごいパワーを発揮し、不可能を可能にし、なんでも自分の思考のまな板に乗っけてやろうと考える人は今でもわずかながら生き残っているのである。そうした人間と普通の人間とを比べた場合、私には、たった一つの違いしか見えない。

それは、中学生ぐらいの多感な年代に、抽象的な思考に目を見張ったかどうかである。この年代の人間は、世の中の一見無秩序に見える現象の中に、実は奥深い抽象的な決まりが隠されているのではないかと本気で思う可能性がある。

ところが、考えるということの価値が、民主主義的な自由や平等といった概念をお題目のように唱えることと誤解されているこの国では、中学生ぐらいの年代の子供が、抽象的なことを考え始める時期に刺激を与えてやるという土壌がない。また、抽象的な、だが、経験不足のために多少は独善的なことを考え始めた子供がいたところで、そうした子供の抽象的な思考を満足に受け止めてやれる大人もいない。

そんなわけで、この国の子供たちには、抽象的な思考や、パワーを引き出す源である恐ろしいまでに肥大化した自我が育っていかないのである。そうした自我を持つ子供たちは、たいていは、もっと現実的になるように諭されるか、肥大化した自我は危険であるという理由で仲間からやんわりと排除されるか、変なことばかり考える暗いやつであると距離を置かれるかであって、ごく一部の恵まれた環境にある子供たちを除いては、「抽象」は、まともな形で発達していかないのである。

もう一度いうが、抽象的な思考こそが、不可能を可能にし、人間に自我の無限の可能性に目覚めさせるパワーの源なのである。そうした抽象的な思考を（考えなさいと言いながら一方では危険な者は排除するという理屈で）、育てることがなくなった社会の仕組みにこそ、私は大きな問題点があるのだと主張する。

伝統の崩壊

教育というものが、世代を超え、知識や価値観というものを後世に伝え、なおかつ新しいものもストックしていこうとするとき、そこに伝統というものが生じる。そのような観点から見た場合、私は現在、文化のストックはかなり失われようとしていると思っている。

もちろん、これは知識面の話しではない。知識だけから言えば、情報量は飛躍的に増えた。もちろん昔の知識もかなりの部分が保存されている。

だが、誤解してほしくないのだが、私が、失われていくと言っている文化的なストックは、日本古来の道徳観というものとも全く異なる。ここを誤解して、失われた道徳的価値を云々する議論は、単に右と左の不毛な論争を巻き起こすだけである。

では何が失われたのだろうか。

それはまず、親たちの人生と、自分がいかなる位置付けを持ってこの社会に生まれてきたかということへの興味の喪失である。私たちの親の世代は、戦争から敗戦を経て民主主義教育を受けてきた人たちである。人間は自由であると本気で思っている人たちである。この人たちは、自分たちが歩いてきた苦難の道を、子供たちには歩ませたくないと思った。そして、平和な社会を作って、その中で子供たちが自由に将来を選び取ることこそ理想だと、本気で考えた。

かくして、親たちはもの分かりよく、子供たちに、お前の好きな通りに人生を選び自由に生きていいよと言ったのである。このこと自体には、善も悪もない。

だが、このことのために、文化的なストックは多く失われた。彼らの多くは、子供たちの世代に自分が経験してきた人生を語り継ぐということさえしなかった。したがって、就職前に子供たちが出あう人生の厳しさとは、小さい集団の中で起こる、いじめだとか非行だとか、受験だとか、そんなものになってしまった。

彼らの親の世代には、自分が労働者の息子であるか、資本家の息子であるか、それとも、公僕の息子であるかということは自明なことであり、自分の置かれた状況は、くっきりとした輪郭を持ったものであった。そこでは、自分が何者かなどという問いかけは大きな意味を持たず、むしろ、自分が何者であるかという事実に基づいて自分がどのように生きていくかが興味の対象だった。

ところが、息子の世代になると、親とはもの分かりのよすぎる父一般であり、自分が社会の中でどのように位置付けられているかということはよく分からなかった。だから、多くの人間はそのことを考えもしないうちに現在にいたり、何人かの人たちは自分が何者であるのかを長時間かけて探さねばならなかった。

輪郭のある社会の中では、人間と人間との劇が生まれ、輪郭がない社会の中では、個人の内部に葛藤があったわけだ。こうして、社会の抱える問題は、人間と人間との間の問題から、いつのまにか個人の心の内部の問題にとすり替えられていった。

つまり、子供たちは、自分が今置かれている位置付けとか、大きな世界とか、国とか、人生とか、親の考え方とか、そうした輪郭のある明瞭なものを失ってしまったのである。

これが失われたストックの一つである。

社会と戦う人間がいなくなって、代わりに自分自身と戦ってしまう人間がこの世に氾濫した。比喩《ひゆ》的に言えば、社会の病理は、伝染病からアレルギー性自己疾患へと移り変わったのである。不平不満を抱えて、それを社会への怒りにぶつける代わりに、その怒りを内向させて神経的にくたびれてしまった人などを見ると、ああ、仲間なのだな、等とらちもないことを私は思ってしまうのだ。

では、親たちの考えるように、平和で自由で平等な社会が本当に実現されて、子供がその中で自由な選択権を持っていたかというとそれは違った。彼らは意識の上だけで平等であり、自由でありはしたが、その実、言葉で意識的には親から伝えてもらえなかった、無意識な根っこ、家の価値観という根っこに縛られていた。だから、高校や大学で、実際は平等で自由なはずの仲間と出会ったとき、私たちは、妙に胡散臭げに相手の臭いをかぎ、価値観の似ている小さな集団へと分裂していったわけである。

他にも失われたものは数限りない。私がこの本の最初の頃に述べたように、「厳か」という言葉に代表されるようないろいろな概念や感情が、ほとんど失われてしまった。昭和中期までの文学と今の文学を読み比べてみるとよく分かる。

失われたものは、様々な感情である。それも、大きな世界と人間とが触れ合うときの言葉である、厳粛さだとか、無常観だとか、志だとか、そういった感情が大幅に消えていった半面、個人の内面の微妙なゆれを表す言葉は逆に増えている。おそらく、昭和四十年代までの小説と、それ以降の小説を読む後世の歴史家たちは、軽い困惑を覚え、いったいこの時代の変化は何を表すのか考え込むに違いない。そして、この時代に起こった重大な出来事は、実は歴史に残っているような目で見て記述できるようなことではなく、個人の心の闇の中でひっそりと行われた事件だということに気が付くだろう。

失われたストックのリスト。社会的アイデンティティー、大きな世界と人間が触れ合うときの感情……、まだまだある。

ずっと前の章で私が、自己啓発セミナーに行ったときの話を覚えていられるだろうか。ここで私は、自分にとって正常な世界で生きている人たちが、いったん自分が正常ではないと思っている行動を無理にでもしてみると、その摩擦からその人の内部にとんでもない巨大なパワーが出てくることを語った。

民主主義という制度が君臨している社会は、ある意味では安全な社会であって、自分にとって異常な行動に飛び込むことを、注意深く避けていることができる制度である。話し合いと多数決によって物事が決められていくというお遊びをやらされる学校でもそれは同じことだ。民主主義という価値観を奉じる学校というところでは、身近な政治というものに対する子供たちの興味が半減してしまっている。問題が起きても、その解決はいずれ、民主主義的な手続きにしたがって解決されるのであろうから、それ以外の選択肢など考える必要はあまりないのだ。ましてやその中で自分が、自分にとって異常な立場に追い込まれる危険性はあまりないと言ってよい（こうした異常性を経験するのは、困ったことに、教師に反抗してしまった子供か、いじめなどの暴力を受けた子供に限られる）。

こうした伝統的なストックが失われていく中で、学力はどうなっていったのか。実に面白いことに学力が上位半分の子供に関していえば、私たちの子供時代までは、おそらくは一定の学力を保っていた。だが、その後じわじわと、中上位の子供たちは、活力をなくしていった。今できないからと言ってやらなかったものはしょうがない。「やる気にさえなれば俺はすごいぞ」等と言って、ひとたびやる気を出したら本当にすごい量の勉強をやり、すごい学力を身につけてしまうパワーのようなものが子供たちから失われたのである。

その結果、現在では、かつてアウトローたちの溜まり場であった塾でさえ、管理されてしまった生徒たちが集まる、「サラリーマンの職場」兼「社交場」となっている。

私はこの間、あるエリート教育を目指す予備校（御三家の子供たちばかり通っているような塾である）の先生から、このごろは、勉強のできる子供たちも、学校と塾以外ではほとんど勉強しないのですよ、だから彼らの唯一の楽しみは塾の休み時間を社交場にすることなのですよ、という話しを聞いて、思わず笑ってしまった。

将来はリーダーシップを発揮して日本社会を盛り上げていかねばならないはずの彼等が、日々サラリーマン的な勉強をし、塾という場をささやかな社交の場所として活用している図というのは、「世の中を憂える」などという人が見たら、それこそ、目が点になるような光景だと思うが、子供たちにしてみれば、彼らは失われた文化的なストックの単なる犠牲者のわけで、何も悪いことはしていない、いない、どころか、おそらくは彼等ができる範囲内で最善を尽くした結果がこうなのである。

都市部の熱狂

都市部の教育熱は、いまやほとんど狂乱状態である。文部省の〝ゆとり教育〟から何とか逃れようと、猫も杓子も私立受験を目指して子供を塾産業に放り込む。少子化が叫ばれる時代なのに（というよりむしろそういう時代だからこそ競争が過激になったのか）、塾は意外に元気である。だが、内部事情を少しでも知っている人は、そこには少子化時代に生き残りをかけた私学と、子供の早期囲い込みに存亡をかけた塾の、なりふり構わない動きがあることを知っている。

今現在ある塾は、かなり淘汰されてきている塾である。塾業界でも、お金持ちや教育熱心な層にターゲットを絞り込んだ塾は現在でもかなり羽振りがよい。それに対して、一般的な人々を相手にしてきた塾や、少し学力が低い層まで広く相手にしてきたところは、いまや悲鳴をあげている。これを書いている間にも、脱サラの元サラリーマンが、ろくに教える実力もないまま、いわゆるチェーン形式のノウハウを信じ込んで塾を開業した結果、生徒は四十人いて初めてペイできるというのに、集まった生徒は一人だけ。ついには血迷った挙句、その子の弟を誘拐してしまったというとんでもない事件があった。

半面、数年前から、個別教育指導をやっているところが元気である。金持ち相手の家庭教師をやる業界も羽振りはよい。何しろ、ステータスがあると自ら思い込んでいる人たちは、大手の塾には通わせずに、子供を自ら選んだ家庭教師につけるという時代である。さらに言えば、大手の有名進学塾に子供を通わせながら、そこの授業が分からないため、さらに家庭教師をつけて補習するなんていうこともはやっている。

こうした過熱振りだけ見ている限りは、不況などどこ吹く風である。いったい、まともな親や貧乏な親はどこにいるんだ、と不思議なぐらいのものだ。それではどのような塾が今元気で、そこにはどのような人の子弟がどのぐらい通っているのだろうか。

私が子供の頃は、予備校と言えば、古くからの伝統で代ゼミ、駿台、河合塾が御三家、その次のランクに、武蔵予備校、啓成予備校、研数学館などの予備校があり、高校受験はその下っ端のような塾が細々とやり、中学受験は、四谷大塚と日本進学教室が二分していた。もちろんその他にも中小の塾が沢山あったわけである。

状況が変わってきたのは、次の四つの変化が大きかった。

まず、医学部というものが極端なステータスとなり、場合によっては東大を受験するよりも難しくなったこと。これは、当時の武見太郎医師会会長のおかげで医者の所得が極端に上がり、医者というのが儲かる職業と見なされ、医者の子供は医者になるように親から言われたりして（要するに後継ぎ二世だ）、ついには、入学も「お金がものを言う」という話が公然と言われるようになった。

このために、医者や、歯医者や、獣医専門の、いわゆる医師薬系予備校が隆盛を極めるようになった。これが第一の変化である。

第二は、旧予備校が浪人生を主体として商売を行っていたのに対し、現役生をターゲットにした、単科型の塾が出現してかなりの人気を得たことである。

これらの塾の成立には、かなりの戦略的思考が働いていた。つまり、有名高校、有名大学出身の創業者が、まず、自分の出身高校の名簿を手に入れて、その立場を利用して、ダイレクトメールを打ち、母体集団を形成する。当然のことながら、優秀な母体からは多くの有名大学合格者が出る。それを宣伝し、旧来の予備校形式の授業がいかに魅力のないものであるか、自分たちのやり方がいかに大学の学問に近いものであるかを宣伝しながら、有名高校の間に信者を獲得して勢力を増し、徐々に、旧予備校の目の上のたんこぶとなっていった。これらの塾は、数学なら数学、英語なら英語という一教科を看板にした点が、現役生の間に広く受け入れられた。現役生は、学校に通いながらであるために、多教科を同時に取らせる従来の予備校型の授業に向かなかったからである。

このように、ある特定な層をターゲットにして戦略を展開していった塾の中には、私が勤めていた、ある私立中高専門の塾だとか、お金持ちの沢山いそうな私立の前に店開きをして宣伝し、特定のお金持ちから沢山のお金を巻き上げた塾も変種として含まれるであろう。ちなみに、そうした塾の経営者には実に様々な人がいて、学生上がりのベンチャー的なものから、アパレル関連の人が以前からあった塾を買い上げて発展させたなどという例もあった。

いずれにせよ、これらの塾の出現で、旧三大予備校はともかく、その下のランクの予備校は次々とつぶれていった。

さらに第三の変化の波がやってきた。いじめや非行の問題がクローズアップされる中でいわゆる〝公立離れ〟が始まったのである。公立中学の管理教育のすさまじさが新聞にも取り上げられ始めた八十年代になると、中学受験が隆盛になった。こうしたチャンスを捉えたか捉えられなかったかで、塾の地図は大きく変わった。つまり、高まる受験熱を背景にして、沿線塾のうちいくつかは企業並みのマーケティングを開始し、系列の出版会社も発足させて塾生に情報を提供し、みるまに巨大なものとなっていった。エリート教育も以前に増して盛んになり、その機に乗じて、御三家に沢山の生徒を送り込むことを看板にした塾が現れて、シェアをどんどんと拡大していった。そして、かつて永遠に続くだろうとさえ言われた四谷大塚の一極支配を崩してしまった。

こうした現象の背後には、公教育への不安にとりつかれ、子供を管理、教育することがほとんど自分のアイデンティティーになってしまった、恐るべき教育ママたちがたくさんいた。

私の知っている限りでは、四谷大塚やＳＡＰＩＸといった大手塾に通う生徒の親のうち一学年数百名ぐらいの母親が、毎日子供のテストの得点とにらめっこし、より効果的な塾を探そうとしてお互いに情報を交換し合っている。もちろん彼女らもまたいくつかの小さなグループに分かれているが、彼女らの口コミパワーはすさまじく、伝染力さえある。

そして、その背後に、そこまでやる気はないが競争には一応加わりたいと思っている、何万人という母親がいる。

これ以上の描写は不要であろう。私は、私学と塾の結びつきやそのために開かれる勉強会という名目の情報交換の場、数々の教育ブローカーが活躍するイベントの立ち上げ、お受験の教え方の現場、そんなものにも付き合ってきたが、結局疲れてしまった。

私はほとんど徒労感に駆り立てられる。なぜかと言えば、そんなに教育が過熱したにもかかわらず、中学受験に成功した層の学力は下がるばかりだからだ。これはどこかが根本的に間違っている、文部省の指導要領の外に脱出したはずの生徒の学力が異様に低下する状況は見逃せない、私はそう思っている。

そうしているうちにも第四の波が押し寄せようとしている。中学一年生から宿題をばんばん与え、六年後の受験に向けてスタートしようという塾が花盛りなのだ。私も中高一貫校の学習に興味を持ったが、それはぜんぜん違う意味においてであった。だから、話がいつのまにかすり替えられて、中学一年生から受験に向けて突っ走りましょうという話になっているのを見ると、利用されたようでなんだかひどくむなしい。

今本当に国が考えなければならないのは、〝ゆとり教育〟の結果落ちこぼれる低学力層ではなくて、これから国を担うべき、できる子供の学力が恐ろしく落ちているということなのだ。

要約すると

私の物語もそろそろ終わりに近づいたようだ。ここらで少しまとめておこう。

明治から昭和の初期にかけての社会は、表向きの四民平等とは裏腹に、江戸時代の士農工商の名残を、家という制度のもとに引きずっていた。

敗戦後、民主主義と自由と平等という旗印の下で、この緩やかな階層制度は、一見消滅したかに見えた。理想を信じる青年たちが沢山いたという意味において、実態はともかく、意識のレベルでは、みな、平等という共同幻想を信じることができ、その意味において、本当に平等で、みんなが中流であるという均質な社会が実現されたかに見えた。

だが、この時代をリードしていたのは、実は、江戸時代の「士の下」と「農の上」が結びついて形成された知識人階層であり、そこには彼らの理想とした、教養を重んじる態度とか、金銭に対するテレだとか、面はゆさだとかがまだ色濃く残っていた。

この人々は、教育に関しては自由主義者である人が多かった。したがって子供の代になって、民主主義や、自由や、平等というものに対する熱狂が覚《さ》めてみると、意識の上の平等という幻想は消え、お互いの差異ばかりが目立って見えることになった。ちょうどその頃から、日本は豊かな時代を迎え、本格的な資本主義に誰もが巻き込まれ始める。

その中で、自らの階層意識を全く持っていなかったこの階層はゆっくりと自壊に向かい、人々は、大きな志を持つ代わりに、自分の心の問題に専念することになる。

変わって登場したのが、商売をする人たちと、医者や地方政治家といった自己防衛本能が強い人々である。彼らは、自分の子供たちを後継ぎにするためには、お金を惜しまず使う人たちであり、彼等が公教育以外の教育を求めてその世界に参入したために、教育はかつてないほど、えげつない競争社会（金儲け社会と言ってもよい）の中に巻き込まれることになった。

金銭的には昔と比べて誰もが豊かになっていた。ところが、スポットライトの当たる社会的な価値観が、金銭を中心とした価値観に変わっていく間に、かつての時代の主役であった層は、孤立感を深め、あたりを見回すようになった。そうした疑心暗鬼を、バブルと、その後十年続いた不況が増幅した。

この階層の子供たちは、「抽象」が崩壊した世界の中で自らを支える倫理観を持つことができず、やがては時代の波に消えていく運命にあった。そのことを知らぬまま、彼らの多くは、今でも、甘い民主主義の幻想を信じ、少しばかりの感動と、ちょっとした癒しと共感を求めて、日本のいたるところをさまよっている。

その間に、日本の社会には、小金持ちの連中ができた。医者や地方政治家や、成功した中小企業のオーナーである。これら、資本主義社会に適合し、自らの家を守る防御本能を持っている人たちは、様々な場所で二世と呼ばれる子供たちを生み出し、意識としての平等感を失わせていった。その結果として、人々は、現代社会が再び階層化し、不平等であると思うようになった。

何しろ、資本主義社会というものは、資本家がすべてである。そこに勤める従業員は、どんなに出世しても、たかが雇われ人に過ぎない。東大を卒業したところで、サラリーマンになるならば社会の枠組みの中に組み込まれるだけである。何しろ、教科書会社に勤めるお偉いさんのような連中が、独立すると、うまいことコネを使って政府の資金援助を得ることに成功し、その半分を懐に入れてしまうといわれる社会である。そして彼らは後の半分を使って、どうしようもない劣悪な教育事業を展開したりしているのだ。こうなるともう救いようはない。政府の企業支援策などは所詮その程度のものに過ぎない。資本家は苦しそうな顔をしながらも、裏ではうまいことをやっているのではないかというような疑念が、いろいろな人たちの間に広がりつつあるのも無理はない。

おまけに、親の資産の有無が、最終的には子供たちの明暗を分ける。親の資産は無いが、千万円の年収がある家庭と、年収が五百万円しかなくとも持ち家に住んでいるという家とを比べたら、後者のほうが絶対的に強いのだ。

そんな中で、日本は高齢化社会を迎えてしまった。元気な老人が一杯いるのであるから、これ自体はそんなに悪いこととはいえないが、二つの問題点がある。その一つは介護の問題、もう一つは、老人間での年金の著しい格差である（このこと自体は私は専門家ではないのでこれ以上の発言は控えたいが、現に親戚を含めて多くの人が、老人介護の問題では疲れ果てている）。

サラリーマンはサラリーマンで大きな不満を抱えている。彼らの生活からは読書習慣が消えてしまった。会社人間として活用するためのビジネス書なら読むが、それ以外の本は、疲れきっていて読めないのだ。彼らは、だんだんと無教養な人間になっていき、自分でもそれが少し悲しい。彼等が最もほしいものは、お金ではなく時間である。だが、お金は要らないのかと聞かれると、妻や子供や老後のために考え込まざるをえない。仕事時間を半分にして、半分の給料で我慢したくとも、そうした選択肢は彼らにはない。いったん社会機構の中に組み込まれたら、自分の力で上にのし上がっていくという、一部の人間しか結局はできない幻想を信じるか、燃え尽きるまで奴隷のように働き続けるしかないのである。

こうして社会全体に不満が蓄積している。その影響をもろに受けてしまったのが、教育という分野である。

私の見るところでは、金銭的には不公平感はあるにしても、中流は崩れていない。スポットライトが当たる人びととその価値観が変わってしまったために、みなが混乱をきたしているだけである。冷たい言い方をすれば、かつて主流だった階層が、自分たちの価値観が崩れていく社会を前にして、不満を並べ立てているだけの話である。そして、新しい主流階層が二世を輩出して自らの家の防衛機能を持っているだけに、彼らはいっそうそれが悔しいのである。

ただし、困ったことに新しく主流となった人々は、教育についての定見を持っていなかった。したがってむやみやたらと子供を塾に放り込むだけで、資本主義の真っ只中へ教育というものを放り投げて知らん振りを決め込んでしまった。

かつて主流だった人たちも、金が辛うじて続く限り、その競争に参入し始めた。教育費だけがバカ高くなり、子供たちの学力は深刻に低下している。

おまけにこの三十年の間に、かつての日本にあった教育の知恵のようなものや、文化的なストックは、資本主義社会に防衛機能をもたなかったひよわな階層のおかげで、すっかり消滅してしまった（教養を尊敬する風潮とか、金銭に潔癖な態度とか、宗教についてまじめに子供と語り合うというような伝統は、自由放任の価値観を持つひ弱な中流家庭では再生産されなかったのである）。

そして、価値観が崩壊した子供には、勉強の意味が分からないだけに、勉強してもむなしいだけなのだ。

日本の子供たち百万人のうち、感覚的にいえば、二十万人ぐらいが結局は学力低下を招くだけの無意味な競争地獄の中に放り込まれ、三十万人ぐらいのドロップアウトした子供たちが神経を病むかフリーターになるか、あれやこれやで学力以前に心の問題を抱え、残りの五十万人はと言えば、それぞれの地方でそれぞれの問題を抱えながら、わけも分からずに生きている。

こんなに都市部の学力低下がはなはだしいのに、地方の子供たちにも都市部を上回る学力はないのだ。見せ掛けだけの学力を持つ子供たちに、地方の子供たちもまた完全に負けてしまっているのだが、それは、地方の公立学校がやはりスパルタ教育をするだけで、中央の教育技術にはるかに及ばなかったためである。

どこを見ても教育は地獄の様相を呈している。最も大きく付けが回ったのは子供たちであったというわけである。

私は、こう考える。商売人の二世連中がのさばるのは、結構である。しかし、彼らは日本を支えていく指導層になるのであるから、これからは無定見な教育をして日本を混乱に陥れることなく、教育に関するモラルをしっかりと確立していってほしい、と。

そうした教育のモデルとして、私は、差し出がましいが自分の受けてきた教育環境を提唱する。現在の私は社会的に見れば失敗者であるが、受験時代は成功者であった。いま私は、素養なしにいきなり子供を塾に放り込むようなバカな事をしないような教育モデルを作る必要があると考えている。

第七章　豊かさをさすらう人々

群　像

子供の頃私は、千葉県の公団住宅に両親と住む一人っ子だった。私の父親は都内の建設会社に勤めるサラリーマンで、母親は専業主婦だった。暮らしは貧乏とはいえないがあまり豊かでもなかった。

文学少女だった母親は、あるとき私のことをモデルにして育児体験をつづった、「僕は暴君」という名の雑文を書いて懸賞に応募した。それが当選などしたものだから、懸賞金一万円弱で我が家の家計はしばらく潤った。何しろその金額は、父親の月給分ぐらいあったからである。

私の父は、いつも帰ってくると少し悲しそうな声で、「ねえ、今日も目刺しかい」等とつぶやいていたそうであるし、一度奮発して私をすし屋に連れて行ってくれたとき、食いしん坊の私が、一人前食べたあとまだねだるのを見て、「それではいいものをやろう。すしで一番うまいのはかっぱ巻きなんだぞ」と私をだまして散財を防いだりしていた。

小学校一年生の入学のとき、祖父母が多摩郊外に家を立てるので、みんなで一緒に住まないかと言ったことから、私の生活は大きく変わった。祖父は私の父などとは比べものにならない財産があったから、当然のことながら大きな一戸建てになった。私の家族のほかに祖父母、おじおば一家が住むその家は、敷地面積が二百三十坪、十二の部屋を持つ広い家だった。おまけに祖父は、孫たちのためにと言って、庭に縦十メートル、横二メートル半のプールをこしらえた。プールといっても、コンクリートで外を固めた程度のものではあったが、当時としてはそれはリッチな生活であった。

私は、新興の高級住宅地といわれたその地域で育ったが、小学校には、昔からその地域に住んでいる人の子供たちと一緒に通い、分け隔てなく楽しく遊んでいた。彼等が私の家のプールに遊びに来ることもあれば、私が彼らに誘われてクワガタ採りに熱中したこともある。

そんな生活だったから、私は自分の家は比較的豊かな家なのだと思っていた。時代も、高度成長の真っ只中で、この前まではめったに食べることができなかったトンカツが、ひと月に一、二回も食卓に上るようになった。みんな豊かになっていったのだ。

なんだか少し事情が変わってきたなと思い始めたのは、私にとっては、大学に入学した頃からである。遠い親戚に、医者の一族がいたのだが、彼らの暮らしぶりや価値観、鎌倉に豪華な別荘をぽんと買ってしまったりするやり方や、子供には何が何でも医学部を目指させるようなやり方に、私は、なんだか不思議な人たちだなと思っていた。

私は大学時代の途中から、一人でアパート暮らしを始めた。多摩ニュータウンの一角にその安アパートはあったのだが、そこの大家さんの家に家賃を払いに行ったときのことを、今も私は忘れない。三万円の家賃を納めるためにアパートの裏手にある大家さんの豪邸を訪れたわけだが、夕暮れ時にその門をくぐったとたん、私はぱっと四方から防犯用の照明で照らされたのだ。びっくりしながらやけに長い通路を進んでいくと、その左右には、立派な彫刻が沢山置いてあった。そこを通り抜けてようやくベルを鳴らすと、ステテコ一丁の酒臭いおじさんが現れて、「おや、学生さんだな、ちょっと待っててくれや」と言って一旦引っ込んだ。その間にその家を観察してみたが、二階まで吹き抜けになった豪華なロビーには、どでかい海がめの甲羅や、鹿の角といったものが所狭しと飾ってある。

これはすごい成金趣味の家だと私は妙に感心してしまったのだが、なぜそんな成金が生じたのかまではすぐには分からなかった。後から調べてみると、これらの成金は当時都市近郊には沢山いた。都市近郊の農家は、国が住宅地として彼等が先祖代々持っていた土地を買い上げ、彼らの居住地だけはその近くに残しておいてくれたために、お金だけは億という単位で所有するようになったのである。しかし、あまり使い道は知らなかったから、彼らはそのお金で彼らなりの豪勢な生活をし始め、それが私の目には成金趣味に見えただけのことだ。

ちょうどその頃、私は大学に一人の知り合いがいて、時々ビリヤードなどに興じていたのであるが、彼は私とは違って都会のスマートなハンサムボーイであり、慶応の女子大生とお付き合いをしていた。彼は一方ではそういう暮らしをして、一方では私のようなネクラ相手に哲学談義やビリヤードをするという男であった。

一度彼の家に行ったとき私はびっくりしてしまった。なぜなら彼は都心の一等地に、三ＬＤＫのマンションを親から買ってもらって一人で住んでいたからである。お前の親はリッチなんだなというと彼は、「うん、親は婦人服の輸入業者だったんだが、そろそろ引退を考えて会社を売っぱらったんだ。そうしたら三十億円ほどのお金ができたので、都内にマンションを沢山買って、日によって気が向いたところに住んでいるんだ。俺や兄貴は、その一つを貰ったってわけさ」などと、空恐ろしいことを平気で言う。

こういう人間と私のような人間と、「末は博士か大臣か」という言葉を本気で信じているような、生まれつき貧乏で地方から出てきた人間とが、同じ大学で知り合いになっていたのだから世の中面白い。そのせいか、私は一億総中流などという言葉を信じてはいなかった。

日本には上流がほとんど消滅してしまって、成金的価値観を持つものと、成金的な価値観を持てないものと、ほとんど価値観を持たない大衆と、この三つがいるだけだと私は思い始めた。

その後結婚をした妻の親が、元銀行の営業マンで、その当時の都市部のお金の動きについてよく知っていたから、私は、現在、階層の分化が進んでいるかと聞いてみた。すると義父《ちち》はしばらく考えてから、階層かどうかは分からないが、高度成長からバブルの時代にかけて、医者や、都市近郊の農家で土地を持っていた人や、利権に絡める政治家、そんな人たちは確かに大儲けして、今でもリッチな人が多いだろうね等と言う。

それに対して、今困っている人は、中小企業の経営者などが多く、地道に工場などを経営してそれなりの暮らしをしていたのに、バブル時代にうっかりと投資をしてしまったことがもとで借金地獄で苦しんでいたりすることが多いのだとも言う。

この最後の部分だけは、私の認識とは多少ずれている。私は中小企業というように一くくりに考えること自体が間違いだと思っている。おそらくは中小企業でも、職種によって、成功者と失敗者が極端に分かれていると思う。地道に物を作る中小企業は苦しみ、サービスや流行関係に携わる中小企業はいまだにぼろ儲けしている。彼らを一様に捉えるととんでもない間違いを生む。

いずれにせよ、お金に密接に絡んだある特定職種の人々が、社会の表舞台に出てきて、だが、彼らは自己防衛本能以外のモラルをあまり持っていなかったために、社会でリーダーシップをとるだけの勢力にはなりきれていないのも確かなことだと私は思う。その結果、社会には、恨みつらみの類だけが増加していき、新しいモラルが生まれない。

それらを一番まともに喰らってあえいでいるのが教育の世界と子供たちだと私は言いたいわけである。

友人たち

友人というと迷惑がる人間がいるかもしれないので、できれば知り合いぐらいにとどめたいのだが、単なる知り合いというにはよく会話を交わした人々がいる。

大学の寮生活をしている時期に、私は地方から出てきた、すごく開けっぴろげでたくましそうなやつらと何人も知り合った。

そのうちの二人が、当時花形だった証券会社に就職したのだが、どういうわけか営業に回されてしまった（普通東大生はあまり営業に回らない）。しばらくして二人に会うと、彼らは社会に出た苦労話をたっぷりと聞かせてくれた。例えばこんな話である。

「おまえ、KKDDHってなんだか知ってるか?」もちろん、そんなものは知るわけがない。「俺たちはな、新人研修で、KKDDHと称えさせられながら、皇居の周りを何周も歩かされたのだぜ」彼らはずいぶんおしゃべりになっていた。

「Kというのはだな、勘のことさ、もう一つのKは、経験さ。次のDは度胸、しかしここまではよいのだぜ」。

では後の、DとHは何のことだか分かるかとクイズのように聞いてくるのだが、分かるはずがない。「Dはね、土下座だ、で、Hはね、はったりだ」何千万円も損をさせた相手には、土下座しなくっちゃならない。そして、自分が上がると思っていない株を相手に勧めるにははったりが必要だ」。

この話しには落ちがついた。「おまえなあ、もしも一億円以下のお金しか持っていないのだったら、決して証券マンの言うことなど信用して株を買っちゃだめだぜ、これはお前らにだけ教える俺たちの秘密だ。証券会社は、一億円以上の金を投資する人は大切なお客様だから、損はさせないようになっているんだ。逆に、一億円以下の小金を投資しようとしている素人さんにはいくら損をさせても構わないことになっているんだ。だから、絶対に株には手を出さないほうがいいぜ」。

私はそんなものかなと思いながら黙って聞いていた。

しばらくすると、彼らの話はだんだん悲鳴に近いものになってきた。運動部のような上下関係と、どうしようもない上司の命令に耐えられないのだという。

「絶対に相手にしてくれないお客のところへ、何度もあいさつ回りに行かされるんだよ」と彼は言うのだった。相手からは、「何でまたきたんだ、もう何度も断っているじゃないか」と怒鳴られ、目の前で手荒くドアを閉められるのだそうである。その通り上司に報告すると、もう一回電話をかけろと言うのだそうである。仕方がないから電話をかける。相手はしつこいやつだと頭にきてその場でガチャンである。すると上司はまたも「もう一回かけろ」と言うのだそうだ。

そんなことが続くと、ほとんど神経症になってくる。胃も痛くなってくる。そこで彼は逃げの一手を考え付いた。電話番号は最後までは回さない。電話はかかっていないわけだがかかった振りをして、「はあ、さようでございますか、それではイツイツ伺います」などとでたらめを言い、電話を切る。そして上司には、アポが取れましたという嘘をつき、喫茶店にでも入って本を読んだりするのだそうである。

彼らの言うことには、誇張はあっても嘘はなさそうだった。私は考え込んでしまった。なんだかお金というものは、人間の価値観を変えてしまうようだなと、ぼんやりと思ったのである。

その後彼らは二人とも、会社をやめ、再就職していった。一人は外資系の銀行に勤めて羽振りがよくなったが、一人は、もう一度地方の医学部を受験して入学したはいいが、これも長くは続かず結局消息不明になってしまった。彼らもまたこの時代に踊らされた人たちである。

もう一つ思い出したがそのうちの一人は、ある県のピアノコンクールで優勝した等という経歴を持つ男だった。彼は私を何度もジャズ喫茶に誘い、ウイスキーを飲みながら、ジャズを聞いたりした。彼は何事においても辛抱が足りないと言われていたが、それは半分本当だったかもしれない。だが、彼らは自分の考えに誠実に生きた人たちであった。

私はまた、大学時代に、素人くさい劇などをやっていたものだから、変な人間たちといろいろ知り合いになった。彼らの中には、左翼運動にかかわりのある人たちもいた。中核派とか、新左翼系等の人もいた。しかし、個人的に付き合っている限りにおいて、彼等が私を運動に誘うということは全くなかったし、彼らの言うことは私にはまっとうな意見に思えた。

その中の一人で、いつも、立看板を立ててはその前で演説している男がいた。私は彼に、一度尋ねてみたことがある。失礼だが、私は君の演説を注意して聴いたことがない。しかし、君はなんであんなにいつも熱弁を振るっているんだ。

するとその男は答えたものだ。いや、おれはね、あなたたちに言いたいのだが、サラリーマンがこれだけ働いて、過労死したりするような世の中はどこか間違っていると思わないかい。俺が言いたいのはその程度のことなんだぜ。

また、キャリアウーマンになりたがっている勉強熱心な女の子の話題になったとき、彼はこう言った。「いいなあ、そういうやつの紐になって一生暮らすのが夢だなあ、半分本気で俺はそう思うぜ」。ところで、その話を聞いていた男たちの半分ぐらいが、それに共感したと言ったら、あなたはどう思うだろうか。

彼は結局、大学を卒業すると、ある市の市役所に勤め、そこでボランティア活動に熱心な女性と結婚して家庭の人となった。他にも、私は似たような例を沢山知っている。彼らはその誠実さ故、「自分は社会の裏まで知っている」などと言いながらも不器用な生き方しかできない人たちなのだ。そして、これもやはり不器用な生き方しかできないらしい女の子と幸せな家庭を築くのは、私にとっては嬉しいことだ。彼らは激動する価値観の中で孤塁を守ったのである。

世界に飛び出した人たち

私の子供の頃は、日本はまだ貧しい国だったので、海外旅行などというものは、金持ちにしかできないことであった。だから、留学などというものをする人も今のように沢山はいなかった。

私は、偏屈な人間なので、豊かになった日本の〝心の病〟に向き合わなければならない若い世代が、海外に行き、そこに自分の居場所を求めるのは、言葉は悪いが敵前逃亡のようなものだと思っていた。それ故、大きな世の中を見るのは一切自分の任ではないとして、避けていた一時期がある。

私たちの住む豊かで平和な社会には、私たちなりの問題点があるが、それは国際社会の問題や、他の国の問題とは本質的に異なるはずである。自分が生まれ育った環境から離れた、本来なら自分の問題ではないことに首を突っ込むのは、ひ弱な知識人のおせっかいというものだと私は考えていた。

それは、プロレタリアートになりきれなかった昭和初期の知識人に似ていると私は考えた。彼らは自分の問題意識というより、単なる同情や、その場限りの興奮というものによって、他人特有の問題に首を突っ込み、彼ら自身の問題ではないということにすら気づかないまま、問題をややこしくしてしまっているように私は感じた。

ところで、私たちの問題とは、以前から話しているように、豊かな社会の中で価値の喪失感を抱いた人間がどう生きていくかということである。そうした問題を解決しようともしないで、全く自分の自我とは無関係なところに向かっていくことは、私には偽善に見えるのである。

だから、祖父が私に金は出してやるからちょっと広い世界でも覗きに海外旅行でもしてこないかと言ったときも、私は頑固に首を振ったのである。同様に、私は左翼的な政治運動にも、ボランティア運動にも、自分がかかわりをもつことを一切禁じた。なぜなら、それは私の問題ではないからである。自分の問題すら解決できない人間が、不幸な人に哀れみを施そうとする図は醜い偽善だと私は思ったのである。

あとから考えると、私のこの潔癖症は、著しく的外れなものに思える。だが、私は当時の私に今でも共感を覚える部分がある。

私は、小さな身の回りの世界で一生懸命に物事を考えていた。この小さな世界の中では、大きな大世界ではなく、むしろ小さな心の問題が時代を反映しながら起こっていた。ところがこの小さな世界は、世界情勢とか、どこかの国の飢餓とか、戦争とか、そうした大きな世界との接点がなかった。だから、私は大きな世界のことを考えることが、なんだか地に足が付いていない作業のように思えたのだ。むしろ、小さな世界と大きな世界の間になぜ深い亀裂が生じているのかを深く考え、中間の世界がなぜ無くなったのかについて考えればよかったのだが、当時の私は、地に足が付いていないまま大きな世界のことを考えると、「愛は地球を救う」的なとんでもないセンチメンタルな安っぽい偽善が生じてしまうような気がしていて、そうしたものに加担する自分を想像しただけでも気持ち悪かったのだ。

おまけに、私のアイデンティティーは、父や祖父の時代のように大きな世界に生きていた人に比べると、輪郭がなく、もろいものであった。私は自分が何者であるかということすらよく分かっていなかったのだ。そうしたどうしようもない未成熟な人間が、単なる同情や、理屈をもてあそんだ結果、他人の問題に首を突っ込み、自分が分かっているような振りをすることは偽善でしかないように思われる。

そんな純粋さ（と私は思っている）があったことに対して、私は過去の自分に拍手を送ると同時に、まあ、おそらくはどうしようもなく未熟な人間であったのだろうなと思うのである。

ともあれ私は、貧困に対する同情や、大きな世界への参加を意識的に避けた人間であったから、ある意味で偏屈な、しょうがない人間であった。あるとき、私は街頭で募金を求められたことがある。私は丁重にお断りしたのだが、相手はなかなかしつこく、なぜ募金に応じないのか理由を言えと言う。よせばいいのに私はつい言ってしまった。「だって、なんだか自分がよいことをしたようで恥ずかしいじゃありませんか」

すると、相手は私の顔をぽかんと眺めながら言ったのだ。「不思議な人だなあ。僕はよいことをするのに、ちっとも恥ずかしくなんかありませんよ」

私は千円札を一枚置いて、一目散にその場を逃げ出した。

まあそれはともかくとしよう。

私の高校生時代以降は、日本は高度成長期を経て豊かな国になったから、若者たちは、沢山海外に出て行ったのである。

私の小学校時代の級友にAという人物がいたが、彼は高校一年生の時に自分の意思で、カナダの国際スクールに留学して見聞を広めた。帰国したときには一人前の国際人であった。彼は頭がよく行動力もあったが、私はいつしか彼の持っている問題意識と、私の持っている問題意識があまりにも離れてしまっていることを感じて、彼の前で本当に私が思っていることを言えなくなった。

彼は私から見るとあまりにもよい人であり、そんな彼の魅力に惹かれてきた女の子たちに囲まれている幸せ者でもあった。そして、ODA事業に興味を持ち、国連に勤めようとしていた。さらに何と、当時私の一番嫌いだった、二十四時間テレビ、愛は地球を救うという番組に関係していた。

彼は暗い私に、ものすごく健康的で、ものすごく頭のよい帰国子女の慶応のお嬢様を紹介してくれようとまでしたから、私は彼の親切にはほとほと感謝していた。しかし、それとこれとは別の話である。私は、彼が世界にはばたこうとするのを見、また、彼の友人関係を見て、そのたびに軽い困惑を覚えるのだ。これほど不思議な友人関係もなかったろう。

結局、私は彼に批判めいたことは何も言わなかった。しかし、私の態度は彼からすると変であったのだろう。いつのまにかつき合いは途絶え現在にいたっている。他にも私にはこのような例がいくつかある。私は、自分の主義に真っ正直すぎたためにえらい損をしたものだと思っている。

私が海外に出かける若者をようやく容認するようになったのは、もう大分後の話で、それも、ODAに勤めるとかいう話しではなく、ともかく自分の世界を広げるためには、今のうちに何でも見てきてやろう、というたくましい青年たちにめぐり合ってからである。彼らは、愛が地球を救うために海外に行く人ではなくて、もっと泥臭く、好奇心が旺盛なために海外に行ってみずにはいられない人たちであった。いわば、自分の欲望から海外を見ようというたくましさがあった点に私も共感を感じたのである。

東大の学生寮にいる間に、私はそう言う人たちと何人も出会った。彼らの中には、ほとんど無銭旅行で、東南アジアからインドを回りイスラム世界を見てヨーロッパへ行ってくるなどというたくましさがあった。ちなみに彼らのうちには、赤痢のため成田の検疫に引っかかり、何週間もしてやせ衰えて寮に戻ってきた人さえいる。

彼らの話を聞くのは面白かった。例えばインドである。彼らはこう言う。「いやあ、女の子たちがトラックに山積みされて運ばれて行くのを見たときだけは、何だろうと不思議に思いましたよ、聞いてみると、これから売られていくんだと言うんですね、あれにはショックを受けましたよ」。すると、もう一人が口を出すのだ。「インドって国はわけの分からん国だからな、しかし、俺はそこが好きでいつもインドへ行くんだぜ、何でも松下政経塾の一期生が、みんなでインドに連れて行かれたと言うんだが、みんなこれから一ヶ月間はお金を持たないで、日本大使館にも頼らないで、ともかく生き延びて来いと言われたと言うんだ。ほんとかどうかは俺も知らんぜ。そうしたらどうなったと思う」。彼はそこで一息入れてあたりを見回すのだ。「ひと月たって、一人を除いて、みんな無事に日本大使館に戻ってきた。その一人とは、いや、実は山賊の頭《かしら》になっていたと言うんだ」。

そこらでみんな笑い出して、寮の一日は暮れていくのだ。

寮生以外にもたくましいやつは大勢いた。同級生の一人は、エジプトで原理主義者の取材をしているうちに、警官に足を撃たれて何ヶ月も病院に入院していた。別のやつはペルーに行って高速道路を突っ走っていたとき、なぜか道端に十字架が沢山立てられていることに気が付いた。そこで運転手に（彼は文化人類学の研究者だったので）、これは何かの風習かと聞いてみたところ、運転手はすました顔で、俺たちのようにスピードを出して突っ走っていると時々カーブを曲がりきれなくて谷底に落ちちゃうやつがいるのだ、そういうことがあるとみんなで十字架だけは立ててくれるのだと言ったそうである。

アフリカのルワンダというところを訪れた人間は、道端で果物を売っている六、七歳の少女から果物を買ったら、日本円にして三円で、食べきれないほどの大量な果物が買えたことに驚いていた。いやあ、本当に貧しい、お前も見に行ってきたらどうか、等といいながら、その男は、第二のアセロラドリンクの原料を探して、東南アジアの方にさる大学の教授の一行と旅をしたりしていた。

私が貧しい生活のまま、就職しないのを見て、善意か悪意か知らないが、ある友人などは私にアルバイトを勧めたものである。まずフランス語をみっちりとやる。それからモロッコへ行って、日本人の建設業の現場監督と、現地の労働者の間の通訳をやる。一年で、二千万円のバイトだよ、しかし、環境は厳しい。昼は灼熱地獄、夜は零下の世界で、おまけに毒蛇がうようよといるらしい。しかし、二年も辛抱すれば、ほとんど無税で四千万円持って日本に帰れるぜ、どうだ、行ってみないか。

まあ、私の時代にはいろいろなやつがいた。父親が商社マンであったために、子供時代を外国で過ごした帰国子女なんて人も珍しくはなかったし、大学院から研究者になるために、アメリカその他の国の大学に留学した者も沢山いる。

彼らはそれはそれで見聞を広めて帰ってくる。そして、外側から日本という国を見たおかげで、日本という国について前よりも考えるようになる。おそらく、彼らは今日本の中で、数少ない元気な人たちだ。

しかし、と私は考える。やはり日本特有の問題は彼らには見えていなかった。彼らは国際比較とか、世界の中の日本ということについては語ることができたが、日本社会の問題点が何かということについては、彼らの見聞は役に立たなかった。こうして、日本の中でも一番元気で、たくましく、知恵のある人たちも、この三十年の日本社会の本質的な変化の前には無力であったのである。

教育の現場

大学時代、知り合いには教育実習（実際に生徒たちの前で先生の役をする）というものに行った友達が沢山いた。私の知り合いに、大学生同士が同棲しているカップルがいたが、私は彼らのところに時々お邪魔した。

ちょうど女の子のほうが、教育実習に行ったばかりだったので、私たちはその話を聞いた。

「すごいんですよお」とその人は言った。

彼女の担当科目は英語だったそうなのだが、初めて授業をする日はやはり緊張したそうだ。教室に入って、自己紹介をして、さて、教科書を誰かに読ませてみようと考えて、彼女は名簿を見た。そして、適当に名前を選んで、一人を指名したのだそうである。

すると、後ろの方で腹にさらしを巻いていた百八十センチぐらいもありそうな巨漢が仏頂面で立ち上がって、反抗するような、なめたような声色で、「先生、おれのことですか」と言ったそうだ。びっくりして、次の言葉が出ないうちにその子供は、「分かりません」と言って、さっさと着席したのである。

「授業どころの騒ぎじゃないんですよお」というのが彼女の結論であった。

このごろの学校はすごいんだそうだね、と私はある日、やはり教育実習を受けてきたほかの学生をつかまえて話を切り出した。そして、その女の子の体験談をした。すると彼は笑いだした。

「東京や埼玉の底辺校ではみんなそうだぜ」とその男は言った。俺なんてもっと怖かった。俺が行ったのは下町の方の底辺校なんだがな。俺は昔柔道部だったから、実習の後、柔道着に着替えて、体育館に遊びに行ってみたんだよ、そしたらな、百キロぐらいのやつが出てきて、おまえ、東大生だろう、俺は東大生が嫌いなんだ、俺と勝負しろ、と言うんだ。しょうがないから、勝負したさ。いやはやえらい目にあった。おれはな、「東大のモヤシ、東大のモヤシ」という憎悪のこもった掛け声もろとも、七十回ぐらいマットの上にたたきつけられたってわけさ。ところで俺がモヤシかどうかは見れば分かるよな（彼は七十数キログラムの太っちょだった）。後で聞いてみたらそいつはインターハイで上位入賞したやつだったそうだ。あの時はマジで殺されるかと思ったぜ。

そんな、実話とも笑い話とも付かない経験談を、私たちは、ふーんという感じで聞いていた。それは、大学生当時の私にとっては見知らない遠い世界の出来事であった。

思えば、私の小学校時代にもいじめはあった。デボラちゃんという白人の女の子は、単に、みんなと皮膚の色が違うというだけで、いじめに会って転校せざるをえなかったし、小学校一年生のときはいじめっこだった貧しい母子家庭の男の子が、三年生になって体があまり大きくならなかったので、逆にこれまでの鬱憤を晴らされる対象となってしまい、クラスのうちの二十人ぐらいから毎日集団で殴られていた。女の子の中にはフケ女などとからかわれて、ばい菌扱いされ、みんなから無視されてそれを作文に書いたために、クラスの問題となったことがある。私の小学校は、一学年百五十人ぐらいの規模だったが、おそらくそのうちの五十人ぐらいは、小学校の六年間の間に、何らかの形のいじめにあっているのではないだろうか。

しかし、当時は今のようにいじめが問題になることはなかった。「子供の世界のことだ。エスカレートした時に大人が出て行ってやれば問題はない。子供たちはそうやってだんだんと自分と相手の距離感を学んでいくのだ」。その頃の大人たちの大部分はそのように考えていたようである。まあ、中にはすごい例もあるにはあった。

私の友達の一人は、あるとき、やはり友達の一人から、放課後に時々針で刺されていた。これは、大人から見ればエスカレートのうちである。すると、その被害者のお母さんは、加害者のお母さんのところに乗り込んだ。そして、「あなたのお子さんから私の子供はこんなに酷いことをされている。もし、今度オタクのお子さんがこのような真似をなさったら、今度は私があなたのお子さんのところに行って、同じことをして差し上げます」。と言ったのだ。

これには困った加害者のお母さんは、その子の兄二人（この子供は三男だった）に、弟を教育するように指令した。そこで兄貴たちは弟を徹底していじめ、その結果、その子は一年後にはすっかり毒気を抜かれて、覇気のないおとなしい子供になっていた。

小学校の頃にはこうした例は、数えきれないほど見聞きしていたが、それらが、いじめという言葉で総括され、かつ社会問題になることはなかったし、その結果その子供たちの人生に悪影響が及んだという話はあまり聞かなかった。

中学校ではどうだったか。私は受験をして地元の中学校には通わなかったから、そこでどんな世界があったのかはあまり知らない。ただ、一学年下の生徒が、地元の中学校のうちの一校が「荒れる中学校」になっていて、その学校に通うのがいやになってしまっているという噂を、風の便りに聞いた程度である。大人たちはどんな反応をしていたのだろう。

十年前までは高校生たちが幼い頭で政治的なことを言っては学園紛争じみた真似事をしていたのが、このごろでは、それが低年齢化して、高校生はすっかり醒めておとなしくなってしまい、代わりに中学生が荒れているみたいよ、というのが私の母親が聞き込んできたことであった。しかし、私自身がそれを実感したわけではない。

私が初めて教育の現場に出て、アルバイトなどを通じて子供たちに接したときには、もはや子供たちは荒れてすらいなかった。彼らは、荒れる代わりに、死んだ目をしていた。偏差値管理教育が、いくところまでいってしまった時代である。

この世代の子供たち以後、大人に、正面きって反抗する子供はめっきり少なくなっていった。その代わり子供たちは消極的な抵抗を始めた。コミックを読むのも、ゲームをやるのも、風俗関係に流れるのも、ルーズソックスをはくのも、茶髪も、それ自体悪いことだとは思わないが、根はみんな消極的な反抗である。これらを、彼らの積極的な価値観を表すものとはとても思えない。なぜなら、そうした世界は、それだけで完結していて、他人に何かを働きかけるものではないからである。そこに流れているメッセージはこういうことである。「俺たちの社会は自由な社会だよな、基本的には人に迷惑をかけない限り何をやってもいいんだよな。学校の先生たちはいろいろ言うけど、それは単に面倒が起こるのを防ぐためだよな、それなら俺たちは問題は起こさないからさあ、ほおって置いてくれないかなあ、これは俺たちの趣味なんだよ。他人の趣味にまで干渉して俺たちのいる場所をなくさないでくれよな」

面と向かって反抗する代わりに、反抗するのに疲れた子供たちは、このような消極的な反抗をする。反抗というより、彼らは単に自分たちの世界を作ってそこに閉じこもろうとするだけなのだ。これは、基本的には議論をしたり討論をしたりという疲れる世界からは最も遠い世界だから、大人たちが何を言おうとそこには声は届かない。彼らの反抗形態は、基本的には大人の世界を拒否することなのだから、彼らは聞く耳など持ちはしない。もっともらしい説教が届かないのも勿論だが、まともな議論の声だって届きはしないのだ。

しかし、こういう、消極的な反抗であっても、自分たちの世界を作れる子供はまだましかもしれない。彼らは少なくとも、お互いに共通な目印であるルーズソックスや茶髪を通じておたがいを確認し合える。

最も悲惨なのは、消極的な反抗さえできなかった子供たちである。彼らは一足飛びに神経症の世界に飛んでいってしまう。嘘だと思ったら、巷《ちまた》の心療内科に行って、そのような子供たちがどのぐらい治療にきているか、聞いてみたらよい。驚くべき数の子供たちが神経を病んでいるのだ。そして、その背後にはその予備軍が何倍もいる。

このような恐るべき教育状況を作りだした責任は、実は誰にもない。大人たちもまた犠牲者であるというところに問題の本質が潜んでいる。

昔の子供は幸せだった。なぜならば、自分が不幸な状態に置かれて、反抗しようと思ったとき、そこには異議申し立てをするべき内容があり、異議申し立てをするべき相手がいた。ところが、この巨大化した社会では、子供たちは自分の抱えている問題が何なのかすら分かっていない。異議申し立てをしたくても、何が異議なのかよく分からないし、申し立てるべき相手もいない。教師に異議申し立てをしても、あのつまらない疲れたおっさんたちを困らせるだけのようである。社会に異議申し立てをすると言っても、社会とは何であるのかの明瞭なイメージがどうもわかない。しょうがないから、とりあえず、自分たちの世界を作って閉じこもるか、というのが彼らの基本的なスタンスである。

私はマルクス主義者ではないし、逆にそうした特定のイデオロギーを持たないことを誇りにしている人間であるが、こうした状況は、資本主義社会が続いている限り変わるとは思えない。

彼らの問題とは、実は資本主義社会の競争原理に組み込まれてしまって、他の価値観が生ずる芽を、「考える時間すらない」ことによって摘まれてしまっているということなのだが、現に資本主義社会にどっぷりと浸かってしまっていて、誰にもその対案がない現状では、新しい社会の腹案など、ましてや子供が考え出せるはずもない。

そして、自分がお世話になっている、この豊かな国の豊かさこそが反抗すべき対象であるとすれば、異議申し立てとは、自分に対する異議申し立てでもあり、良心的にそれを行おうとすれば、自分のお世話になってきたものを否定することになってしまう。そこまでして異議申し立てをしようという子供たちなどどこにもいないのである。いや、繰り返しになるが「考えること」にすら思いがいかない、というのが現代の病根であろう。

資本主義、民主主義の中にいながらそれを批判するということは、大人たちにも全くできていないことである。私は、年収が六百万円ぐらいのサラリーマンだった時期があるが、ある飲み会でこんな発言をしてヒンシュクを買ったことがある。「週五日働いて六百万円もらうよりも、週三日働いて、年収三百六十万円の方がいいんだがなあ、そんな仕事はないかなあ、俺の価値観では、時は金なりでね、一番ほしいのは時間なんだがなあ」

すると私の友達は、醒めた目つきで私をじろっと眺めて言った。

「今の世の中のことがお前には何にも分かっていないようだな、週七日働いて、年収一千万円稼ぐか、週〇日働いて、年収〇円にするか、この社会はそのどちらかの選択なんだ。それが、今の資本主義ってものなんだ」。

別の友達は、大学を出てしばらくして新聞社の経済部に勤めているが、私にこう言った。

「お前なあ、資本主義って面白いぜ。たかが公定歩合とかいうやつを、一%ほど動かすと、それだけで世の中はあっという間に変わってしまうんだぜ、これほどおもしれえものはないぜ」。

できれば競争社会をドロップアウトして、キャリアウーマンの紐になってくらしたい、とある東大生が言ったところ、それが思いのほかの共感を呼んでしまった話は前にも書いた。一九八〇年の時点ですでに、私たちの多くは、この社会に疲れてしまっていたが、それに変わる新しい社会の展望は開けずにいた。その状況は今でも変わっていないのだから、もう二十年以上にわたって、サラリーマンたちは、疲れるのはいやだなあと思いながら、毎日疲れきって働いているわけである。そして、その子供たちも、これまた資本主義に席巻された教育現場に送られる。

彼らを教える教師たちは、いわば二流の人たちが多い（もちろん中には実力もあり、教育の理想に燃えている人たちもいるが）。なぜなら、この資本主義社会の中では、教師という職業は、あまり給料がよくないからである。困ったことにみんなそういうからくりを知っている。だから教師というのはあまり尊敬されない職業である。

私は中学校や高校の教師と何人も会ったが、数学の実力がある教師は本当にまれであった。教える以前に、数学がまるで分かっていないのではないかと思える教師に何人もお目にかかった。そのできなさ加減を何と表現したらよいのか、もどかしいことだ。こちらの理想が高いのではなく、本当に、生徒が知っているような基本的なことを分かっていない教師が沢山いるのである。

そして、副教材として使用されたりするビデオなどのたぐいにいたっては、また何をか言わんやである。そのからくりをぶちまけると、世の中には教科書会社というものが多数存在する。こうした教科書会社は、全国の学校に営業網を持っている。これらの会社に勤める従業員の大半は、言っては悪いがものすごく学力が低い。しかしお金儲けには狂奔する。

文部省が新しいメディアで教育をしようと発表する。するとこの人たちは、分け前に預かるため直ちに行動を開始する。アイデアも企画力もあったものではない。とにかく対応しろというわけで、教育も何もお構いなしに粗悪な品物が、とりあえずでっち上げられる。すると、学校関係の営業ルートを通じて、それが強引に売り込まれる。

学校の先生はどうか。そうした人たちが売り込みにくると、一応目を通し、考え込む。役に立つとは到底思えない。しかし、とりあえず文部省や県教育委員会のほうからは、新しい教材のための予算の枠があり、それを使って教育をしなさいと言ってくる。そこで彼らは、その、どうしょうもない教材を買うのだが、それらの教材は、ほとんどが学校の中でほこりをかぶったまま放置される。かくして国民の税金は無駄に費やされ、文部省のお金に群がる業者に喰い散らされ、肝心の教育は放置される。ここにも壮大な無駄がある。


私にはすべてが一つのことを志向している様に思える。資本主義社会の中で生きる人間にとって、競争をくぐり抜けた後にはどんな御褒美が待っているのだろう。何かよいことがあるのだろうか。もしもそれが、多少の金銭的成功だけで他には何もないのならば、俺は資本主義の競争からドロップアウトしたいな。さらに、金銭的な成功さえささやかなものにしかならない可能性が強い現在の状態ならばなおさらだな。そう本能的に感じている人が、ここ三十年の間にめっきり増えている。

この、資本主義という経済体制は、民主主義という社会的な価値観と、自由という政治的な価値観のほかに、個人が「生きる喜びにつながる」ような価値観を何一つ持ち合わせていないからである。

結　語

この三十年間は、美名のもとに実態が隠されて、すべての変化が潜在的に静かに進行した時代である。

戦後、民主主義と自由と平等という政治概念がアメリカ経由でやってきて、私たちの親の世代は熱狂的にそれを支持した。その結果として、意識の上では平等な社会が、高度経済成長という繁栄の中で達成された。

しかしながら、この熱狂は世代を超えては伝播しなかった。熱狂から醒めてみると、そこには緩やかな階層社会が残っていたが、それを階層社会と呼ぶことはタブーであったから誰もそれを、そうは呼ばなかった。しかし、異なる価値観を持つ人たちが一緒くたに放り込まれた教育の現場では、みんな何かしら孤独になり、仲間を求めて小さなグループを作ったり、考え込んでしまった人を、しらけとかネクラとかいう言葉で呼ぶことによって、自分の位置を確かめようとしていた。

一方豊かな社会は〝厳か〟とか、考えるということの価値だとか、抽象的なものへの興味だとか、そうした価値観や、それに伴う文化的なストックを急激に消滅させていった。

世の中は巨大化していた。目の前の日常と、大きな世界との間のギャップを感じた人々は、自分の世界に閉じこもり、大きな世界のことよりも己の心の問題に専念する人間になっていった。

そうした価値観の、空白の、一瞬の隙をついて、嵐のような資本主義の波が襲った。もうこのときには、民主主義とか平等とかいう言葉は、言葉本来の意味を誰からも解読されることすらなく、死語となっていた。資本主義という経済体制には二つの見方がありうる。つまり、一つは、お金という価値を勝ち取るための競争を通じて、みんなが自由で平等になれるという信仰が「資本主義の持っている価値観である」という見方である。もう一つは、資本主義というのは、ともかくも国民総生産を上げることによって社会の繁栄を作り出す装置に過ぎず、そうした経済体制と、車の両輪として機能する価値観が別個に必要であるという見方である。

しかし、どちらの見方をとるにせよ、日本の社会は、失敗した社会となってしまった。なぜならば民主主義的な熱狂によって平等になったと感じる人は沢山いたことだろうが、競争によって平等になったなどとは誰も感じなかったのであるし、競争原理を信奉する市場原理主義者でさえ、終いには疲れ果ててしまったからである。また、資本主義を補完する新しい価値観などはどこにも存在しなかったばかりか、そうした価値観を人々の時間を奪うことによって否定するのが資本主義の本質ではないかとみんなが感じ始めたからである。

自分の心の問題に専念した三十年が過ぎて、気が付いてみると私たちは、文化的なストックを失った、孤独で無力な個人に過ぎなかった。

教育の世界は悲惨なことになっていた。片や、不登校やいじめや、ドロップアウトした若者の群れにあふれ、片や、自分はお金持ちだと思う人たちが二世の教育を求めて、家庭教育をしないまま子供を受験地獄に放り込み、子供の学力を低下させていた。そして、学力低下の原因が、家庭教育の崩壊にあるということを理解せずに、文部省の指導要領や〝ゆとり教育〟に矛先が向けられてしまった。

いま、もしも三十年前に戻りやり直しがきくのならば、私は高度成長以前の知識階層が、もう少し階層防衛本能を持ち（子供たちは自由だなどとは言わずに）、彼らのもつ教育や、結婚や、価値観を子供たちの世代に意識的に注ぎ込むように努力すべきだったと思う。そうすればこんな悲惨なことにはならなかった。しかし、これも今や単なる愚痴になってしまった。

私が思うに、ある階層の自己防衛機能は、家庭教育（知識教育ではない）と、結婚という制度と、この二つによってしか保証されない。私たちの親は、最初の家庭教育を、学校教育と塾などの知識教育に放り投げ、結婚という制度を野放しに自由化することによって、この二つを両方とも崩壊させてしまった。そのために、彼らの子弟は社会の荒波の中、自分の居所を知るために、三十年もの旅をしなければならなかった。

気が付けば、資本主義社会の厳しい競争原理だけが支配する潤いのない社会の中で、子供たちの世代が、やはり未来への展望を持てないまま、おそらくは実りのない受験戦争へと駆り立てられている様子を見るばかりなのである。

それでも、受験勉強が、彼等が出世するためや、国のためになるのならばまだよいのだが、そうした希望もそこにはない。受験という競争をした後の価値観（ご褒美）がこの国には欠けているからだ。


しかし、結婚という制度がもとに戻らず、自由化にも歯止めが利かない以上、私たちの唯一の希望は、やはり教育にある。とりあえず、私たちの未来を支えてくれるべきエリート層に的を絞って、素養なき教科学習がいかに効率の悪い、無駄ごとかを理解してもらう以外に方法はないのではないかと私は思うようになった。

しかし、中学生ぐらいになると、おそるべきことにもはや、「歯車は回ってしまっている」のが、この本の中でも前述した現実である。おそらくは、子供の家庭教育を扱う親たちの教育から始めなければならない。ところが、親たちを教育しようとすると、恐ろしいことが起きる。何と、そうしたことを企画しようとするだけで、教育業界からは二つの反応が返ってくるのだ。

一つ目の反応は、「これこそ少子化時代の新しい市場」と思って、親たちの教育を絶好のビジネスチャンスと考える人たちである。この人たちの資本主義への巻き込まれ方の根深さには心底驚嘆する。

もう一つは、今の時代には何をやっても無駄ですよ、という醒めた目である。新しいことをやるにはどうしてもリスクが伴いますよね、と彼らは言う。私にも妻や子供がいます。あなたの試みに参加しようということは、要するに、今現在はそこそこにはある〝安定〟を捨てることを意味します。あなたの言うことは分かるんだけど、敷居が高すぎるんですよ。

彼らの多くは、大きな塾産業の中間管理職である。いろいろな教育事情を見てきているから、私が話をすれば、今の教育状況についての認識の点では、私に共感する点もたくさん持っている。だが、彼らは組織というものの意思決定権がどこにあるのかを知り尽くしている。

私は、ある人に、古くからある媒体であるビデオというものが、いまだに教育の現場で有効活用されていないのは恐るべきことだと言った。歴史のお話しを、それこそ本書でもお話しした義経記を、ビデオで見せてやれるようになったら、子供たちは楽しみながら、無味乾燥な暗記に頼ることなく歴史を学習できるのではないか。そして、もちろん義経記にとどまらず、そうしたビデオを教育現場に蓄積していったら、すばらしい教育のストックを作ることができるのではないか、と。

その人の反応はこうであった。「そういうビデオ教材を作っている人の多くは、教科書出版会社や教材会社なんだがね、彼らは売れるものにしか興味を持たないよ。いくらよいものであったとしても、売れなければ一文の得にもならないわけだからね、君の言うビデオ教材を作るにはかなりのお金がかかるよ、それに見合ったリスクを負担してくれるところがない限り、そういうビデオ教材は作れないわけだ。いまだって、粗悪なものを作っても、営業力さえあればビデオ教材はそこそこに売れるわけだからね、自分の首をかけてまでよいものを作ろうというやつなんか誰もいないわけさ」。

それでは、企画を作ってどこか良心的な会社に持ち込んでみようかなと言う私に、彼はさらにアドヴァイスをくれた。「どこの会社に行っても、その企画が採用される可能性はほとんどないよ。可能性があるのは、たった二つの場合だけだ。一つはお金持ちのパトロンを見つけること。だが、今の日本の金持ちは、教育や文化には興味がないからこの線は見込みうすだね。もう一つは、日本の会社というものがトップダウン方式だということをよくわきまえることだ。いきなり企画を持っていっても、応対してくれる人や、彼らの上司の中間管理職には決定権がないんだよ。彼らが仮に良心的な人で、君の企画がよい企画だからやりたいなと思ったところで、彼等が君の企画を実行するまでには、まず、会議を開いて（それがうんざりするほど長いんだな）、ことによっては反対派にいびられながら、その案を通さなければならない。そんなしんどいことをやってその企画が当たらなければどうなるね、彼は日陰に回されてしまうよ。こんなことをしてはいけないんだ。だからコネを通じるか何とかして、その会社で決定権がある人をつかまえる方がまだ早道というものだな」

いずれにせよ、教育の現場で利用できるビデオライブラリーを作ることさえ、一見簡単そうに見えて、実はえらい難しいことなのだ。

結局私にできる最初の一歩は、今あなたが手にしているこのような本を作って、家庭教育の必要性について訴えかけるぐらいでしかない。だが、もしもそこに共感があるならば、と私はつい期待もしてしまうのだ。もしかしたら、その一歩はだんだんと芽を吹いて、もう一度日本の子供たちに活気を与えてくれるのではないだろうか。そして、いつかこのペンネームで書かれた本をうちの息子も読んでくれて、「こんな本が書かれているのを見つけたよ、お父さんの時代はずいぶん大変な時代だったらしいけど、俺たちの時代はもう少しましな時代になっているよ」と報告してくれる日がくるのではなかろうか、と。

提　言

いよいよ私にとっては最も緊張する瞬間がやってきた。私はこれまでに語ってきたような時代認識を踏まえて、教育はこうあるべきだ等という、大それたことを言うつもりなのである。

しかし、いくら理想を振りかざしてみたところで、世の中にはできることとできないことがある。早い話が、社会的な影響力がゼロであるこの私が、「文部科学省はこのようにすべきだ」等と論陣を張ったところで、誰も聞いてはいないだろう。

うっかりすると、私自身が、結局実現しないのをいいことにぺらぺらとしょうもないことをしゃべりおる評論家になりかねない。これは困る。まあ、でも誰も聞いていないのをいいことに、日ごろ余り大きな声ではいえないが、本当のことだと自分が感じていることを、一気にしゃべってみようか。いま、私はそんな気でいるのである。

まず、この文章に付き合ってくれたあなたに私は言いたい。もし、あなたが親であるならば、国家に頼ることも塾に頼ることもやめた方がよろしい。文部科学省がいくら旗を振っても、もはや現在の社会では何も変わりはしない。教育の多様化とか、地域社会との密着だとか言う妙なスローガンに踊らされるだけの話で、自分がそこから益を得ることは何一つない。

また、塾という存在は、少子化の時代に、生き残りをかけて戦略を練っているハイエナのような存在であるから、よほど良心的な塾だと確信しないうちはやめた方がいい。塾は教育心理学などで、理論武装までしているから「目が輝く」式の宣伝には特に注意した方がいいだろう。

その代わりに、子供に読書をさせましょう。もちろん私の言っているのはコミックではない。子供が読んで好奇心をそそられるようなものであればなんでもＯＫだ。しかし、強制は禁物である。親のあなたが本を読み、面白いことを語ってやれば、子供は自然と新しい世界に興味をもつようになる。できれば、小説だけでなく、歴史物も、偉人伝も、図鑑の類も、科学ものも、いろいろなものに興味を持たせるのがベストである。

問題点はただ一点。つまり、勉強をさせるような感覚でこれを行ってはならないということである。

まあ、その他に私は、子供に自然に興味を持たせ、詩歌を暗誦させ、といったことにも関心があるが、現在の忙しい親に余りにも多くのことを要求するのは、現実的に不可能だろう。

漢字の書き取りとか、算数とか、このような特定の教科に関してだけは、自分も算数が苦手だったという親には、どうにもならない側面があるかもしれない。そういう子供に面白い算数と出会わせたいというような場合にだけ、塾とか家庭教師とかいうものがあってよいと思う。

現在では、余りにも算数が苦手な親が多いので、こればかりは、自力でいくら頑張ってみても、家庭で素養をつけさせることが不可能だという場合がありうる。このような場合にだけ（それも自信がある人は必要ない）、塾というところは役に立つ。

まあ、こんな風にして、多量の読書をし、算数だけはどこかで面白い問題との出会いをした子供が、学力が足りなくなるということはまずないはずだから、その方針を信じてやってみることを私はお勧めする。

後は、親がどうやって不安と戦うかだけである。情報量が少ないと誰しも不安になるものであるから、社会的に見れば、子供のための塾よりも、親の不安を静める相談所のほうが必要なのではないかとさえ私は思っている。

このようにして、早くから、国にも塾にも頼らない姿勢を身につけていくことが今は何よりも重要だ。そして、中学生ぐらいになったら、もう子供を子ども扱いしないで、親の人生に触れさせてやることだ。場合によっては対立したっていいではないか。抽象的な討論をし合うのもよいことだし、恐ろしく難しい本を紹介してやってもいい。どうやったら子供に大きな世界を見せてやることができるかをまず第一に考えるべきである。

ここまでできたら、もう親の役目は終わりである。後は子供に自分の主義主張を貫いて見せればいいだけの話である。

このように書くと、なんと単純なことだろうと思うかもしれないが、こうした単純なことすら実践していないところに今日の教育の大きな問題があるのだ。


さて次には、これは、聞く耳をおそらくは持たない文部科学省に言うのだが、あなた方の行ってきた教科改定や〝ゆとり教育〟は、実はそんなに間違ってはいない。間違っていないというより、生徒たちに致命的なダメージは与えていない。

だが、もしもあなた方が、教育の多様化や複線化、生涯教育や地域とのつながりといった目先のことにこだわりすぎて、巨大な機構を作り上げ、それをお役所的なやり方で実行するならば、〝ゆとり教育〟などとは比べ物にならない弊害をもたらすだろう。

現在、生徒たちは余りにも巨大化した社会の中で、何をやったらよいのかわけが分からずにいるのである。彼らは自分が何をやりたいのかすら、肥大化した欲望の赴くままに決めているのだ。はっきりと言って、少なくとも中学生までの彼らに、自分の興味に従った学習をさせることは、よほど意識のしっかりした一部の生徒以外は無意味である。

むしろ、教育の構造をシンプルにして、お役所の機構もシンプルにして、習うことも、数学と読書と芸術と体育ぐらいにして、それだけを徹底して学ばせるとよい。

さらに言うならば、教員の給料は高くして、教師は〝聖職〟とまでは言わないにしても、社会の尊敬に値するだけのステータスを与えるようにした方がよい。長い目で見れば、この資本主義社会がつぶれない限り、そうしないと優秀な人材が教育の世界に身を入れてこないからだ。

しかし、そのためにはまず、現在必要もないのにあっちこっちで行われている妙な講演会や教育活動という美名のもとに、業者の私服を肥やしているだけのお金を廃止すべきである。さもないと、教師に高い給料が支給されることに世間は納得しないだろう。

さらに、教育の多様化だ複線化だ等とごちゃごちゃ言わないで、一クラス当たり二十人から三十人の学級を早く実現すべきである。下手な改革をして教師の負担を増やし、学校から活力をなくさせるより、教師からいらざる労苦を省いてやって、余裕を持って本来の業務に当たらせた方がはるかに有益である。

逆にいえば、文部科学省は、みんな自分で取り仕切ってやるんだ等という傲慢な考え方を捨てて、みなが教育に喜んで参加するような環境だけを整えてやればよいのである。教育環境さえ整えば、みな、自然に持てる力を発揮するようになるものだからだ。

最後に、これは本書を読んで下さったすべての皆さんに言う。

私は社会を分析していく過程で、多少階層ということを強調しすぎたかもしれない。俺の祖先は、士の下でも農の上でもないぞと反発を感じた人もいるかもしれない。しかし、あれは社会を分析する際の事実を述べたまでで、私の理想を述べたものではないということは言っておきたい。

これからの教育を作っていくのは、実は文部科学省でもなければ、既成の教育産業でもない。昔はどの階層に属していようと、それも関係ない。

これからの教育がもしもよいものとして機能するとすれば、それは志を持った営利にとらわれない民間人が、どれだけ沢山輩出されるかにかかっている。そうした人たちが、お互いにどれだけ協力し合えるかにかかっている。

その人たちがやるべきことは、インターネットを使ってお金儲けをすることではないし、情報を沢山提供したりすることでもない。やるべきことは多くの情報を提供することとは、むしろ逆なことだ。

つまり、ある人（子供）がある日突然目覚《さ》め、自分の人生をかけて何かがやりたくなった時に、その子供が、情報の海の中で右往左往しないように、質の高い情報だけを選別しておいてやることである。志を持っても半ばで挫折する人の多くは、この情報社会の大量に過ぎる情報の中で、何をやったらよいかわけが分からなくなっているのだ。

もしかしたら、教育の世界における出版社の役割は、むやみに多くの本を出さずに、良書だけを提供することかもしれないのだが、今の競争社会では、出版社だけがそれをやることは不可能だろう。であれば、別の機関、例えば良書選別センターを作って、本当に良いものだけを読者に勧めてもよいかもしれない。もちろん良書選別センターの人が出版社の営業マンから袖の下をもらうなんていうのは論外である。このような思いつきは、始めは非現実的なものに見えるかもしれないが、多くの人の共感さえあればすぐにでもできることである。

特に、現在、左翼運動も下火になっている中、社会的な矛盾に目覚《さ》め、志を持った学生は、左翼運動などの政治活動に飛び込むより、教育改革運動に身を入れた方がよほど現実的だと思うがどうだろうか。

あとがき

本書を書き終わったあとで、私はあるテレビ番組を見ていた。すると番組の中に、塩野七生氏という、イタリアのルネサンス期に精通した作家が出てきて、ビートたけしと対談をしていた。

彼女の語ったことのうち、私は次の言葉に強い印象をもった。

「戦争はね、確かにいけないことですよ、悪いことですよ、しかし、実は一つだけ戦争にはいい働きもあるのです。それは、人間の欲望を単純化するということなんですよ。貧乏な社会では、生きのびるとか、食べるとかいうことにみんな夢中ですから、欲望が肥大化していきません。逆に、平和な社会では、みんな欲望には限りないですからね。母親を殺してしまうなんていうことは、平和な社会でしか起きないですよ。貧乏な社会で、子供が一生懸命に自分を養ってくれた母親を殺すなんてことはできっこないんですよ。今は先進国では、どこの国でも、母親を殺す子供なんて例が出てきて、このイタリアでさえそうなんですけど、母親殺しは平和の代償だと思わなければいけないんですよ」。

ざっとこんなことを彼女は語ったのだ。

思えば戦後の日本という国は、変な国であった。何を言ってもよいといわれながらも、多くのタブーを持っていた。民主主義と自由と平等と平和と、そうしたもろもろの言葉は、それを批判的に検証することさえ許されなかった。許されないというよりも、無意識のうちに自己規制してしまっていたのだ。

これは私も半分冗談として語るのだが、もしも文明史的に見て〝戦争〟が身内の間に共感を呼び、家族の絆を強め〝平和〟が母親殺しを生む制度だとすれば、この究極の選択に対して、人々はどちらを選択するのだろうか。

まあ、世の中というものはこんなに単純化できるものではないからこそ我々は救われているのであるが、平和も、自由も、民主主義も、平等も、それほど手放しで褒め称えられるほど価値あるものではなさそうである。


豊かになった国には豊かになった国の問題が起きる。貧乏な国から見てそれがどれほど、贅沢な悩みであり、どれほど金持ちのおごりに見えようとも、豊かになった国は豊かさゆえの問題を解決しなければ、一歩も先には進まない。

しかし、平和と民主主義と自由と平等が、ほとんど宗教のように君臨していた戦後の名残が続いている間は、私たちは、なんだか変だと感じながらも、自分たちを悩ましている正体が何なのかは分からなかった。

実は、民主主義を信奉すること自体が多くの若者を大きな世界から遠ざけ、自由であると言われること自体が、多くの若者に人間本来の不自由さと戦う契機を失わせ、平等だと叫ぶこと自体が、本当は平等ではない社会のあり方に若者が目を向ける機会を失わせる基になっていることにさえ気づかなかった。

戦後の熱狂が過ぎ、親の世代からバトンを渡されかけたとき、私たちはまともに戦略的思考をすることさえできず、自分が大人になりきれていないと感じるちっぽけな個人であったのだ。

彼らが、社会の矛盾や国の欠陥や自分を縛る他人と戦う代わりに、自分の心を相手に自分で戦ってしまっている間に、時代はひそかに、だが確実に急転換していった。

私が本書の中で登場させた多くの人々、つまり、自己啓発セミナーで自分の心と格闘していた人たちや、資本主義社会の中で時間がほしいと苦しんでいる人たちや、あるいは男の、あるいは女の結婚難民たちや、ネクラとかオタクとか言うレッテルを張られて孤独になっていった文学青年たち、子供にはいい教育を受けさせたいと思って子供をスパルタ式の塾に放り込む親たちは、みんなそうした潜在的な変化の中で、わけが分からずに生きてきた人たちである。


今私たちは、妙な時代に生きていると感じている。日本は豊かなはずなのだ。どんなにその中で貧しくたって、食べていくだけなら食べていけるはずなのだ。別に政治的な言動によっていきなり刑務所にぶち込まれることもまあない。着るものだって食べるものだって自由だ。少しぐらい景気が悪くたって、失業したって、とりあえず、ほとんどの人は戦争直後よりも豊かである。

それなのになぜかみな、これからの世界に暗いイメージを抱いている。貧しくたってみんなで生きていけばいいじゃないか、経済競争に少しぐらい遅れをとったってそのまま世界が滅亡するわけじゃあるまいし、みんなで歌声を合わせた方が楽しいよ、等という発想は誰からも出てこない。

要するに、誰もが競争しすぎ、働きすぎで疲れきっているのだが、それでも、この社会を変えていこうなどという人は、いまだに「自民党政権を倒すには」とか、「市民運動を起こそう」とか、そのぐらいのところにしか考えが及ばないのである。

このような、自らを狭い思考の中に閉ざした不思議な社会が出来上がっていくにはそれ相応の長い時間が必要だ。私は自分が何者であるかを知り、どのような時代に自分が生きたのかを知りたいという欲求を持っている。だから、私はいろいろな人と語り合い、自分の生きてきた軌跡を検証することで、何とかその一端でも知りたいと思った。そこで、あるいは自分の子供時代を語り、あるいは自分の親について語り、友人について語り、あるいは考えるということを武器にして何とか自分の生きた時代を理解しようとした。そんな風にして生まれたのが本書である。

図らずも本書に登場させてしまった人たちに対しては、ここでお礼とお詫びの気持ちを述べたいと思う。そして最後になるが、本書を執筆するきっかけを作ってくださった明窓出版の増本様に深く感謝の言葉を述べるしだいである。

平成十三年十二月吉日　　栗田哲也

歯車《はぐるま》の中《なか》の人々《ひとびと》

～教育《きょういく》と社会《しゃかい》にもう一度《いちど》夜明《よあ》けを～

栗田《くりた》哲也《てつや》

明窓出版

平成十四年二月二十五日初版発行
発行者――増本 利博
発行所――明窓出版株式会社
〒一六四―〇〇一二
東京都中野区本町六―二七―一三
電話 （〇三） 三三八〇―八三〇三
FAX （〇三） 三三八〇―六四二四
振替 〇〇一六〇―一―一九二七六六
印刷所――モリモト印刷株式会社
落丁・乱丁はお取り替えいたします。
定価はカバーに表示してあります。

ISBN4-89634-088-4

ホームページ http://meisou.com　Eメール meisou@meisou.com

星の歌

初めに、尾崎放哉と三頭火が対比されている。山頭火の**《鉄鉢の中へも霰》**と言う句に対し、
放哉は**《入れものがない両手で受ける》**
放哉は、身支度して托鉢をやっている余裕などまったくなかった。詩のエスプリという点で放哉の句は、山頭火の比ではないという。はるかに高く、はるかに深い。句語の重々しさ、輪郭の鮮明さは、はるかに山頭火の小綺麗な句を凌駕している。同じ風物の描写にしても、山頭火の余韻のない平板な美しさに対して、放哉のそれは鋭い切り込みさえ見せている。
《水を呑んで小便しに出る雑草》とうたう山頭火に対し**《のんびり尿する草の実だらけ》**又、山頭火の**《おちついて死ねそうな草枯るる》**に対して**《墓の裏に廻る》**である。**《仏にひまおもらって洗濯している》**放哉は既に**《こんな大きな石塔の下で死んでいる》**自分をはっきりと見ていた。山頭火のように、**《しぐるるやまだ死なないでいる》**という意識とは全く対照的なものであった。という風に、自由律俳句運動で共に『層雲』の同人でもあった二人について、著者は、放哉も山頭火も、生き方通りに歌うことのできた幸せな人々であったと言い、言葉と一致しない生活にとらわれている人間は、生きながらの屍体であり、著者上野は、この点に関するかぎり二人と同じだと語る。この後、石川啄木、村上昭夫、北川広夫等について、いちいち作品世界を検証しながら、著者が究明せんとする特異なモチーフ『みちのくのうたまくら』について、とっくりと聞かせてくれる。　第3章　奇蹟のかけらより

男女平等への道

古舘　真

本体価格　一三〇〇円

これまで性差別に関しては、「男が加害者で、女が被害者」と言われてきた。しかし、私は男に生まれて得したと思った事は一度もない。恐らく、そのように思っている男性は、私以外にも大勢いるだろう。

私は欧米のフェミニズムに対しては高い評価をしている。しかし、日本でフェミニストと称している女性には似非フェミニストもいる。本来、フェミニズムの目的は男女平等であった筈だ。それが、損をした女性の愚痴や金儲けの手段、あるいは男性に対する復讐になっているような極端な例が見受けられる。女性の解放は目的から外れ、女性学自体が存在目的になってしまった例もある。

私は、女性の解放が男性の解放につながり、男性の解放が女性の解放につながると思っている。両方を同時に進めなければ意味がない。怖いおばさんが喚くだけでは、何の解決にもならない。